U0918655

每一个灵魂，
都有自己的天堂

白雪乌鸦

迟子建 著

人民文学出版社

图书在版编目(CIP)数据

白雪乌鸦/ 迟子建著. —北京:人民文学出版社,2010(2020.4 重印)
ISBN 978-7-02-008167-7

Ⅰ. ①白… Ⅱ. ①迟… Ⅲ. ①长篇小说—中国—当代 Ⅳ. ①I247.5

中国版本图书馆 CIP 数据核字(2010)第 112032 号

策划编辑 **杨 柳**
责任编辑 **赵 萍**
责任校对 **段志坚 常 虹**
责任印制 **徐 冉**

出版发行 **人民文学出版社**
社　　址 **北京市朝内大街 166 号**
邮政编码 100705
网　　址 http://www.rw-cn.com

印　　刷 **三河市中晟雅豪印务有限公司**
经　　销 **全国新华书店等**

字　　数 210 千字
开　　本 640 毫米×960 毫米 1/16
印　　张 16.75 插页 4
印　　数 110001—115000
版　　次 2010 年 8 月北京第 1 版
印　　次 2020 年 4 月第 3 次印刷

书　　号 978-7-02-008167-7
定　　价 38.00 元

如有印装质量问题,请与本社图书销售中心调换。电话:010-65233595

迟子建，《白雪乌鸦》定稿后，在香港维多利亚港湾

目 录

一 出 青

霜降在节气中，无疑是唱悲角的。它一出场，傅家甸的街市，有如一条活蹦乱跳的鱼离了水，有点放挺儿的意思，不那么活色生香了。那些夏日可以露天经营的生意，如理发的，修脚的，洗衣服的，代拟书信的，抽签算命的，点痦子的，画像的，兑换钱的，卖针头线脑的，擦皮鞋的，不得不收场，移到屋内。不过锔缸锔碗的，崩苞米花的，照旧在榆树下忙碌着——他们的活计中有炭火嘛。不同的是，他们倚靠着的榆树，像是一个万贯家财散尽的破落财主，光秃秃的，木呆呆的，没剩几片叶子了。这时节，弹棉花的和卖柴的得宠了。弹棉花其实就是让死去的棉花再活过来，它们蓬松柔软地还阳后，女人们就得抓紧给家人做棉袄棉裤了；而卖柴的呢，却是让活生生的柴，热辣辣地死去，化为烟和灰。柴草铺那些脚力过人的小伙计，挑着沉甸甸的担子，走街串巷，把柴送到饭馆、茶坊、客栈、妓寮、澡堂子和戏园。到了冬天，那里的红火，是靠它们烧起来的。

这是一九一〇年的晚秋，王春申赶着马车回到傅家甸时，这里已是一片漆黑，与他先前在埠头区见到的灯火撩人的情景大不一样。其实耀滨电灯公司已在傅家甸北十二道街开办了发电厂，用涡轮机发电，使这儿的多半住户用上了电。不过因为每月要耗费一个多大洋，嫌贵的百姓还是有用油灯的。而电灯公司供应的电，由于是包月收银，少供一度电就等于多赚了一文，不到夜半就回了。没有路灯前，做生意的人家，习惯在店铺前张挂灯笼。有了电呢，灯笼就收了。现在路灯说灭就灭，偷盗之事屡有发生，以致入秋之时，巡警局不得不传谕各户，于黑夜时悬挂灯笼于门首，防御宵小。可是收回的东西，再亮出来就难了。那些灯笼就跟心有归属的妓女不想再接客一样，把光鲜深藏起来。

王春申倒也喜欢这样的黑暗。夜晚嘛，总得有个夜晚的样子。虽说三铺炕客栈的主人是他，可他每天回到这里时，要看妻妾的脸子，所以进门前，他喜欢摸出别在腰间的烟锅，趁黑抽上一袋烟。他吧嗒烟的时候，习惯地抚抚黑马的鼻子。它跟着他奔波了一天，他也心疼啊。黑马知道主人怜惜他，总会用脸贴贴他的脸，似乎在告诉他，它舍得为他卖命。王春申就会感激地说一句："好伙计。"抽过烟，他卸了车，将黑马牵到客栈背后的马厩，划根火柴，点亮马灯，给它饮了水，再将马槽添足草料，这才熄灯离开。虽然马厩有时也多一两匹住店的客人带来的马，但王春申从来不拴他的黑马，因为他清楚，好马是拐带不走的。

王春申的妻叫吴芬，妾叫金兰。本来，以他的身份和财力，身边是不该有两个女人的。三妻六妾，那都是有钱有势的人才该有的风光和享受。可是吴芬进了他家的门，在生养上就一路背运，两胎都流掉后，再也怀不上，而王春申重病在身的老母亲，非要在有生之年抱上孙子。孝顺的他，只能纳妾。做人家的小，对女人来说，不管是进多么显赫的门庭，总归是屈辱的，何况是王春申家这样的柴门呢。他娶小时，倒像是办丧事。家里明明有大门，可吴芬硬是让他在旁侧开个小门，不让花轿走正门。而花轿中那个傅家甸有名的丑女金兰，哭成了泪人，直说自己跟了王春申，是一朵鲜花插在了牛粪上。这朵鲜花什么模样呢：对眼，朝天鼻，猪嘴獠牙的，又矮又胖不说，还一脸的麻子。她在街上走，小孩子碰见她，都吓得往旮旯躲。洞房花烛夜，王春申有如奔赴刑场，死的心都有了。这边他刚吹熄了红烛，跟金兰造起孩子，那边吴芬就咚咚地敲窗了，说是水缸那儿发现了一条蛇，让他起来捉。王春申的老母亲听到动静，气得拄着拐杖，出屋骂吴芬搅儿子的正事，不是贤德女人。洞房外吴芬哭，洞房内金兰也哭，她说自己一个黄花闺女，若是在妓馆，被有钱人破了瓜，还能得到好几块银锭，而被王春申尝了鲜，白疼一场，一点好处捞不着，实在亏得慌。气得王春申直想一脚将她踢到灶坑里，当柴烧了。

吴芬那天倒也不是虚张声势，水缸那儿果然有条筷子长的蛇，它怎么来的，王春申两个月后才明白。那天他去剃头棚，碰见采草药的张小前。张小前问他，用活蛇做药引子治风湿病，效果怎么样。他这才知道，金兰进门的前两天，吴芬去张小前那儿订购了一条活蛇，说是王春申腿疼得厉害，中药铺配的草药，需要活蛇做药引子，让他务必给捉一条无毒的草蛇。王春申听了这话，同情起吴芬，加上金兰怀孕了，他就夜夜去吴芬的屋子。金兰自然不是好惹的，她受了冷落，知道王春申和婆婆怕什么，就拿什么要挟。她喝冷水，爬高擦窗户，抡起斧头劈柴，嫌什么挡路了抬腿就踢，总之是不想让肚子里的胎儿太平。王春申的母亲吓坏了，老太太拄着拐杖，一天到晚地跟在金兰身后护驾，生怕她有个闪失。王春申一横心，搬到老母亲的屋子去住。金兰平安生产了，是个男孩，老太太乐得合不拢嘴，而吴芬悲戚得一天到晚闭着嘴。吴芬和金兰，从此后就是一锅一铲，磕碰不断，让王春申苦不堪言。他想一个男人若是座山，女人无疑是虎，一山不容二虎，否则这山永无宁日。王春申对这两个女人，渐渐都淡漠起来。

王春申的母亲去世的那年，金兰又生下个女儿。不明实情的老太太还知足地对儿子说："王家有龙有凤了，看来老话说的好哇，丑妻近地家中宝。"而王春申清楚，金兰为了报复他不和她同房，怀的是个野种。在他想来，能跟金兰的，不是摆卦摊的张瞎子，就是捡破烂儿的李黑子。李黑子胃口怪，在傅家甸是出了名的。喜食臭鱼烂虾不说，还爱捉老鼠和挖蚯蚓吃。

母亲过世后，王春申把老人遗留的几件上好的银器变卖了，再卖了旧屋，在同发街买了一处草瓦板房的宅院，辞去了制粉厂的活儿，领着吴芬和金兰开起了客栈。哪想到，客栈还没开张，两个女人先为客栈的名字较上劲了。吴芬说该叫"春芬"客栈，取她和男人名字中最祥瑞的字；金兰呢，说是叫"春兰"更宜人。王春申并不想把自己的名字和她们搅混在一起，就说用她们的名字算了。取她们的姓组合呢，是"吴金"，"吴"的谐音本不好，再连着个"金"字，王春申自然反对。取后一个字搭配呢，是"芬兰"，王春申一想这名字更不妥，不知情的，还以为是洋人开的呢。最后，他确定为"金芬"，这下吴芬不干了，说她为大，凭什么名字要放在后头？王春申想，那叫"芬金"的话，也不顺耳啊。两个女人为着店名争得不可开交时，有天王春申在松花江码头闲逛，碰见一个卸货的老工友，他问："听说你家要开客店了，几铺炕啊？"王春申说："三铺炕，两铺大炕，一铺小炕，能住二十号人吧。"说完他想，这客栈何不叫"三铺炕"呢？与她们俩都没瓜葛的名字，又清爽，又妥帖。王春申离开码头，径直去正阳大街订制了匾额，水曲柳木包铜边的，上书"三铺炕客栈"五个黑体字，描上金边。不过当他把牌匾挂起来的时候，吴芬又闹上了，说是凭什么黑字要描金边？王春申这才反应过来，她是忌讳这个“金”字。他哭笑不得地对吴芬说：“你要是姓白，我就给这些字描两道白边；姓蓝呢，描三道蓝边；要是姓洪，我不描六道红边，你就剁掉我一只手！”吴芬被他逗笑了，不再纠缠。

客栈开张后，生意倒也不错。三铺炕中，两铺男客住的大炕，总不断人。而那铺为女客准备的小炕，十有八九闲着。也难怪，出门做生意的男人，有几个愿意带家眷呢。他们三人分工明确，王春申挑水劈柴，采买吃食或是帮客人代购车船票；吴芬做轻活，烧炕扫地，拆洗被褥，结账等等；金兰干的是粗活，忙灶上的。不过金兰乐意在灶房，每逢炖肉，她总要先挑出几块肥瘦相宜的吃掉。所以金兰的麻脸，在三铺炕开张后，放了光了。

金兰生的两个孩子，男孩叫继宝，女孩叫继英，差三岁。他们吃饱了喝足了，夏天在院子里玩耍，冬天就在烧得滚烫的大炕上爬来爬去，很省心。王春申疼的，自然是继宝。晚上睡觉时，他习惯搂着继宝。他的两个女人很少被他搂着，就打客人的主意。有一天，王春申在马厩，撞见吴芬和一个马贩子滚在一起，他没有恼，反而提醒他们别惊着马，再让马给踢着。事后吴芬羞愧地跪在王春申面前，说是他就是用马鞭抽死她，她都没怨言。王春申鄙夷地说：“我有抽你那工夫，还不如抽袋烟呢！”这话对吴芬的伤害，真比抽她一顿还狠！知道王春申是不会再碰自己了，吴芬就留意着客栈里南来北往的人，有没有彼此中意的，也好有个寄托。后来还真碰上一个。这人叫巴音，曾在海拉尔做过“刀儿匠”，也就是割大烟的，后来清廷颁布禁烟令，罂粟种植受限，他就在满洲里做起皮货生意。从河北山东来的移民，喜欢在满洲里一带捕捉旱獭，也就是土拨鼠，剥其皮毛，卖给皮货商，以此赚钱。由于旱獭的皮毛蓬松柔软，美观高贵，御寒性好，能制成最走俏的冬衣，因而做旱獭皮生意的人，腰包都是鼓的。巴音每回来哈尔滨交易，必来傅家甸，必在三铺炕客栈歇脚。金兰见吴芬有了相好的，不甘示弱，总拿灶上的好菜，诱惑住店的男人。可是因着她骇人的相貌，人们都躲着她。不过有个从紫禁城出宫的太监，叫翟役生的，竟迷恋上了她，住在三铺炕客栈。虽然翟役生不能在性事上满足她，但因为这家伙一副无赖的姿态，无人敢惹，在一些事上很能为金兰撑腰，她也算扬眉吐气了。

自打吴芬和金兰有了相好的，王春申在她们眼里，更是可有可无的了。王春申呢，也厌恶她们，特别想女人了，他就去妓馆。那儿的女人温暖周到，伺候得好，又没脾气。吴芬和金兰得知王春申逛窑子，怒气冲冲，她们拧成一股绳，不让客栈的钱流进王春申的腰包，断了他寻欢的财路，而且在与巴音和翟役生的交往中，不再遮遮掩掩了。吴芬给巴音捶背，金兰为翟役生掏耳朵，都不背着王春申了。王春申从那以后就不愿意呆在客栈里。设在哈尔滨的滨江关道衙门，也就是道台府，每年立夏之时，要给马厩中的马做一次检查，将老马和病马驱逐出府，谓之“出青”。前年出青，无意中帮王春申开辟了新天地。衙门里的马，跟选入宫中的妃子一样，要身形有身形，要姿色有姿色，没有差的，所以淘汰的马，也很抢手。王春申与在道台府帮厨的于晴秀熟悉，她告诉他，有匹马年轻力壮，勤恳耐劳，只因为黑颜色，平时做仪仗马随道台出行轮不到它，杂役也不愿意牵着它驮运柴米，等于白养，要被出青，问他开客栈需不需要。王春申正想给自己找门营生，跟妻妾一说，她们痛快答应买下，因为王春申出去忙活计，客栈就更是她们的天下了。这匹黑马高大威武，毛色油光，唯一遗憾的，是它屁股上烙着一块圆印，那是入了道台府的马，都必须打上的印记。那块印记，不管怎么显赫，都是伤痕。

王春申做起了马车生意。他喜欢去埠头区和新城区，那儿西洋景多，用车的也多。中午的时候，他随便在外面对付一口，两个烧饼，或是一碗面条。晚上他驾着马车，穿过漫长的国境街，回到傅家甸时，最盼望的就是热汤热水。然而，吴芬和金兰若闹起了别扭，他就只能吃冷饭。要不是客栈里还有继宝值得惦念，他真不想踏进这个家门了。他越来越觉得，自己在这个家，也是匹遭到“出青”的马，至于什么原因，让他变得如此窝囊，他难以说清。他也想拿出主子的威风的，可是奇怪，一踏进客栈，他就觉得自己是个仆人，人家怎么吆喝怎么是。

因为巴音从满洲里来了，王春申这天的晚饭，沾了他的光，像模像样的。羊肉烩萝卜，五花肉炒宽粉条，还有葱油饼，他都跟着享受了。他蹲在灶台前吃得满嘴流油的时候，听见吴芬的屋子里，传来巴音的咳嗽声。王春申心想，妈的，让骚女人给累着了吧？

二 赎 身

翟芳桂家的店铺，在埠头区的斜纹二道街，是最招乌鸦的。一是因为门前那两棵粗壮的大榆树，使乌鸦有落脚之处，再就是她家开的是粮栈。五谷的味道，对乌鸦来说，无疑是诱人的。

乌鸦喜欢群飞，所以落在榆树上的乌鸦，三五只那算是少的。通常，翟芳桂清晨打开店门，会发现榆树矮了一截，乌鸦好像沉甸甸的果实，压弯了枝头。你若想让榆树恢复原样，就得舍一把谷子，将它们撒到树下，乌鸦便纷纷落地啄食。榆树颤悠几下，个头又回去了。

翟芳桂不讨厌乌鸦，首先它们会穿衣服，黑颜色永远是不过时的。其次，它们性情刚烈，不惧寒冷。到了冬天，那些色彩艳丽的鸟儿，都扑扇着翅膀南飞了，乌鸦却仍在北方的雪野中挺立着。还有，它那粗哑的叫声，带着满腔的幽怨，有人间的色彩，不像画眉、黄鹂、燕子，虽然叫得好听，但太像天上的声音了，总觉得无限遥远。翟芳桂因为爱乌鸦，有时会偷着撒几把谷物给它们吃，若是被她男人纪永和看见，他就把她和乌鸦连在一起骂："有本事自己找食儿去呀，白吃我的，小心烂嘴！"在他眼里，乌鸦穿着丧服，叫起来跟哭一样，不是吉祥鸟。乌鸦也认人吧，若是先打开店门的是纪永和，不等他驱赶，它们一轰而起，朝松花江畔飞去。

纪永和厌恶乌鸦，粮栈的生意只要稍差一点，他就会赖在乌鸦身上。为了阻止它们来，他曾爬上榆树，将乌鸦蛋悉数掏了，再将巢捣毁。乌鸦蛋是绿皮的，纪永和打碎它们的时候，不怀好意地对翟芳桂说："哼，藏在春宫里的，就不会是什么好鸟！"翟芳桂想起自己在娼寮的日子，只能叹息一声。乌鸦有记性，它们被端掉窝后，不再来筑巢，可是那两棵榆树，它们还是恋的，依然一早一晚地光顾。气得纪永和直想把那两棵榆树拦腰截断。可是树虽然长在他家门前，却不归粮栈所有，是俄国人的。伐掉榆树，等于是在洋人头上拔毛，纪永和没那个胆子。

纪永和骂乌鸦的时候，也避讳人的，比如在斜纹三道街开糖果店的陈雪卿。她是满人，传说乌鸦救过清太祖，乌鸦在满人的心目中，就是报喜神和守护神。朝廷里特设"索伦杆"，祭祀乌鸦。满人看见乌鸦，分外喜欢，撒以五谷，从无伤害。陈雪卿有一件宝蓝色的织锦缎子旗袍，胸前就绣着一双乌鸦。有一回纪永和骂乌鸦，正赶上陈雪卿来粮栈，她气得扭头就走。纪永和追上去，一迭声地赔不是。纪永和抠门得出名，但在陈雪卿身上，他不敢不大方。她来买粮，他舍得低价出售。除了迷恋这女人的气质，纪永和惧怕的是陈雪卿背后的男人，因为他是胡匪。其实，几乎没谁见过那个男人。他回到哈尔滨，似乎永远是在夜间，而且进了家也不出门，待个三两天就走了。平常的人，就只有从陈雪卿生的儿子身上，揣测胡匪的相貌了。那人应该是方脸吧，小眼睛，蒜头鼻子，长着一张可以吃四方的阔嘴巴。陈雪卿的店面不大，卖的糖又都是阿什河糖厂产的，单调，生意算不得好，但她吃的穿的，却比谁都精细和讲究。人们背地议论，陈雪卿的糖果店，不过是个招幌。她真正的财路，在那个神出鬼没的男人身上。他为她送来了大把大把的银子，陈雪卿花钱时，才能挺直腰杆。就说埠头区吧，自中东铁路修建之后起，这里就是俄国人的天下了。他们开的面包坊、咖啡店、香肠铺、冷饮亭、鲜花店，去的中国人少而又少，可陈雪卿常去。她夏季的各色旗袍，十几套不止，光冬季的旱獭皮大衣，就有两件，一件雪青色，一件深黑色。陈雪卿常在周末时，扯着孩子，去商务街口的伊留季昂电影院，看直接从巴黎和柏林购进的外国电影。这家影院开业之时，翟芳桂恰好从门前路过。看着影院门口燃起的上千支庆典的蜡烛，翟芳桂心想，要是能跟个知冷知热的人，坐在里面看上一场电影，多美！在她想来，看场电影不难，而能跟意中人看电影，就难了。

翟芳桂是直隶省顺德府人，一哥一妹，排行老二。那一带的男孩，因为贫穷，做太监的多。说是身下缺了一件东西，身上却是样样不缺了，享不尽的荣华富贵，划得来。哥哥翟役生是一心想出人头地，十四岁那年，甘愿净身，入宫做了太监。翟芳桂家的房梁上，自此多了一个裹着红布的升，里面的半升石灰里，埋着哥哥被割下来的阳具和睾丸，上面还覆盖着用油纸包裹的净身契约。家人管这个升，叫做“高升”。哥哥离家后，翟芳桂常常看见母亲泪涟涟地仰望那个升，摇头叹气。翟芳桂的父亲，习惯于黑夜时，拎个小板凳，坐在高升下，一袋接一袋地抽烟。郁郁寡欢的他们，在那一年，受法国传教士影响，做了基督教徒。每逢周末，不管田里的农活多忙，他们都要去小教堂做礼拜。翟芳桂不喜欢父母胸前吊着的十字架，觉得它看上去像是两把交锋的刀，阴森森的。不过，乡村小教堂她是喜欢的，因为它弥散着好听的钟声。

父母做了教徒没几年，义和团兴起了。在“扶清灭洋”的浪潮中，教堂多被焚毁。那些外国传教士，被称为“大毛子”；信奉天主教和基督教的人，被叫做“二毛子”；而用洋货的，是“三毛子、四毛子”等等。只要是毛子，就是被挞伐的对象。

翟芳桂十六岁时，一个夏日夜晚，她热得睡不着，站在窗前，看着月亮圆了，便想着去河边洗洗头，清爽清爽。因为出汗多，她的长发粘在一起，像是一把霉烂了的芹菜，散发着难闻的气味。而在家洗头，一则费水，二则会扰醒父母和妹妹。翟芳桂轻手轻脚带上屋门，出了院子，朝河边走去。那条河离他们村庄一里多路，翟芳桂本来就比别的女孩胆子大，再加上那晚的月亮将夜晚照得如同白昼，她奔赴河边，毫无怯意。她洗头发的时候，有好几次，手触着了柔软的鱼，大概鱼儿将她的长发当做水草了吧。洗完头，翟芳桂转过身，猛然间发现村庄里火光冲天，老天好像要烤什么东西，而把身下的这个村庄当做了柴坑，将它点燃了。翟芳桂吓坏了，赶紧回村。当她气喘吁吁地走到村口时，碰见了几个逃出来的村民，其中就有与翟家相邻的开油坊的张二郎。

张二郎三十来岁，刀条脸，小眼睛，瘦得麻秆似的，好像他开着油坊，连带着把自己身上的油也榨干了。张二郎显然没有料到遇见翟芳桂，他说：“义和团放火烧教徒的住屋呢，只要跟毛子沾上边的，别想活命，赶快跑吧！你家的房子都快烧落架了，你可真是命大！”村庄里鸡鸣狗吠，空气中弥漫着刺鼻的焦煳味。翟芳桂焦急地问：“那我爹我妈和我妹，他们跑出来了吗？”张二郎跺着脚说：“他们把门窗封上了烧屋子，什么人逃得出来？”翟芳桂哭了，说：“我得回家看看，我又不信教，我就不信他们会要我的命！”张二郎吓得赶紧攥住她的手，说：“你不信，你爹娘信！

你爹娘是二毛子，你就得让人当做毛子！你现在回去，身上就是有九条命，一条也剩不下！”张二郎不由分说，拉起翟芳桂就跑。翟芳桂见不断有人披头散发地逃出，就随着张二郎去了。也不知走了多久，月上中天的时候，他们到了一片幽静的杨树林。这晚的月亮好，风儿好，杨树下的草地也好，翟芳桂身上的气息更好。一直想找个丰腴滋润的女人，却还没讨上老婆的张二郎，望着银白的月光下楚楚可人的翟芳桂，忍不住一把将她抱住。翟芳桂挣扎的时候，张二郎说：“你跟了我，一辈子不愁油吃！”翟芳桂哀求着：“我不想吃油，放开我吧。”可是，张二郎已是奔波多日的猎人终于撞见了一只梅花鹿，怎能不拉弓射箭。翟芳桂没有想到，这个看上去干瘦的人，蛮力十足。她的反抗，在他面前，如一棵孱弱的青草，遇见了饥饿的牛的嘴巴。那个夜晚，翟芳桂除了憎恨张二郎，还憎恨身前身后的月光，因为它们只顾着舞蹈，没有搭把手救下她。在她的意识里，月光是有这个能力的。

翟芳桂第二天跟着张二郎返回村庄时，满眼是房屋的废墟。那一团一团的废墟，看上去像是被淫雨浸烂了的蘑菇。小教堂被烧毁了，村里信教的人家，房屋无一幸免。翟芳桂家唯一没被烧的，就是院门。她倚着门柱，想着黑黢黢的废墟中，有父母和妹妹的尸骨，一时天旋地转，昏了过去。她醒来时，在张二郎的油坊里。张二郎说：“你也没个亲人了，以后就跟着我，学着榨油吧。”翟芳桂哭起来。张二郎说：“有什么好哭的？你爹娘，就不该信洋神甫讲的经！蓝眼珠黄头发的，有几个好货？全是妖魔！没听说吗，洋人开的医院，挖小孩的眼睛做迷药；神甫呢，专门用一种东西，吸小男孩的阳精！跟洋人沾上边，不背字儿才怪呢！”

张二郎的油坊，也不是一件洋货没有，比如洋钉洋伞洋袜，这也是他当时因畏惧而出逃的原因。不过逃过劫难后,他将洋货悉数清理了,不留痕迹。

张二郎也算有情吧,他买了口棺材,将翟芳桂亲人的尸骨当干柴捡起,殓在一处,埋葬在村外的坟场。说是翟芳桂想他们了,还有个哭的地方。这使本来想逃离油坊的她,留了下来。

有一天,张二郎用独轮车,将小教堂废墟中的钟,拉回了家。他兴奋地对翟芳桂说:“教堂没被烧坏的,就是这铁家伙!我看当个板凳使不赖。”翟芳桂捡起一块石头,轻轻地在钟上敲了几下。它虽然还能发音,但音色远不如从前清亮,喑哑不堪,好像伤风了。张二郎手舞足蹈地说:“这钟也真刚强,这么场大火,也没把它烧哑巴了,我算是捡着了宝物!”翟芳桂嘲讽他:“你不是怕用洋货吗,钟是教堂的,不也算洋货吗?”翟芳桂这一说,张二郎打起了哆嗦。他没敢让钟在家过夜,赶紧将它又抱上独轮车,送回教堂。不过张二郎这一去,再没回来。他将钟搬进教堂的时候,一脚踏空,从地下室的入口摔下去。那儿原来有彩绘栏杆遮挡着的,大火中,它们都烧成灰了。

张二郎死后,他的弟弟张三郎来了。他给了翟芳桂一担油,将她赶出油坊。翟芳桂也不想在这个令她伤心欲绝的村庄再待下去,她卖了油,买了两刀烧纸,去家人的坟上哭了一场,将余下的钱作为盘缠,上路了。她有一个姑姑在长春,她打算投奔她去。那个时候,八国联军已经占领了紫禁城,城里城外人心惶惶,乌烟瘴气的,到处是逃难的人。听说直隶总督自杀了,太后和皇上携着亲贵大臣,都逃到西安去了。翟芳桂途经此地时,想起离别了的哥哥生死不明,泪眼朦胧的。由于兵荒马乱,路途受阻,翟芳桂辗转着到了长春时,这里已是白露了。好不容易找到姑姑,得到的却不是久别重逢的欢欣,而是哀愁。姑姑半身不遂，躺在炕上，吃喝拉撒都需要人伺候了。姑父开着间小小的杂货铺，勉强养活着一家四口人。翟芳桂的到来，无疑使家里多了一张吃饭的嘴，令他不快。

杂货铺同人一样，也有高下之分。经营烟酒糖茶、点心果品的是上杂，而卖油盐酱醋的是下杂。翟芳桂姑姑家赖以为生的，是下杂。翟芳桂为了减轻家里的负担，去一家浆洗房做工。晚上，她就睡在杂货铺里。闻着酱油和醋混杂在一起的浑浊气味，她觉得自己就要被熏成一条咸鱼了。

翟芳桂到后第三年，姑姑去世了。刚给姑姑烧完头七，姑父就领来一个五十多岁的女人，说是给她说了一门亲，男方家在哈尔滨，长她四岁，开药房的，家境殷实。庚子赔款后，老百姓赋税沉重，翟芳桂姑父开的杂货铺，日渐萧条，而她所去的浆洗房也开不下去了，干闲着的翟芳桂，想想自己早晚有一天要嫁人，早嫁早得子，早得子就早得济，于是随着那女人，去了哈尔滨。到了那里才知道，哪有什么开药房的人家，翟芳桂是被姑父和那个女人，卖给了傅家甸的一家妓馆——青云书馆。老鸨听信了那女人的，以为翟芳桂是黄花闺女，早把她在青云书馆的第一次，预留给了一个有钱的主儿，指望着大捞一笔。当嫖客败兴而出，大呼上当后，老鸨气得把翟芳桂暴打一顿，说是没想到她看上去挺本分的，却不是雏儿了，买她买赔了。

卖身吃饭的姑娘，都有个艺名，什么红玫瑰、金盏菊、野百合等，大都与花名联系在一起。老鸨见翟芳桂面如满月，肤色白皙，有股富贵气，就将“白牡丹”的名字赐与她。可翟芳桂不喜欢与花关联的名字，再美的花，没有不凋谢的。她给自己取的艺名是“冰凌花”，因为只有这花敢于在寒流中绽放，而且孤傲得没有香气。老鸨说，叫个冰凌花，一身的凉气，谁愿意碰你？坚决不许。翟芳桂无奈，说那就叫我“芝兰”吧，因为她喜欢用芝兰牌香皂。老鸨大喜过望，说：“女人生来就是为男人洗尘的，用香皂做名字，吉利！”不过，因为青云书馆的姐妹的艺名，大都是三个字的，老鸨最后为她确定的艺名就是“香芝兰”了。

香芝兰在青云书馆，渐渐成了头牌。她的天下，是靠温顺打出来的。一旦想明白了自己这一生不会有太好的日子了，翟芳桂也就安静下来了。说来也怪，人的眉眼不管生得多好，要是脾气坏，面目就是拧的，怎么看都不顺眼；而一个人性情平和，却能把并不出众的五官，调和得神韵悠长，耐人寻味。香芝兰就是这样，她的双目与鼻子之间，井水不犯河水的样子，离得远了些，可因为她喜欢抿着嘴笑，上扬的唇角和飞旋的眼梢，便将它们之间的距离恰到好处地拉近了，反倒有一股说不出的和谐。男人们最喜欢的，不是她的模样，而是她的脾性了。

香芝兰的客人中，长客多。迷恋她的，有开茶坊的，卖海货的，经营种子生意的，在洋行放贷的以及在学堂教书的。香芝兰最放在心上的，却是比她小三岁的徐义德。他算不得长客，一年来个三四回吧。徐义德心灵手巧，会捏泥人，做灯笼。他有个小小铺面，卖的都是吉庆的东西：五彩的洋蜡，火红的灯笼，鞭炮以及年画。逢到年底，他就购进色彩鲜艳的朱仙镇年画来卖，什么天仙送子、步步莲生、松鹤延年、五子登科一类的，人们没有不爱的。而香芝兰钟情的，是年画中的门神。他们身形伟岸，衣袍飘逸，宽额浓眉，长髯美目，腰佩宝剑，手执长鞭，虽都是头大身小，但要多威武有多威武。香芝兰常想，自己要是跟了门神一样的男人，就是做门槛被踏，也心甘情愿。她没有家门可贴门神，但每年总要买上一张，年夜时放在枕畔，这才心安。除了门神，香芝兰还爱看徐义德捏的各色泥人。青云书馆入门处，供着老鸨选定的四大名妓造像，就出自徐义德之手：汉朝的赵飞燕，南北朝的红拂，唐朝的薛涛，宋代的李师师。她们在他手下，风骚美艳，真的是倾国倾城。不过，香芝兰并不喜欢书馆里的这几尊造像，她爱徐义德铺子里的彩塑泥人：抱着玉米棒的豁着牙笑的老汉，戴着老花镜做针线活的老奶奶，以及吹着柳笛的牧童和剪窗花的长辫子姑娘。她不止一次逗徐义德，说是你给我赎身吧，我就帮你卖一辈子的灯笼和泥人。徐义德总是嘿嘿一笑，说："赎不起，赎不起。"其实，香芝兰并没有奢望着走出妓馆，因为她清楚，她们这种人，不管多么有风情，多么温柔，在男人眼里不过是玩物。然而四年前，大她十岁的开粮栈的纪永和，却不惜血本为她赎了身，这在当时是轰动一时的新闻，报纸还登了消息。青云书馆的姐妹们，都羡慕她有了好归宿。可是直到进了纪家的门，翟芳桂才知晓纪永和赎她的真正原因。原来他讨的两个老婆，都死了。头个老婆因为家里养了几只鸭子，去江边捞鱼虾喂鸭子，不慎落入江中，被激流卷走，死时怀有五个月的身孕；第二个老婆呢，是难产而死。纪永和觉得进了他家门的女人，死得都蹊跷，孩子一个也没落下，一定是犯着什么了，就请了个算命先生来看。算命的问清了他的生辰八字后，天干地支推算了一番，告诉纪永和，他是个无贤妻无子嗣的命，要娶女人，必得是千人睡万人睡的贱人，方可长远。纪永和一想命无好妻，又不能要孩子，便开始物色青楼女子。他听说男人们对傅家甸青云书馆的香芝兰趋之若鹜，便倾其所有，将她赎下。翟芳桂进了粮栈，可以说一天好日子也没过上。纪永和为了笼络顾客，将赎她的钱再赚回来，仍逼她干老本行。而且，每回她被迫接了客人后，纪永和总觉得亏本了似的，随之把她摁在炕上，再折磨她一通，方才解气。翟芳桂觉得，自己倒不如在青云书馆自由了。她甚至想,与其暗地里还做那营生,当夜行的老鼠,不如做一只在光天化日下飞舞的苍蝇来得干净呢。重回青云书馆的话,起码能和姐妹们说点知心话,比与纪永和在一起要有趣得多。然而一个月前,青云书馆厨房的火油箱倾倒,引起大火,不但娼窑被焚毁,大火借着风势,由青云书馆所在的二道街一直烧到三道街,巡警和消防尽管到场扑救,无奈火势太猛,杯水车薪,无济于事,一夜之间,竟烧掉了一百多间房屋。翟芳桂现在回去的话,也没个落脚之处了。

因为纪永和在身后盯着,所以这个早晨,尽管是翟芳桂打开的店门,栖息在榆树上的乌鸦,也只能眼巴巴地看着装满五谷的屋子。不过,合该它们有口福,正当它们要飞离的时候,陈雪卿出现了。陈雪卿穿着蓝色的棉布旗袍,肩上搭着洋红色披肩,足蹬半高跟皮鞋,把整条街巷踏得有声有色的。纪永和从窗口发现陈雪卿,连忙抓了两把米,撒到榆树下。乌鸦落地啄食的时候,陈雪卿停下脚步,微笑着看了片刻。不过她并没有走进粮栈,乌鸦没走,她先走了。

翟芳桂见纪永和拉长了脸,知道他在心疼那两把米,很解气,忍不住笑了起来。纪永和正要张口骂翟芳桂,巴音来了。他面色灰暗,进门就咳嗽。纪永和以为巴音是来推销旱獭皮的,连忙说:“皮货生意我可做不了。”

巴音说:“哈尔滨夏天遭了水灾,估计今年的粮食不好收购吧?满洲里那儿呢,大豆丰收,你想不想买进点,转手高价卖给做出口生意的人?我听说了,英国现在要这儿的大豆,量大着呢。”

纪永和说:“没想到你除了做皮货,粮食也做了,看来养活女人多了,手头不宽绰了吧?”

巴音龇着牙花子，自负地说：“你是说三铺炕的女人？哪是我养她呀，是她倒贴给我！你去傅家甸打听打听，每回我来，是不是白吃白睡？”

纪永和笑笑，说：“那是你本事大啊。”然后开始跟巴音谈正事。他询问了大豆的价格后，抽了一下嘴角，好像牙疼了，连说太贵，跟巴音讨价还价起来。巴音想促成生意，让了一点，没想到纪永和得寸进尺，还要杀价，气得巴音脸色紫涨，暴嗽不止，竟把一口血吐在石板地上！

三 丑 角

傅家甸,在两年前还叫傅家店。滨江厅知事嫌“店”字小气,遂改为“甸”。最早,这里是一片大草甸子,称“马场甸子”,聚集的是养马人和打鱼人。后来,山东来的傅宝山、傅宝善兄弟,在此开设了第一家大车店,为往来的车马提供方便,挂马掌,修车,兼卖饮食杂货等。“傅家店”的名声一起,如同日出驱赶了黑暗,“马场甸子”也就销声匿迹了。俄国人获得了中东铁路修筑权后,大批民工涌入,来此经商的人越来越多,再加上关内移民的增加,傅家店人气渐旺,由先前的一个小店,发展成多个铺面,街市初具规模。而中东铁路正式通车后,傅家甸可说是气象万千,街巷纵横,人语喧嚣。以前没有的银行、商会、当铺、电灯公司和电话局,都悄然兴起了。不过,比起铁路附属地的埠头区和新城区,傅家甸还是略逊一筹。

七年前中东铁路全线贯通后,正式把“松花江镇”改为“哈尔滨市”。横穿市区的铁路,将哈尔滨分为东西两部分,铁路以西称为“道里”,铁路以东称为“道外”。从地理概念来说,哈尔滨包括了埠头区、新城区、傅家甸等。而从归属来讲,前两者是俄国人的领地,道外的傅家甸才是中国人的地盘。埠头区和新城区的中国人不多，他们大都做着小本生意。有追逐洋风的汉子，特意去集市买了偷工减料的西服，改换行头。因为穿惯了宽松衣服，西服一上身，人就显得拘谨，看上去像是上了紧箍咒，走路都不自然了；而在傅家甸的俄国人和日本人，因为淹没在中国人中，久而久之，生活习性和穿着，也跟着有了改变。这少数在傅家甸的洋人，大都开着旅馆、制粉厂、玻璃作坊或是药房。

如果把傅家甸、埠头区、新城区比喻为三个女子的话，那么傅家甸就是一个相貌平平的素服女子，埠头区是珠光宝气的妇人，而被称为新市街和秦家岗的新城区无疑是孤傲的美人。可是傅家甸人爱的，还是他们自己的地方。哪怕这里春季街巷因泥泞而常使马车陷落，夏季卫生不良的小市场苍蝇横飞，秋季的狂风卷起的沙尘迷了人的眼睛，冬季谁家当街泼出的污水结冰，跌伤了无辜的路人。要说爱傅家甸爱得最瓷实的，就是住在祖师庙街的周济一家。

周济是山西曲沃人，在当地开了家醋坊。由于他犟脾气，年关时不像别的生意人，暗着给官府的知县进贡，买一年的平安，他开的醋坊便屡受侵扰。有一年的年底，官府的一个衙役来醋坊找茬儿，打翻了两坛醋，忍无可忍的周济盛怒之下，竟抡起斧头剁掉了那人一只脚。他闯下大祸，连夜带着老婆周于氏和两个儿子逃难。他知道越偏远的地方越安全，于是一路向北，落脚于傅家甸，仍干他的老本行。北方人喜咸爱辣，尽管他的醋酿得不错，可是趋者寥寥，于是改弦更张，开了面馆，可是生意仍不见起色，难以为继。他家命运的转机，来自周于氏。

有一年深秋，周于氏忽然病倒了，躺在炕上不分黑白地昏睡，不吃不喝，身体软得跟面条一样，而面色却出奇的红润。明白的人告诉周济，周于氏这是被神仙附体了。等她苏醒过来，就要出马，给人治病了。周济素来不信鬼神，他为她备下寿衣，买了棺材，甚至连孝布和哭丧盆也置办了。可是奇迹出现了，十天以后，周于氏忽然打了个长长的哈欠醒来了。她仿佛不知道自己一连睡了这么多天，对周济说，你昨天刚刮了脸，怎么今天胡子就长得这么长了？她还惊异地指着店外的树说，咦，怎么一宿儿的工夫，树叶都掉光了？周济没敢告诉她，她这一觉，睡丢了许多天。周于氏对周济说，昨夜她睡得实在累，因为一只白狐狸缠着她，说是让猎人给打伤了，非让她背着走。她背着它，渡过了七条河，翻过了六座山，狐狸才下来，拱手谢过她，走了。周于氏讲完这一切，打起了哆嗦。因为她看见，梦中的白狐狸，竟然现身于供奉财神的枣木方桌上！她对周济说："快看，白狐狸就在那儿！"可周济看见的，唯有富态的财神爷造像和香炉，他吓出了一身冷汗。

周济不想让老婆出马，也就没听人家的，在家给狐仙立下堂口。可是自此以后，周于氏每隔一段时间就要犯病。有时她做着做着饭，嚷着困了，也不管正淘着米还是炒着菜，灶火呼呼燃烧着，躺倒就睡，一睡就是三天五天的。周济不信邪，请来郎中，想让他们诊出周于氏的毛病。可郎中们都说她脉象平稳，呼吸顺畅，面色和润，并无大碍。周济无奈，周于氏第四次犯病醒来后，他请了懂这行的人，在家为狐仙立下牌位。平素瓜果供奉，逢年过节，敬以酒食，周于氏这才安静下来了。只要有人求助于她，她给狐仙上香叩拜后，立于堂口，不消多久，仙气就会临身，通过她指点迷津。她算的命，和她为病人开的方子，简直是神枪手射向靶子的子弹，百发百中。周济家从此香火缭绕，门庭若市。他配合周于氏，将面馆改为草药铺，一时间财源滚滚。

然而仙家出道，前三年最灵验，后三年次之，到了第七个年头，狐仙大概厌倦了人间，抽身离去了。周于氏还了凡身，没有神灵附体，她就给人拔火罐。不过，来的人跟以前比，一落千丈，周于氏好不沮丧。她就好像一个在天堂游历了一遭的人，突然被打入了十八层地狱，不能接受角色骤然的转换，暴饮暴食，眨眼间就成了个肥婆。周济怕她疯癫了，赶紧关了草药铺，把店面交给已娶妻生子的大儿子，让他能做点什么就做什么，反正周于氏六年间赚下的钱，不会让他们的晚年穷困潦倒了。

周济不做店主后，就在商业中心的正阳大街摆了个钱桌子，挂着老花镜，跷着二郎腿，给人兑换钱币。一桌一椅，钱币叮当一响，就开张了。依照行情，得个差价，没大赚头。市面流通的货币，除了俄国的卢布作为本位币畅通无阻，吉林的吉帖，以及银币铜币，用者甚广。周济坐在街角，有了营生，又能望风景，好不畅快。他想让周于氏一同坐着散心，可她坚辞不出。许多年来，周于氏除了吃就是睡，终日肿着眼泡，见着家人嘟嘟囔囔的，也不知她在说些什么。她每月只出两次门，阴历的初一和十五，到关帝庙烧香。每次从关帝庙回来，她的眼睛都现出活泼的光影，然而要不了三天，她的希冀仿佛落空了，眼神就又黯淡下去。

周济和周于氏的两个儿子，大的叫周耀祖，小的叫周耀庭。周耀祖和老婆于晴秀，将父亲交与的店面，做了点心铺子，经营甚好。他们一儿一女，儿子叫喜岁，女儿叫喜珠。

喜岁皮肤白皙，模样周正，周于氏说他天生就是唱戏的料。喜岁七岁时，周于氏把他送进戏班子，说是一个人练出一副好嗓子，戏台上一站，水袖一舞，风吹不着雨淋不着，一生不愁吃穿。喜岁嗓子透亮，她让他学生角。然而喜岁进了戏班子，讨厌吊嗓子，更厌恶生角。生旦净末丑中，他独独喜欢上了丑，觉得无论是文丑还是武丑，都是戏台上最风光有趣的。因为丑角一出场，台下往往笑声不断，而别的角儿出来，唱到动情处，往往会催下人的泪水，让人不痛快。

周耀祖不喜欢儿子将来在梨园行里混，在他眼里，那口饭并不好吃，可他不愿违背母亲的意愿，只能眼睁睁地看着儿子受苦。戏班子里的孩子，吃住都在那里，即使家在眼前，不到年节，也是不能回的。周耀祖一想喜岁要学六年才能“出师”，常和于晴秀夜半叹气。不过，喜岁在戏班子只呆了三年就回家了，原因是周于氏知道了孙子竟然改学了丑角，整天练习的是倒立、翻跟头、蹲马步和念白，唱功毫无长进，这把她气坏了，说是周家风清气正，出个上蹿下跳的丑角是耻辱，不如不学，于是喜岁欢天喜地地回了家。其实，奶奶就是不叫他回来，他也要逃出来了。因为师父待他们这些伶童，实在是狠。他们学戏的时候，还得听师傅的吆喝，让捶背就得捶背，让洗脚就得给洗脚，有时还得给师傅挠痒痒和烧鸦片烟。最恐怖的是，师父吐痰，一定要让他们用掌心接住，说是练就他们眼神的灵活和身手的敏捷。接不住痰的孩子，要头顶装满了小米的三足铜香炉，笔直地站上两个钟头。若是米撒了，或香炉掉了下来，吃顿皮鞭是免不了的。

喜岁从戏班子出来后，同龄的孩子都不敢跟他玩耍，怕惹急了他，练过功的他会出手要了他们的小命。也因此，喜岁比别的孩子显得孤单。周耀祖送他进学堂，他只上了一个礼拜，再不肯去了。说是一看见字，心烦不说，眼眶还疼，老想着砸东西。这样，他就像匹脱缰的野马，整天在街上疯跑。他胆子大，哪儿都敢去。四家子，三十六棚，田家烧锅，香坊，正阳河，傅家甸，这一左一右的地方，被他走遍了。尽管周耀祖给他揣了零钱，可他从来不花。他有本事在饭口时，随便走进哪家馆子，帮人家端茶倒水，抹桌扫地，讨口饭吃。有的时候，他夜里不归，家人也不急，知道他帮助哪家客栈烧炕或者喂马了,混得了一顿吃喝和一宿热炕。

于晴秀眼见着儿子一天天大了,却一无所长,愁得一看见喜岁就蹙眉头。都说教子由父,于晴秀央求周耀祖,说是喜岁快成人了,无一技之长,将来怎么顶起门户过日子?让他严加管束,不然这孩子就废掉了。

周耀祖不是不想管,而是管不了。他让喜岁跟个老郎中学针灸,可喜岁说人生病了本来就可怜,再给扎上银针,心眼儿不好,这门坏手艺他不能学。让他学刮脸,他用俏皮话回绝,说男人的胡子就是草,想要除掉,牵来牛羊就是了。周耀祖无奈,对他只能放任自流。

喜岁混到十四岁时,终于给自己找了个活儿,卖报纸。他发现,那些俄国人,特别喜欢看报纸。虽然俄文报纸于他来讲,如同天书,但他想只要能赚钱,管他呢。他脑子活泛,一边卖报,一边卖瓜子和香烟。他的肩上,交叉挎着两个硕大的帆布口袋,左面的口袋里插着俄文的《哈尔滨每日电讯广告》《哈尔滨新闻》《哈尔滨公报》《新生活报》等,右面的口袋里呢,是炒得香喷喷的瓜子和被称为"大白杆"的老巴夺香烟。俄国人管瓜子叫毛嗑,管香烟叫西噶列大,喜岁卖报的时候,不忘了吆喝:"毛嗑——西噶列大——"喜岁面目清秀,招人稀罕,又殷勤,随手揣着火柴,人们买了香烟,他划根火柴帮着点着,深得顾客喜爱。

喜岁跟王春申一样,是傅家甸每日必到埠头区和新城区的人。不同的是,王春申出去得晚,回来得也晚;而喜岁因为一大早要去报馆上报纸,走得早,回来得也早。喜岁把挣来的钱,无论纸币还是铜币,统统塞进枕头里,说是夜里枕着,能做发财梦。天长日久,这个枕头竟鼓了起来。周于氏唯一快乐的事,就是拍打着孙子的枕头，无限感慨地说："不愁讨老婆了。"虽然周济和周于氏对喜岁满意了，但周耀祖和于晴秀还是觉得卖报不是个正经营生，一个男人，还是得学门手艺，才能长远立足。也许内心对喜岁不抱什么希望了吧，于晴秀如今又怀上了，从她爱吃酸上，人们料定，明年春天出生的将是个男孩。

周济爱傅家甸，因为他来时这里还冷清，二十年后，却是改天换地了。他是看着房屋和街巷，一座座、一条条地多了起来，看着老辈人相继故去，新一代呱呱坠地。他守着钱桌子，几乎是不到埠头区和新城区的，他不喜欢西洋景，尤其不喜欢洋行。说是洋行多了，他钱桌子上的钱会越来越乱。而周于氏不能容忍的，是洋人在哈尔滨建的教堂。在她心目中，只有关帝庙最值得朝拜。因为那里的祖宗是自己的，而耶稣却是洋祖宗。一听说哪儿又起了一座教堂，而且都是洋名字，什么圣索菲亚教堂，什么乌斯平斯卡娅教堂，什么圣斯坦尼斯拉夫教堂，她就会气得头晕眼花，摔摔打打的，这时家里的碗筷就遭殃了。对于近在眼前的傅家甸的天主堂，她更是憎恨不已，说是有朝一日白狐狸再临身，她要修成口中喷火的神功，不费吹灰之力烧了它。

比之父母，周耀祖和周耀庭这一代，对傅家甸的爱虽然没有那么深，但对它也是依恋的。不过，他们不排斥洋人。周耀祖家做的点心，因为道台府青睐，在哈尔滨名气渐大。爱把点心作为茶食的俄国人，专程从埠头区或新城区慕名而来，买上一包鸡蛋核桃糕或是枣泥杏仁饼，这其中就包括在剧院唱歌的谢尼科娃。谢尼科娃过来，总是乘坐王春申的马车。有一次，周于氏从关帝庙回来，恰好撞见王春申拉着谢尼科娃从点心铺子离开，她不好意思当街骂王春申，就骂他驾驭的马："亏你还是道台府出来的，怎么威风全没了，什么草都吃！"接着，她踮着小脚，飘飘悠悠进了点心铺子，指着周耀祖的鼻子骂："你那点心不卖给毛子，能长毛吗？"周耀祖赶紧赔着笑脸，说："不能长毛，下次不卖她就是了。"嘴上这么说，周耀祖心里却想，有生意不做，不是傻瓜吗？只不过事后他嘱咐王春申，初一和十五最好不要载着谢尼科娃来。

比起周耀祖，周耀庭愿意呆在傅家甸，是因为他大小也是这儿的人物。他当过巡警，后来傅家甸成立禁烟所，他去了那里。他这个禁烟的，对吸食大烟的，睁一只眼闭一只眼。因为烟馆封了后，经营烟土的，暗中把生意转移到了妓馆和茶园，而这两处地方，是他的逍遥地。他纵容他们，妓馆和茶园的主人就都对他笑脸相迎，他可以白吃白睡，省却了银两，等于捡了份美差。而他当巡警的时候，只不过因为借了一个叫小桃李的妓女两个卢布，忘了还了，被小桃李告到警局，自己竟被罚在码头货栈做了一个月苦工，丢尽脸面。在他眼里，警局对他来说就是大牢，而禁烟所无疑是王母娘娘的蟠桃园。周耀庭也是三十岁的人了，可他压根儿不想成家，觉得有了家的男人，就是被女人钓出水的鱼，别想着再有自由，看看王春申就知道了。周耀庭清楚，自己是一条不想被人捉住的滑溜溜的泥鳅，而傅家甸是一条浑浊的河，最宜畅游。

喜岁喜珠这一辈，都是在傅家甸出生的。在喜岁眼里，埠头区是刀马旦，热闹，华丽，一亮相就能博得满堂彩；新城区呢，是唱悲戏的生角，安闲气派，韵味十足，却有股说不出的忧伤。而陈旧零乱又有点肮脏的傅家甸，就是鼻梁上涂了白的丑角，自在舒适，让人心生欢喜。所以他每天卖完报，一踏上傅家甸弯曲狭窄的小巷，常常因高兴，拿腔捏调、比比划划的，念上几句他在戏班子学会的唯一喜欢的《打龙袍》中的《报灯名》："灯官好，灯官妙，听我把灯名报一报——”在路边休闲的熟悉他的老人见他这样，打趣着：“喜岁，你怎么自个儿跟自个儿说话呀？”喜岁笑呵呵地说：“我报灯名呢。”人家就说：“那你好好报报给俺听听。”喜岁起了顽皮，一撇嘴，故意有板有眼地用念词拒绝：“这些个灯，那些个灯，灯官我一时报不清……”路人闻此，望着憨直可爱的喜岁，都笑起来。

霜降过后，天儿越发冷了，人们都穿上了棉袄棉裤。发现傅家甸最近咳嗽的人多了的，除了开诊所的郎中，就是喜岁了。喜岁还发现，这些咳嗽着的路人，不像往年，咳个三声两声的，照走不误；今年咳嗽的人，往往得停下脚步，倚靠着临街店铺的门或是榆树，大口大口喘息着，支撑不住的样子。对流行疾病一无所知的喜岁，老早就对母亲于晴秀说：“我看今冬得死人！”

于晴秀呵斥他说：“别乌鸦嘴！”

喜岁一边下意识地用手抹着嘴巴，一边盯着母亲渐渐凸起的肚子，说：“那里的小孩子现在长没长嘴巴呀？”

于晴秀笑了，说：“长了，是黑嘴巴，都能报灯名了！”

喜岁知道母亲抢白他，嘿嘿乐了。

这一日云气低沉，喜岁午后卖报回到傅家甸，走到华乐大舞台门前时，看见好几个人聚在一堆，围成个圈儿，垂着头，袖手瞧着什么热闹。他凑过去一看，原来地上四仰八叉躺着个人，是常来三铺炕客栈的巴音。他穿黑罩衣，鹿皮坎肩，簇新的棉裤，面色黑紫，口鼻有血迹，眼睛虽然半睁着，但眼珠一转不转，已死透了！围观的人，一开始还不敢对他动手动脚，可当有个人因为相中了鹿皮坎肩，开始下手扒时，另一个人赶紧去脱他的棉裤，说是吴芬每年给巴音做的棉裤，不轻不重，舒适保暖，絮的都是新棉花。由于巴音僵硬了，他们脱他的衣裤，费尽周折。喜岁眼见着巴音的鞋子、罩衣、坎肩、棉裤，跟进了当铺似的，眨眼间不属于他了。而那些没有得到东西的人，心有不甘，他们眼疾手快地，将手伸向已在别人手上的巴音的坎肩兜和裤兜，有人在坎肩兜里翻出了一卷钱，一哄分了；又有人在两个裤兜里掏出几把瓜子，也一哄分了。他们见喜岁站在一旁，就分给他一小把瓜子。喜岁抓着瓜子，看着身上只剩下白背心和花裤衩的巴音，一阵恶心。他撒了瓜子，哭着走了。瓜子落在巴音身上，就像爬上了一群黑蚂蚁。

四　金　娃

巴音暴尸街头，而且几乎被人剥了个精光，这走法实在凄惨。知道王春申家事的傅家甸人，以为他会因此解气，见到他都讨好地说："真是现世现报啊。"王春申蹙着眉，不说什么。其实，他心里并不痛快。巴音死了，竟是警察为他收的尸！吴芬虽然也哭了一场，但她说人死如灯灭，再念着旧人以往的光焰，下半辈子就得活在黑暗中。再说了，巴音真正的家在哪里，有几个女人和孩子，他的积蓄存在何处，她一无所知。万一把他葬了，有朝一日他们找上门来，朝她要人，麻烦就大了。所以，吴芬最后都没去看他一眼，只买了一身寿衣，打发人送过去。

王春申为巴音难过，他没有想到十多天前还好好的一个大活人，说死就死了。他平素厌恶巴音的模样，觉得他长着鹰钩鼻子，一双贼溜溜的鼠眼，不是善面人。可现在他一想起他的眉眼，就有股说不出的怜惜和心疼。王春申更加鄙视吴芬，觉得她自私自利，无情无义，合该无后。在王春申想来，巴音的精血，是被吴芬吸干了，一场伤风才会要了他的命。

巴音死后的第四天，吴芬病了。她先是头疼，胸闷；继而害冷，咳嗽；接着高烧说胡话。王春申想，吴芬虽然嘴硬，但心里还是恋着巴音吧，不然怎会突然病了呢！他想相思病没法子治，要想好，只能自己解开心结，便嘱咐金兰多给她做点清热泻火的橘皮粥和绿豆汤。

金兰见王春申对吴芬还是关心的，醋意十足。她想巴音死了，吴芬这是故意装病，博取王春申的怜惜，好鸳梦重温。如果是那样，她将来的日子可就不好过了。金兰在给吴芬送吃的时候，也就嘟噜着脸，没有好声气。

这一日黄昏，金兰把粥送到吴芬的炕桌上，刚要离开，吴芬忽然叫住她，虚弱地说："金兰，你知道姐姐这辈子，最恨什么吗？"

金兰愣了一下，然后说："人的爱都差不多，爱财爱物，爱酒爱色；要说恨呢，各有各的，千奇百怪，我怎么猜得出来！"

吴芬凄凉地笑了一声，说："姐姐最恨的，是自己不是男儿身啊。男儿身是什么？仗着身上有杆长矛，哪儿都敢冲杀，没有落败的时候。女儿身呢，是纸糊的挡箭牌，一戳，稀里哗啦就碎了——"说着，又咳嗽起来。

金兰从未听吴芬讲过这么在理而又风趣的话，呵呵笑了。她转身回到灶房，特意为她做了一碗阳春面。然而，吴芬前夜吃完阳春面，第二天走的却是鬼路。她夜半时咳嗽加剧，呼吸急促，到了早晨，天边喷涌朝霞时，她大口大口地吐血，不出一个钟头就没气了，死时脸黑得跟炭似的。

三铺炕客栈出了丧事，住在这儿的客人怕鬼魂，一哄而散。

王春申没有想到吴芬这么快就跟着巴音去了，他哀叹不已。依照风俗，本该停尸三天的，可他做主只停一天，次日发丧。说是早早打发她上路，她好早点见到心上人。

王春申这天的马车便没有驶向埠头区和新城区，而是去了傅家甸的丧葬铺子。为了拉棺材方便,他卸下了平素载人的带篷的车厢,换上了低矮狭长的爬犁。他买了棺材、绸缎寿衣以及纸牛纸马,步履沉重地回客栈。由于路面少有积雪,爬犁吃重,黑马拼尽了力气,走得汗涔涔的。碰见的熟人,都不敢跟他打招呼,他们觉得王春申太可怜了。老婆活着时不是他的,死了他还得发送。而王春申心里,那一刻念的却是吴芬对他的好。不管怎的,每到深秋,吴芬总不忘给他做一身舒适的冬衣。尤其这两年,知道他在外面赶马车,关节易受风寒,给他做棉袄棉裤时,胳膊肘和膝盖那儿,不忘了多絮一层棉花。想想以后再没有女人给自己做柔软暖和的冬衣了,王春申打了个深深的寒战。

棺材一进院子,还没等王春申找人帮着卸下,金兰就从屋里奔出,打量什么稀罕物似的,绕着它转了一圈,手在上面拍拍打打的,啧啧叫着:“这么厚的棺材板,一准是最贵的!”

王春申心想,你用不着攀比,万一你死了,我也给你置办同样的棺材。

金兰拎起黑地印有明黄色铜钱图案的缎子寿衣后,更是嫉妒不已,说:“你娶我进门,也没让我穿这么好的衣裳呀。”

王春申终于忍不住,说:“你要是喜欢,就留着自己穿吧。”

金兰“呸”了一口,说:“谁愿意穿寿衣!”

王春申说:“那就别跟死人争风光!”

金兰擤了一把鼻涕,看似无意似的,将它甩在棺材上,柔声细语地说:“别的我不争,可现在你就我这么一个女人了,往后客栈的名字就改成‘春兰’吧。”

王春申火了:“谁说我就你这一个女人?我的女人海着去了!”他指着棺材上的鼻涕,呵斥道:“不给我擦干净,我就先把你装进去埋了!”

金兰从没见过王春申发这么大的脾气，她显然被吓着了，嘟囔着："我又不是故意的。"赶紧用棉袄袖子去蹭鼻涕。岂知天寒地冻，鼻涕瞬间凝结成冰了，不好擦掉。金兰为难地看着王春申说："天冷，都冻上了，这可不怪我。"

"你就是用舌头，也得给我舔干净！"王春申怒吼着。

金兰委屈得"哇"的一声哭了，说："要是有下辈子，我非托生成个男的，把你当小的娶回家，让你也尝尝这滋味！"

"那得看我愿不愿意托生成女人。"王春申冷冷地说，"还有，愿不愿意让你给娶了！"

金兰认真地说："都说这辈子的丑人，下辈子会变成美人。"她抽了一下鼻子，撇着嘴说："到了那个地界，你想嫁我，我乐不乐意还两说着呢。"

王春申真是哭笑不得。他想，一个人太丑了，头脑就异常了吧。

第二天清早，周耀祖和张小前来到三铺炕客栈，他们是来帮忙的。王春申抱着吴芬入殓后，张小前盖棺，周耀祖钉棺盖。戴着孝布的继宝，头顶丧盆子，按照大人的吩咐，在起灵的一瞬，将它摔在地上。虽然继宝十一岁了，但他单薄，胆小力弱。那个没魂没魄的泥盆，一落地竟然立起身子，车轮般转了半圈，然后毫发未损地倒在地上。迷信说法，丧盆子不碎，死者就会阴魂不散。所以载着灵柩的马车一出客栈，金兰便骂："我养的儿子给你摔丧盆子，你还不知足？想赖在这里不走啊，没门儿！快滚吧！"她先是一脚把丧盆子踹个稀烂，然后撮了炉灰，将它撒遍每一道门槛，说是这样鬼就进不了门了。设置好了门槛的防线，金兰又扯下继宝身上的孝布，扔进炉膛，加了劈柴，调旺炉火，将吴芬住屋封严的窗户打开，门也大敞四开着，发誓要把浊气放个干净。

埋葬完吴芬，是正午了。王春申没有回客栈，而是赶着马车，请周耀祖和张小前去泰顺小馆吃酒，答谢他们。吃丧饭总归是压抑的，三个人都不怎么讲话。可是酒过三巡，张小前忽然活泛起来，他嘻嘻笑着，说："翟役生这个混蛋，这几天可把徐义德折腾苦了！"

周耀祖连忙给张小前使眼色，暗示他不要当着王春申的面说翟役生。

王春申倒不避讳，因为在他心目中，翟役生算不上个男人，他让张小前讲下去。

张小前说："他缠磨徐义德，说自己吊在老家房梁上的'高升'倒霉透了，让大火给烧了。说没它的话，有一天他死了，还成不了个全和人，非让徐义德用泥把他的玩意儿给捏出来。"

周耀祖蹙着眉问："'高升'是什么？"

王春申懂这个，解释道："太监净身时割下的玩意儿，一般要埋在石灰里，用升吊在家里或是净身师傅家的房梁上，这就叫'高升'。等太监四五十岁时，取下它，在自家祖坟'还升'。要是没这个，他们死后连祖坟都进不去。"

"那以后说拜年话，可不敢再祝福人步步高升了。"周耀祖呵呵笑着，"'高升'要是掉下来，里面的玩意儿让狗吃了，或是让屋顶的老鼠给糟蹋了，可怎么好？"

"翟役生的，不就是让大火给烧了吗？"张小前说，"徐义德本不愿意给他捏的，可又怕翟役生不高兴，闹他的铺子，就答应了。可是呢，徐义德捏的第一条，翟役生就不称意，嫌小嫌细，说是徐义德没把他当男人看；给他捏得粗大了呢，又说把他当成驴了。徐义德没办法，足足捏了七八条让他选，你们猜怎么着？他还是一条没相中。最后徐义德说，那你究竟要什么样的，说给我听听？翟役生说他也不知道，因为他算计不出他那玩意儿要是不割，到了这年龄会是什么身量。说完，翟役生哭了。你们能想到他会哭吗？”

周耀祖“唉”了一声，说：“他也怪可怜的。”

王春申嘀咕道：“他好模好样的，怎么想到身后事了？”

周耀祖说：“我估摸着巴音说死就死了，他也怕了吧。”

“他要是死了，不会像巴音，还得警察给收尸！”张小前说，“金兰要是不给他收的话，他还有妹妹呢，香芝兰不会不管他。”

就这样，这三个男人，由翟役生说到香芝兰，由香芝兰说到纪永和，由纪永和又说到粮食，一直说到晚炊时节，这才尽兴。分别前，张小前动情地拉起王春申的手，说：“王哥，再物色个好女人吧，要不你也太亏了。”周耀祖则拍着王春申的肩膀，说：“兄弟，明天驾着你的马车，嘚嘚往外一跑，烦心事也就颠没影儿了！见着谢尼科娃，告诉她我老婆又做了新花样的点心，鱼松花生馅的，咸口，哪天拉她过来吧。保她吃了这点心，嗓子亮堂得能把会叫的雀儿都气死！”

王春申点着头，眼睛湿了。幸而天色已跟隔夜茶似的，昏黄昏黄的了，没人看得清。他驾着马车，回客栈的路上，蓦然想起今儿是礼拜天。谢尼科娃去圣尼古拉教堂做礼拜，等不到他的马车，会乘谁的呢？王春申有点担忧起来。

三铺炕客栈没有客人，翟役生也不在。继宝蹲在炕沿前吃橘子，继英啃鸭梨，看来金兰去过水果店了。今晚她精心打扮过了，麻脸拍了脂粉，短眉毛也被描长了，还换上了和王春申成亲时穿的棉布罩衫。这些年她在灶房捞了不少油水，愈发丰腴。虽然罩衫是洋红色的，也够厚实，但在她身上却如一张单薄的白纸;而她高耸的双乳,宛如熊熊燃烧的火焰,罩衫的纽扣快要被挣断了,真真是纸里包不住火了。

灶房飘出浓浓的肉香味。金兰眨着眼睛快活地对王春申说,她特意买了他最爱吃的羊排骨,放了八角肉桂,快炖烂了。她还说,在傅家烧锅打了一壶酒,今儿让他喝个够。

王春申说:"我跟张小前和周耀祖喝了一下晌儿,乏了,想歇着了。"

"你都多少年没陪我喝酒了,今晚就依了我吧。"金兰撒娇地扯着王春申的衣袖,扭着水桶腰,捏着粗嗓子说:"你看谁家男人太阳一落就歇着?你得等到星星出齐了再上炕。"

王春申嫌恶地甩开金兰的手,问:"你那个娘娘呢?"

金兰知道他是在问翟役生,说:"不知道去哪儿了,只说今儿不回来了。"

怕王春申真的回屋睡觉,金兰赶紧转身进了灶房,将羊排骨盛出一碗,飞快地端上桌,抄起筷子,夹了一块,殷勤地送到王春申口中,说:"尝尝,烂没烂?"

王春申只能张开嘴,吞进去。羊排骨烂了,味道也不错,但王春申为了脱身,还是说:"不到火候,嚼起来费牙。"

金兰委屈地对王春申说,她为了让火旺,把吴芬遗留下的衣服划拉了一团,都填到灶坑烧了,反正早晚也是个烧,在外面烧白瞎了一团火,在屋里烧还能炖肉。

王春申听闻此言,一阵恶心,跑到灶房的泔水桶前,大口大口地吐起来。金兰以为他真的喝多了,跟过去,一边帮他捶背让他痛快地吐,一边沮丧地说:"唉,早知这样,我何苦忙乎一天呢。"

王春申吐干净了,用清水漱了口,正要回屋,金兰叫住他。

她从吴芬的屋子里搬出铁皮钱匣子，放在饭桌上，对王春申说，这些年客栈的进项，都由吴芬经管，究竟有多少她也不知晓。现在吴芬走了，轮到她管家了，得把底数当着他的面弄清楚了。可是她翻遍了吴芬的屋子，却找不到钱匣子的钥匙，建议把它砸开。还没等王春申点头，金兰拎出早已备在桌下的铁锤，哐当哐当地砸起来。她真有力气，只三五下，铁锁"哗啦"一响，锁梁和锁身分离了。而她这通折腾，使得两颗纽扣终于吃不住劲，绷断了，那双乳房像是闻到了腥味的猫，探出头来，令王春申瞠目。

金兰动作麻利，双手在钱匣里飞快地翻来翻去。她正抱怨着钱怎么这么少的时候，忽然发现钱匣中还有一个长条形的小盒子。打开盒盖后，王春申从金兰大睁的眼睛和唇角迅疾涌出的涎水中，知道她发现了宝物。他凑过去一看，竟是一个金娃！这金娃一拃来长，圆圆的脸，厚厚的唇，大大的眼睛，圆鼓鼓的胳膊，腿间还吊着鸡鸡。看上去胖胖乎乎，笑模笑样的，煞是喜人。金兰拿在手上掂了掂，撇着嘴说："哼，倚仗自己是大，打了金娃，都不和我们商量一下，这也太欺负人了吧？"

王春申接过金娃，心里一阵酸楚。他知道吴芬太想要个儿子了，才把这些年的积蓄换成了黄金，打制了金娃。她在长夜里，悄悄看过多少眼金娃，不得而知。

金兰说："肯定是去埠头区的中国大街偷偷打的，要是在傅家甸，金匠怎么的也透出口风了！"

王春申很喜欢金娃，他把它装回盒子，拿在手中，想稀罕几天。金兰一见急了，以为他要独吞，说："这里也有我的份，客栈出力的又不是她一个！"说完，夺过盒子，拎出金娃，眨眼间，就把金娃的头、胳膊和腿掰下来。看来这金子的成色不错，有硬度而又不乏柔软，金兰掰的时候不费吹灰之力。看着刚才还好端端的金娃，瞬间断肢解体，身首异处，王春申愤怒了，劈手给了她一巴掌。金兰咧开大嘴哭了。她脸颊的那些麻坑，被泪水浸润得亮闪闪的，看上去就像长了层鱼鳞。

这个夜晚，王春申失眠了。夜半时分，他听见有人嗵嗵敲窗，是翟役生，他一进门就大嚷："姓金的，外面下银子了，还不快出去捡！"看来天落雪了，翟役生又喝醉了。

五　捕　鼠

入冬以来，哈尔滨也落了几场雪。不过都是小打小闹的，没怎么存住。而昨夜的雪，却是大动干戈，把哈尔滨杀得白茫茫的。街边的榆树，本来还命悬一线似的，将三两片枯叶当金币一样吊着，大雪这个天贼一来，它们立刻吓软了腿，哆嗦着坠地了。而野地里那些筷子般长的瑟缩的荒草，再想打悲秋这张牌，也是不可能的了，过膝的大雪生生把它们的幽怨埋住了。大雪后的哈尔滨什么样子呢，如果在乌鸦眼里，一定是三张刚出锅的面饼。埠头区那张大些，新城区的中不溜儿，而傅家甸稍小一些。不过最小的这张面饼，像是撒了黑芝麻。因为大雪过后，一个令人惊恐的消息传遍了这里：鼠疫来了。人们无法安生呆在屋子里，纷纷抄着袖子走向街头，一探究竟。

其实早在巴音死前的两天，马家沟的一座工棚内，一个从满洲里串亲戚回来的中年男人，在高烧多日后，突然吐血而死。接着，同一工棚的人，又有三人相继出现了类似症状。新城区俄国医院的医生据此判断，哈尔滨可能出现了鼠疫。而傅家甸人忽视了，巴音死后的第三天，三鲜豆腐小馆的主人刘文庆，因发烧咳嗽多日不好，在家人扶他问诊的路上，突然昏厥，口吐鲜血，一命呜呼，且死后的脸色跟巴音一样，呈黑紫黑紫的！而巴音，是三鲜豆腐小馆的常客。及至三铺炕客栈女主人吴芬暴亡，傅家甸的风云人物傅百川，才敏锐意识到这三个人同样症状的死法有点蹊跷，赶紧说与道台府的道员于驷兴。于驷兴大惊，看来前一段耳闻的发生在满洲里的鼠疫，已经野火一样，悄悄蔓延到傅家甸了。此时，敏锐的俄国人，为了确保在哈尔滨的俄人安全，已经先行一步，拨款设立检疫所，进行鼠疫预防了。于驷兴知道这是人命关天的大事，立即召集滨江厅警务局和商会董事会的人员，商议对策。傅家甸就此成立了防疫卫生局，于驷兴任总办，另设坐办和会办。他们在八道街的商会租赁了二十多间房，作为临时病院，在各区域内下派卫生医士和巡警，发现此类病者，一律送到那里，厉行隔离。同时号召大家捕捉老鼠，切断疫源。

一旦得到了鼠疫爆发的确切消息，而且是巴音从满洲里带到傅家甸的，先前同情巴音的人，都痛恨起他来。与他接触过的人，茶园的伙计，粥铺的掌柜，戏院的门房，处理他尸首的警察，都慌张起来，不断摸自己的脑门儿，看看热不热；不断打量吐出的痰，看看有没有血丝。而与他在街上仅仅照过面的人，也疑神疑鬼的。这其中最惊恐的，莫过于王春申了。他不是为自己惊恐，而是为周耀祖和张小前，因为他们好心地帮他给吴芬送了葬。此外，他还为心爱的黑马惊恐。万一自己感染了鼠疫，传染给它，那就遭殃了。这个好伙计，是他在世上不能割舍的。至于这病能不能在人与动物之间传播，他没处可问，一无所知。

王春申早就不想和翟役生住在一个屋檐下，他趁此机会搬到了马厩，搭了个小杆铺，抱过一套行李。住的有了，吃的呢？马厩有炉子，只需抱点劈柴，拿套炊具，再买上油盐酱醋和粮食，就可以了。炉火既可做饭，又能取暖，两全其美。王春申吃饱喝足后，在静谧的夜里闻着马的气息，无比温暖。他责备自己，为什么不早点跟黑马住在一起呢？

王春申在马厩安顿下来后，要接继宝同住，毕竟这是王家的独苗。可继宝不乐意，说是黑马没拴着，万一夜里一脚踢在他肚子上，肚子不就漏了么。王春申答应把马拴上，继宝仍不乐意，说马万一半夜做了噩梦，挣断了缰绳，他的肚子不是还得被踢漏？王春申被继宝逗笑了，因为他不知道，马会不会做梦。

防疫卫生局甫一成立，首先派到三铺炕客栈两个防疫人员，他们戴着口罩，将客栈的每一个角落喷洒了石碳酸，进行了彻底消毒。即便如此，客栈的生意还是一落千丈，仿佛这里成了魔窟，没人敢住进来。气得金兰骂吴芬阴险毒辣，死了也不让这个家安宁。金兰不怕鼠疫，她说自己出天花时落了一脸的麻子，身体里一直存有毒素，以毒攻毒，天大的瘟疫也休想沾她的身。

金兰试探着问翟役生，用不用去马厩住，可以给他也搭张铺。翟役生梗着脖子嚷："好歹我也在紫禁城混过，皇上走过的宫殿台阶，我也走过，怎么能让我跟畜生住在一起！"王春申心想，你最好也别来，不然你见我心爱的黑马那么雄武，趁我不在，还不得把它骟了呀。

开客栈的人家，不能养狗，怕吓跑客人；而猫，却是必养的。因为没有猫，老鼠就会在灶房天天开宴席。金兰养的黄猫，跟她一样面目丑陋：夹眼角，歪嘴，七长八短的胡子没一根顺溜的。它爱睡在柴灰上，浑身脏兮兮的，灶坑也就成了它的窝。有几次，金兰生火，没注意到它还在柴灰上美美睡着，差点把它堵在灶坑烧死。别看这猫模样怪诞，捉老鼠可是一把好手。老鼠闹得凶的时候，它一天能捉七八只。金兰常想，游走于三铺炕客栈的老鼠们，一定恨它恨得咬牙切齿。万一有一天黄猫死了，它们还不得蹿上房梁开庆祝会呀。

听说官府为了鼓励百姓灭鼠，捉一只老鼠，奖励铜钱五分。金兰想自己闲着也是闲着，不如和黄猫捉老鼠，挣一分是一分。她在客栈的各个角落，下了捕鼠夹，然后把黄猫圈在灶房，让它一意捕鼠。黄猫已经习惯了捉到老鼠，就把它消灭掉。可如今吃掉老鼠，等于吃掉了钱，金兰不许。她一旦从门缝觑见黄猫捉住老鼠，要享用了，赶紧冲进灶房，将其夺下。黄猫愤怒地竖起胡子，喵喵叫着，不明白为什么该吃的东西，却突然不让吃了。

黄猫有了抵触情绪，捕鼠就没热情了。金兰晚上睡觉，能听见灶房的老鼠窸窸窣窣地响了。早晨起来，不是发现竹篮的干粮被糟蹋了大半，就是看见剩在案板的肉被啃得面目皆非。不用说，这都是老鼠趁黑干的。而且老鼠故意气她似的，将米粒似的黑屎，遗留在灶台上。一想起它们享用了一夜的珍馐美味后，清晨鼓着圆溜溜的肚子回窝睡觉了，金兰就为猫的怠工大为恼火。她捉住黄猫，掐它的脖子，想着吓唬吓唬它，它就不敢对横行的老鼠袖手旁观了。哪想到她教训黄猫的时候，被推门而至的翟役生撞见了。

做太监的，在人群中，还是觉得孤单吧，他们特别喜欢养猫养狗做个伴，翟役生也不例外。他初来傅家甸时，身穿灰布长袍，脑后吊着单细的长辫，肩搭蓝布行囊，怀中抱着的，就是一只雪白的猫。这只被劁过的猫，叫声与别的猫不一样，其声凄厉，类似猫头鹰。白猫跟金兰的黄猫合不来，它们常常怒目对峙。白猫懒于捉老鼠，被翟役生养得肥嘟嘟的，娘娘一样供着。晚上翟役生睡觉时，它就蜷在枕边陪伴。金兰看不惯它，早有除掉它之意。可未等她动手，白猫把自己除掉了。有一日它享用鱼骨，一不小心，粗大的鱼骨竟然卡在喉咙，只一忽儿的工夫，就断气了。翟役生非常伤心，他抱着它，想找棵果树，把它埋掉。可他在傅家甸转悠了一天，也没发现一棵果树，只好把它埋在榆树下。那棵榆树就是崩爆米花的人常倚靠着的，翟役生说这样，冬天时白猫也不会觉得冷。没了心爱的白猫，翟役生就把心思转移到黄猫身上，每次回到客栈，只要带了吃的，总先喂给它。不过，黄猫吃了他的，并不领情，翟役生召唤它，它从不靠前。有天晚上，翟役生用了三盆水，细致地为它洗了澡，将它小心翼翼地抱到枕畔。可是黄猫伴他还不到一袋烟的工夫，忽地站起来，抖了抖湿漉漉的毛发，又去灶坑的柴灰上睡去了。金兰在心里直乐：白瞎了那三盆清水了吧？

翟役生见黄猫被金兰掐得四爪乱蹬，以为要置它于死地，照着她的背就是一拳。金兰一个趔趄，黄猫就此脱身。它落地后没有溜掉，而是前腿支起，后腿蹲下，昂头挺胸的，端端坐在那儿，如同判官，冷冷地看着金兰受翟役生的审。

“我再晚回来一步，你是不是要吃猫肉了？”翟役生扯着公鸭嗓大叫。

“吃猫肉了又怎的？”金兰说，“我不让它吃耗子，它还来脾气了，不捉了！这两天耗子在灶房造反了，你就一点没听到？”傅家甸人，习惯把老鼠叫做耗子。

“你不让它吃，你吃？”翟役生忿忿不平地说。

金兰说：“再怎么的，我也不会吃那玩意儿呀，没听说死耗子如今能换钱么？”

翟役生说：“换什么钱啊，都是瞎传。你出去看看，家家抓的死耗子，都扔外面了。你要是有本事换成钱，不用在家和猫争嘴，街上捡去吧！”

金兰失望地看着翟役生，说："你不是说今天要出去一天吗，怎么这么早就回了？"

"还不是托三铺炕客栈的福！"翟役生啐了口痰，牢骚满腹地说，"我现在去哪儿，哪儿都吓得砰砰关门！"

金兰笑了，说："你又没得病，他们怕啥？巴音传染给吴芬，那是因为他们睡一铺炕上，脸贴脸，嘴对嘴，你又没和吴芬那样，怎么传染上？再说了，防疫卫生局不是给咱这儿消过毒了吗？"

"这病到底怎么个传染法，谁说得清呢？"翟役生说，"有人说耗子扒过的饭碗，你要是使了，就传染上了；还有的说耗子溜过的炕，你要是睡了，也能传染上。"

"那我每天多洗几次碗，多擦几遍炕不就行了吗？反正离着井近，不愁水。"金兰问，"也不知现在有多少人得上这病了，你也没打听打听？"

"怎么没打听？"翟役生说，"八道街的商会那儿，关了五个发病的了，只有一个跟咱这三铺炕客栈有瓜葛。"

金兰赶紧打听是谁。

翟役生说："是张小前，人烧得都站不住了，昨晚他老婆和他大舅哥给抬进去的。"

金兰说："把人送那里，就能治好？我不信。你要是得了这病，我可不把你往那儿送，信不着他们。我用土法子，一准儿能给你治好。"

"你这不是咒我吗？"翟役生虽然有点生气，但还是听出了金兰对自己的关心和不舍，他的语气也就和缓了许多，"怎么治？把你的土法子说给我听听。"

金兰撒娇地说："你刚才打到我背上这一拳够狠的，哎哟，快疼死我了。你得先给我把背揉好了，我才说给你听。"

翟役生明白金兰这是想他绵软的手了。他撩起她的衣服，轻轻揉捏。说来也怪，金兰脸上坑坑洼洼的，身上倒是一马平川，柔韧光滑。如果说她的脸皮是粗麻布的话，身上贴的就是上好的丝绸了。金兰得到了爱抚，舒服得哼唧起来。黄猫败兴地低下头，转身跑了。

翟役生虽然个子不高，但他的手和脚，却出奇的大，也出奇的灵巧。他不但会糊灯笼，还能给自己补袜子。翟役生虚胖，走路时下巴颏的肉乱颤，好像他的下巴快要兜不住肉了。他还怕热，特别爱出汗。所以他的汗衫，三天两头就得洗。他盖的被子，也得勤拆着，不然被汗溻出的馊味，会熏得人反胃。金兰对翟役生为什么出宫，一直心存疑虑。她也问过他，在里面呆着有吃有喝，何苦出来吃了上顿没下顿的？翟役生只说他想家，就出来了。再问他在里面是做什么的，翟役生只回一句："嗨，做这个的，不都是伺候人吗？"再无第二句话。不过说到工钱，翟役生倒不隐瞒，说他每月得到的月钱是最少的那等，银二两，制钱也就六七百，米不过两斤。按照金兰的揣测，翟役生肯定是被逐出宫的。因为翟役生不是年老体衰的人，不会因干不动活儿了被赶出来。那么他极有可能犯了什么错，受了刑罚才被赶出来。他右腿断过，留有伤疤。在金兰想来，那条腿绝不会像翟役生说的那样，是在门槛跌折的，而是被人打断的。但凡雨雪的前夜，翟役生总能准确预报，因为他那条伤腿会疼。

翟役生的手每回触摸着她的肌肤，金兰都有一种说不出的幸福。王春申虽然是她男人，可他不愿意给她一丝温存；而翟役生，能给她的都给了。在她眼里，这就是她的男人了。她甚至想，王春申有一天休了她，她也不怕，因为她有翟役生。

金兰正陶醉着，忽然听到灶下有老鼠的动静。她本想驱赶它们，可眼下她舍不得翟役生的手，而且，想想灶台下只有一个红萝卜，不值钱，它们要是不嫌辣，就啃去吧。可是，令金兰没有想到的是，翟役生听闻鼠声，忽然抽出手，纵身扑向灶台，眨眼间，老鼠已被他罩在掌下。他趴在地上捕鼠的姿态，简直就是一只活灵活现的猫！当翟役生炫耀地将那只还吱吱叫着的灰突突的老鼠提起来的时候，金兰惊异不已地说："真没想到，你还有拿耗子的本事！"

翟役生冲口而出："好几年不干这个了，没想到一逮还能逮住！早年我在宫里，就这么赤手空拳的，一天捉过六七只呢。"说完，翟役生打了个深深的寒战，扔下老鼠，叹了口气，"啪"地打了自己一巴掌，哭丧着脸说："怎么还记着这本事呢！"

那只死里逃生的老鼠落地后，还有点发蒙，它哆嗦了几下，这才开溜。它这一去，估计是不会再回到人的世界了。

金兰呆住了，其实翟役生捕鼠的那一刻，她已然明白，他在宫里过着怎样的日子。金兰没说什么，她从缸里舀了一盆清水，端到他面前，怜惜地说："洗手吧，以后再也不用干这个了。"翟役生垂手站着，没碰清水，金兰便又催促了一遍："洗手吧。"谁知翟役生忽然夺过那盆水，"哗"的一下，朝她头上泼来，然后将铁盆"咣当"一声摔在地上。金兰气坏了，她一边骂翟役生不识抬举，一边用力将他扳倒在地，一脚接着一脚踹他。金兰没有想到，翟役生的身子竟是这般懈松，她的脚，就像踹在棉花包上。

六　蝴　蝶

谢尼科娃的家，在埠头区沙曼街上，这是一座独立的庭院。

小楼的地基是花岗石的，楼体是砖木结构的。楼的墙面刷成米黄色，屋顶却是深绿色的。屋檐下镶嵌着一道黄绿相间的锯齿形木装饰，看上去像是一道华美的流苏。从外观看，你很难说这楼是两层还是三层。说它两层呢，是因为这两层都有窗口，显然住着人；说它不是两层呢，是因为第二层往上，一左一右的，又冒出两个尖顶，好像竖立着两个木头人。尖顶没有窗子，看来不住人。这座小楼的窗子，与其他俄国人家同一格式的圆券高窗又有不同，窗子各有各的风格。二层向东的窗子，最上一格是斜的；而朝西的，则是菱形窗。总之，这座房屋看上去就像一个打扮得格外俏皮的女孩，有几分天真，又有几分野气。你在与它相邻的俄国人聚集的马街、商市街、大坑街、短街和药铺街，绝看不到这样的建筑。也许因为这楼太像一朵浪漫的花儿了，这座庭院，在埠头区，最招蝴蝶。当然，矮矮的木栅栏背后，的确有一个椭圆的花圃，种植着黄的白的菊花，粉的红的玫瑰，还有一种紫色的鸢尾花。花是五颜六色的，飞来的蝴蝶也不甘示弱，黄蝴蝶白蝴蝶紫蝴蝶黑蝴蝶应有尽有。这些蝴蝶本来够斑斓的了，可它们还嫌不够，在身上又点缀着红的绿的蓝的黄的斑点。蝴蝶的翅膀，绚烂得就像画家手持的调色板。

在王春申心目中，这样的房屋，只配谢尼科娃住。因为她的样子，也像一只蝴蝶。当然，除了谢尼科娃，这里还住着她的丈夫雅思卢金，她的女儿娜塔莎，以及她的父亲卢什科维奇。

身形高挑的谢尼科娃三十多岁，她长腿细腰，丰胸阔臀，真是该瘦的地方瘦着，该丰满的地方丰满着。也许是做演员的缘故吧，她的表情极其耐人寻味，双眸总是雾蒙蒙的，笑起来唇边似有微风拂过，笑窝泛着浅浅的涟漪。俄国女人挺直的鼻子，既是优点，也是缺点。优点是它使面部的轮廓显得鲜明，好像一盏高吊着的路灯，投下光明；缺点是鼻尖过长，与嘴的距离太近，少了柔和。可是谢尼科娃的鼻子，却没有给人这种感觉。一是因为她有着与众不同的尖下巴，尖下巴与高鼻梁相望，就使嘴巴成了青山夹峙中的一片湖，有一种说不出的柔美。还有，谢尼科娃有意无意的，爱用右手轻托腮帮，这等于给鼻子这棵大树，找到了一处阴凉。而一个女人的面部，是需要点阴凉的。这样的阴凉，撩人魂魄，鼻子当然就不会显得突兀了。

谢尼科娃的头发，有点类似玉米吐出的缨络。金黄，又有点微微的红。这样的发色，像是由五彩的阳光给晒出来的。她平素散开头发，那些齐肩的卷发，就像一片火烧云，环绕着脸颊和颈项，将她的脸烘托得如一轮夕阳，璨璨生辉。庭院的花圃旁放置着两张矮脚的栗色木椅，谢尼科娃坐在这上面喝茶或是看报时，就是这种发式。而她出门的时候，则会把头发高高挽起，额前只留一缕刘海。她此时的脸，就是一轮冬日的满月，冷艳逼人。

王春申从来没有进过剧院，谢尼科娃有演出的夜晚，他只把她送到灯火璀璨的剧院门口，就离开了。虽然没有亲眼目睹舞台上的她，不过他在喜岁卖的俄文报纸上看到了，她是那么的光彩照人。哈尔滨热爱音乐的人，都为她的歌声倾倒和痴迷。而王春申在赶马车的时候，不止一次听过她轻轻哼唱的歌。她坐在车篷里，如果是去教堂，哼的曲子永远是安详柔和的；而去剧院，有时会哼唱悲伤的小调。每个礼拜天，谢尼科娃都要去两处地方，一个是靠近火车站的圣尼古拉教堂，还有就是新城区霍尔瓦特大街上的一家钟表修理店。她的表似乎永远走不准，要不时去修。王春申听说，修表的是一个瘸腿的犹太人，从不出门，而他的弟弟，在乐团拉小提琴。

王春申对谢尼科娃，有一股说不出的感情。这种感情，很像飞舞在天地间的雪花，看上去轰轰烈烈的，却又寂静无声。他知道，谢尼科娃像女神一样，而他不过是个仆人。她是精灵般的蝴蝶，而他是匍匐在花间的一只可怜的蚂蚁。可每当他驾着马车，载着谢尼科娃穿街走巷，他会忘却了与她之间的万丈鸿沟，觉得在他身后低声吟唱着的谢尼科娃，是俯在他背上的一个小女孩。此时他会觉得人生是幸福的，因为，他的前面是心爱的黑马，而他的身后，是他隔几天见不到，就会无比思念的女人。这交融在一起的马蹄声和歌声，是他晦暗生活中，唯一的亮色。很奇怪，这种声音，竟也能充当绳索，有时他想去妓馆寻欢，它就会无形地缚住他的手脚。所以，最近他去那种地方，越来越少了。以至于他以前常去的一家妓馆的老鸨，有一天乘他的马车去四家子，下车后竟然分文未付，说是王春申冷落了她家的姑娘，一准儿是看上别家的了，她得为自家的姑娘出口气。

谢尼科娃的丈夫雅思卢金，是中东铁路管理局的一名高级职员。铁路开筑之初，指挥部设在田家烧锅的时候，他就来了，所以他是看着哈尔滨一天天繁华起来的。埠头区的中国大街，原本没有路，修筑铁路的物资，从海参崴由货船运抵松花江码头后，工人们为了运送物资，人扛马拉的，日复一日，硬是踩出了这样一条路。中东铁路贯通后，俄国人把这条街命名为中国大街。生活在沿江一带的中国人，依旧做着他们的生意。不过，因为这里已成租界，他们由主人变为了寄居者。中东铁路管理局设立了地亩处，中国商民用地造屋，必须向地亩处提出申请。注册之后，要逐年缴纳租地费用，方可经营。而这几年，租地费用累年增长，商民们怨声不绝。

王春申还记得，去年秋天，俄侨经营的伏特加酒厂，提出了减税申请，获得批准，最终减税百分之三十七点五，中国商民据此也提出减税申请，不但没有获批，其商铺还遭到了军警的袭扰，这引起了中国商民的愤怒。所以当有一个礼拜天，王春申在埠头区的一家咖啡店前，碰到雅思卢金，当他叫住王春申，说想乘他的马车，去新市街犹太人开的布利麻高级理发店理发时，王春申摇头拒绝，说他在等预约的客人。王春申是怕拉着雅思卢金在街上走，会遭到开商铺的中国人的白眼。

在王春申眼里，雅思卢金配不上谢尼科娃。雅思卢金虽然高大，但有点驼背，驼背的人就显得老相。而且他的样子，也不招人喜欢。梳着油乎乎的背头，虽说是浓眉大眼，但眉宇间没有刚毅之气。他看人时眼睛一瞟一瞟的，眼袋又大，那双眼睛就像生长在垃圾堆上的植物，总给人不洁的感觉。此外，他留的八字胡也显得滑稽，好像一条鱼钻入鼻孔，鱼尾太大进不去，生生卡在唇髭间，他就得终年吊着鱼尾的标本。雅思卢金住在埠头区，工作地点却是在新城区的一座气派的石头房子里，所以他每天都要在两个城区之间穿梭。他乘马车，有时也会有汽车来接他，这种时候多半是中东铁路局有了重大的庆典或接待活动。他去工作时，永远是一身挺括的制服，扎领带，穿皮鞋，还拎着手杖。

王春申不喜欢雅思卢金，还因为他背着谢尼科娃，在外有女人。王春申在地段街，不止一次在夜晚时，撞见雅思卢金从日本女人家出来。此人叫美智子，个子不高，微胖，细眉细眼，樱桃小嘴，整张脸像是敷了厚厚一层奶油，又白又腻。美智子的男人加藤信夫，做了许多买卖，常年外出。王春申对他比较熟悉，是因为加藤信夫在傅家甸有两桩生意，一个是日本药房，还有一个就是刚刚在四道街开办的酱油厂。日本酱油咸味不重，香气绵长，深得一些人的喜爱。它一出现，无形中削弱了占据着傅家甸酱油市场半壁江山的祥义号酱油。祥义号的老板顾维慈，只好一再降价，与日本酱油争市场，短短一年的时间，快把老本赔进去了。所以顾维慈看见加藤信夫，就像看到了横行的螃蟹，恨不能一把捉了他，扔到祥义号的酱油坛子里，生生把他腌渍了。

因为谢尼科娃，王春申讨厌美智子。去年夏天一个闷热的日子，她乘他的马车去日本侨民会礼堂，王春申故意把马往坑洼处赶，颠得那女人乌鸦似的，呀呀直叫。而且到了地方后，那么短的路途，本来付二十五戈比就够了，他非要她五十戈比。他用多出的二十五戈比，喝了两碗凉茶。从此以后，美智子再也不叫王春申的马车了。

有时候，王春申觉得，干他们这一行的，跟密探差不多。你在酒楼门前，能看到谁和谁一起吃饭出来，猜测他们之间是为着情谊举杯呢，还是为着什么利益而交易；而谁和谁有私情，往往是夜深时分，不期然路过人家的庭院，而突然撞见的。

哈尔滨的交通工具，主要是人力车和马车。汽车也有，如法国的雷诺牌汽车，但那是达官显贵之流才能享用的，少而又少。

人力车一般只在本区内跑，马车则可以跨区。冬天时有马拉雪橇，但通常情况下，街市中运行的多是带轮子的马车。这样的马车有两轮的，也有四轮的。四轮马车，大都是俄国人驾驭的斗子车。四轮马车通常是双马的，而双轮马车是单马的。双马跑得快，所以价格比单马车费高出很多。王春申的单马双轮车，之所以受人青睐，一是黑马跑得快，不亚于双马的；二是他的马车有一个惹眼的车篷，四面篷窗镂空，篷顶雕刻着一圈柳枝和喜鹊，给人喜洋洋的感觉；三是王春申从不在费用上，跟客人斤斤计较。比如从沙曼街到火车站，双马车为一卢布，单马车五十戈比，他只收四十戈比。还有，按照马车经营的行规，圣诞、复活节前夜、新年和春节，要加半倍收费，王春申只是象征性地多收一点；而且等候客人的时间即便超过了十分钟的时限，他也很少让人加钱。当然，客人一定给他，他也收着。在他想来，有个好人缘，客源广，多拉快跑，才是盈利的根本。

谢尼科娃是王春申的常客，图的不是便宜。首先，她喜欢这匹黑马。它剽悍俊美，步态稳健，善解人意。你不坐稳当了，主人即使吆喝它走，它也会稍待片刻。每当客人下车，它都要昂起头，踏一下前蹄，似乎在跟客人告别。还有，谢尼科娃喜欢这马车的漂亮、舒适和便利。夏天坐在车篷里，风凉无限；冬天呢，有棉布帘子挡着寒风，又不会觉得太冷。最后，她喜欢这个车夫的性情，他从不多嘴多舌，而且知冷知热。夏季时总是帮客人备下伞和扇子，冬天呢，怕客人冻脚，车篷里放置着一块可以裹脚的棉毡。而他的模样，也是忠厚的。方脸，浓眉，塌鼻子，宽下巴，带点忧伤的黑眼睛，看人时很专注，一看就不是那种朝三暮四之徒。谢尼科娃每周两次去剧院演出，都用他的车。当然，到了礼拜天，王春申的马车，差不多就专为她服务了。

也许是吃道路这碗饭的缘故吧，王春申并不像有的中国人那么反感俄国人。因为俄国人会修路，又会造房子，好路跑起来，无比逍遥。还有，坐在马车上，看着各式各样的房屋，就像看画一样，非常惬意。尤其那些尖顶的教堂，一到下雪的日子，好像生出了雪白的翅膀，有一种要飞离大地的感觉。

谢尼科娃常去的地方，除了圣尼古拉教堂和钟表店，还有莫斯科商场、秋林公司和敖连特电影院。王春申最喜欢的，是秋林公司。这座楼是灰绿色的，波浪形墙面，气派的门柱。在门窗之间和柱墙上，镶嵌着花束浮雕。它那与众不同的橄榄顶，看上去就像一顶呢帽。在王春申眼里，秋林公司宛如一个坐在草地的少女，朴素而青春。谢尼科娃去那里，通常是买鱼子酱和香肠。

给吴芬送过葬，王春申搬到马厩。平静了几日后，他打算着出去做生意了。可是他驾着马车，刚走到傅家甸与埠头区的交界处，就被把守的俄国军警给呵斥住，说是傅家甸爆发鼠疫，不得自由出入了。王春申去新城区，也被阻拦了回来。他垂头丧气地回到傅家甸时，又得到了坏消息，被送到临时病院的张小前，半昏迷了。王春申心里"咯噔"一下，看来医生拿鼠疫真的没办法。他原以为送到那里的人，总会有救的。

街市中的行人，明显比过去少了，很多店铺都关张了。王春申心情沉重地去北三道街的果品店，打算买点吃的，去张小前家看看。然而他路过刚开张不久的公济当铺时，正在门口抖落一块花毯上的灰尘的当铺伙计，一看到他，如同见了鬼，赶紧回屋了。王春申纳闷儿，心想，他有什么好怕的？及至到了果品店，还没等他把马车停稳，开店的邢四嫂听到动静，出门迎客，一见是他，连忙摆手说："今儿不开张，改日再来吧。"溜回屋了，王春申这才反应过来,因为鼠疫,自己已成了过街的老鼠,人人喊打。怪不得先前王石匠告诉他张小前的消息时,隔着好几丈远,扯着嗓子大喊。王春申估计他这时候去张小前家,也会被拒之门外,只好苦笑一声,跳上马车,回客栈了。

王春申一进院子,就碰上一个怪模怪样的人。他穿黑棉裤,蓝棉袄,戴着双耳的狗皮帽子,鼻梁上架着副硕大的墨镜,留着硬挺浓密的八字胡,悠悠荡荡地走出客栈。王春申想,难道有客人住进来了?他盯着这人的背影看了片刻,从狗皮帽子里垂下的松松垮垮的辫子、步态和体态来看,此人就是翟役生。王春申不明白,他为什么把自己装扮成这样。他牵着马回马厩的时候,恰好金兰出来抱柴,就忍不住问了句:"你那个娘娘,怎么把自己搞成那样子?"

金兰"呸"了一口,说:"傅家甸的人,见了他都躲,怕传染上鼠疫。他在客栈憋得慌,想上街遛遛,就把自己搞成那鬼样子了。"

"那撇胡子,他是从哪儿弄来的?怪像的呢!"王春申说。

"从他当年来傅家甸时背的那个包包里翻出来的。"金兰叹了口气,说,"他自己不长胡子,还藏着撇假胡子,我也没想到。"

王春申想说,翟役生不但收藏着假胡子,还逼着徐义德,用泥给他捏那玩意儿呢,可他终归没有说出口。只是摇头叹息了一声,说:"他这么在街上走,人家还以为鲍罗夫斯基马戏团的来了呢。"

俄国人创办的鲍罗夫斯基马戏团,活跃在哈尔滨,已经有六七个年头了。王春申不止一次带继宝看过他们的演出。继宝很喜欢耍猴子的滑稽小丑,他生病时,王春申都不用给他做什么好吃的,带他看一场马戏,病就会神奇地好了。

“你怎么回来得这么早啊？没人坐车？”金兰问。

“埠头区和新城区都封路了，不让傅家甸人进了。”王春申说，“还不都是因为鼠疫。”

“哼，不叫这些大鼻子，鼠疫还到不了咱这儿呢。我刚才出去买盐，听说，巴音的鼠疫是从满洲里带来的不假，可是满洲里的鼠疫，又是哪儿来的呢？是从俄国那边传过来的！他们发现有个工棚里的中国人，三两天的工夫，死了六七个，知道不好，就把剩下的人赶走了，把工棚也给烧了。结果得病的中国人逃回满洲里，住进一家客店，鼠疫就这么传开了。”金兰忿忿不平地说，“他们那里太平了，咱这里可是不着消停了！老天爷要是长眼睛，就让这些大鼻子死绝了，太他娘的坏了！”

“怎么你出去，就没人躲你？还敢跟你说话，卖给你盐？”王春申不解地问。

金兰用手指着自己的脸，得意地说：“知道不？傅家甸人早就说过，我这张脸，阎王爷见了都害怕，没人要！也就是你吧，胆子大，还跟我生了继宝，哈，我呢，能活千年万年！其实你跟我住一块儿，比住马房都安全，你信不信？”说完，诡秘一笑。

王春申从她的话里，听出了讥讽，也听出了诱惑，更听出了她对继英身世的承认。王春申心想，哪怕你身上有不死的仙丹，我也不会再和你睡一铺炕了。他回到马厩，点着炉子，将前些日子从刚开张的正阳楼买的一块青酱腊肉切了，取出烧酒，独斟独饮着。酒至半酣，他想起生死未卜的张小前，想起蝴蝶般的谢尼科娃，无限伤感，哭出声来。黑马不知道主人为什么难过，它走过来，用湿漉漉的眼睛凝视着王春申，轻轻伸过一只蹄子。王春申把这只蹄子当手一样，紧紧握住。

七 桃 红

自从巴音死于鼠疫的消息传开后，纪永和简直要疯了，屋里屋外折腾不休。巴音吐在石板地上的那口血，如同梦魇，折磨着他。他让翟芳桂用肥皂水，把它擦了十来遍，还是不放心，说是可能血液中的毒素，已经渗透进石板了，干脆将整块石板撬起，扔掉了。为了补上缺损的这块，纪永和转遍了石材店，几乎跑折了腿，也没找到一模一样的。不是厚薄与原来的不一样，就是颜色不对路。最终，只得选了一块大小厚薄与原来的一致，颜色稍深一点的铺上。不过，新石板落地仅仅三天，纪永和就后悔了。因为原来的是浅灰色，现在则是深灰色，怎么看怎么像一朵乌云。

不仅屋里的石板地，屋外的榆树，也成了纪永和的眼中钉。他认为榆树招来乌鸦，带来晦气，巴音才会突然而至。榆树不能滥砍，他便想着扎草人驱赶乌鸦。为了这两个草人，纪永和费尽周折。江岸的枯草，已被雪埋住了，他只能去草料铺买，而那儿的草，因为是供给牲畜食用的，多已粉碎。他去了三家，才买回一捆。而干草的价格，比往年高出近一倍！纪永和询问原因，店主说今夏大水，最早在松花江边打下的草，虽已晾得半干了，却被席卷一空;水撤之后,再打的草,又被强行罚款,说是江岸的草属于中东铁路附属地,不能随意割取。干草的价格,只能扶摇直上。纪永和背着干草回来时,一路骂娘。扎草人也是个手艺活,不是谁都能做得了的。纪永和试了试手,败下阵来,只得用一升谷子,雇来个懂行的,扎好后,攀着梯子,将张开双臂的草人,如愿固定在树冠上。

可是,纪永和要被气吐血的是,乌鸦见了草人,毫无惧色,照旧来不说,有的还落在草人上,把它当成了温暖的窝!纪永和恨得咬牙切齿的,心疼买干草的钱和那升谷子。

粮栈最爱招两样东西,天上的乌鸦和地上的老鼠。所以开粮栈的,与开客栈的一样,都得养猫。以往猫夜里捉完老鼠,白天可以上炕懒睡,傍晚也能在餐桌下享用主人丢给的美食。可是鼠疫一起,纪永和不但怕老鼠,连猫也怕。因为猫捉完老鼠,会把它吃掉。它的爪子和嘴,在纪永和眼里,就是上了膛的枪口,充满危险。他吩咐翟芳桂,每天要给猫洗一回澡,不许它上炕,更不许它接近餐桌。猫的好享受,突然间都没了,自然不习惯。而且大冬天的,还得日日被浸在水盆里一通洗,猫的委屈,就全挂在脸上了。它紧着鼻子,嘴巴闭得严严的,眼里露出哀伤。

纪永和家的粮栈,是木头房子。粮仓占据了主体,东侧辟出一角住人。粮仓的房梁下面没有吊棚,而住屋则糊了纸棚。纸棚每到春节前,要新糊一层。所以纸棚对老鼠来说,就是甘美的千层饼。夜半时分,老鼠喜欢溜到纸棚上,笃笃地嗑糨糊。纪永和以前听到老鼠在纸棚上闹,照睡不误,可现在老鼠的些微动静,都让他心惊肉跳。他担心老鼠嗑破了棚,一个跟斗栽下来,正落在他嘴里,把瘟疫传给他,因而一听见它们在纸棚簌簌跑,赶紧起来，拿起笤帚，拍打纸棚，以此震慑。可是老鼠体力充沛，这边你赶完了，不出三分钟，它们那边又来了。纪永和又不敢像以前似的，把猫抱到住屋镇守，被扰得整宿整宿睡不好觉。早晨起来，两眼熬得跟兔眼一样红。

猫受到冷遇后，对老鼠充耳不闻，任其游窜。这下老鼠们高兴坏了，它们在粮仓中，手舞足蹈地嗑开了装高粱的麻袋，在盛芝麻的斗里尽兴打滚，将装元豆的木箱，做了自己的窝。而且，嫌粮栈缺黑米似的，将屎遗得四处皆是。看着老鼠气焰嚣张，猫却不作为，纪永和把猫关进闲置的鸟笼中，想着饿它两天，它就会对老鼠大开杀戒。然而第二天早晨起来，纪永和发现那个竹制鸟笼，被猫折腾散花了，它逃得无影无踪。

粮栈是不能没有猫的，纪永和只好去八杂市，再物色一只。八杂市，是俄语“集市”的音译。八杂市在埠头区，虽然热闹，但最为零乱。那一带的房屋，就像老年人的嘴，外观干瘪无血色不说，一探内里，更是豁牙露齿，残破不堪。那儿聚集的，大都是做小买卖的中国人。卖猫卖狗的，卖衣帽鞋袜的，卖种子卖酱菜的，卖馅饼卖棉花糖的，都可看到。俄国人造房子需要泥瓦匠、木匠、石匠和漆匠了，不用去别的地方，在八杂市全都能廉价雇佣到。纪永和粮栈出逃的那只猫，就是他在八杂市用一斗大麦换来的。可是鼠疫一起，猫很抢手，原来卖猫的人家，一只也没有了。

纪永和从八杂市回来的路上，想起旺德小馆有两只猫，一黑一白，主人他也熟悉，便想到那儿碰碰运气。店主一听纪永和想匀只猫，不客气地说：“这时候往出送猫，就等于撇金子！”纪永和连连说买，店主又说：“这时候往出卖猫，就是卖血！”纪永和讨个没趣，扫兴而归。

没了猫，纪永和快成猫了。反正他也睡不着，晚上干脆就守在粮仓里。老鼠在谷子里闹，他就奔向谷子；在玉米上闹，他又转向玉米；在大麦上闹，他又飞身朝向大麦。翟芳桂早晨起来，推开粮仓门，迷迷瞪瞪的纪永和竟然以为来了只大老鼠，纵身扑过来，嘴巴啃在她的拖鞋上。翟芳桂看着匍匐在地的纪永和，忽然同情起他来，想着再不弄只猫来，纪永和怕是真的要疯了。

翟芳桂吃过早饭，让纪永和上炕好好补一觉，打算出门找猫。纪永和对她说，从今天开始，粮栈关门。翟芳桂很意外，问这是为什么！纪永和瞟了翟芳桂一眼，说："女人真是头发长，见识短！你想没想到，鼠疫来了，财路也会跟着来！我估摸着，再过十天半个月的，死的人多了，铁路就得停运了。到那时候，粮食运不进来，可人又得吃饭，哈尔滨的各个粮栈把粮都卖空了，没法补上，我这满仓的粮食，就是金子银子了！"说到此，纪永和两眼放光，枯黄的脸，也涨红了。

翟芳桂说："你估摸着那时的粮食，能比现在贵多少？"

"多少？"纪永和伸出十指，比比划划的，按他的判断推算着，自负地说："现在小麦每石三十五吊七百文，到那时候，五十吊我都不卖！现在小米一石四十六吊，到那时候，七十吊你也休想提走！红小豆现今三十四吊三百文，到时少说也能卖五十吊！元豆、绿豆、高粱米、粳米、芝麻，每一样，不说翻一番的话，每石不长个二三十吊，我就上吊！"

翟芳桂说："要是鼠疫跟发大水似的，就是一走一过的，再过十天半个月的太平了，最后粮食不涨反跌，咱不卖粮，不是亏了么？"

纪永和眼珠一转，说："不卖粮，你不闲着，不照样进钱吗？"他赤裸裸地说："义泰号最近生意不错，掌柜的手里有闲钱，我早就看出他眼馋你了，他那附近就有粮栈，可他大老远的总跑这儿买粮，你不从他兜里往出掏钱，不是傻瓜吗！”

义泰号开在十四道街，经销房屋装饰材料，什么玻璃、石灰、石膏面子、瓦楞铁、黑平铁、各寸洋钉子以及铜丝和元红铜片等。店主贺威四十出头，黑红脸，大嗓门儿，脾气暴，挺仗义的。据说他原来在长白山养蜂，那里有一片上好的椴树林，被清廷封禁，用来养蜂酿蜜，供给朝廷。后来山林失火，他下山在一处渡口做起了船夫。他命运的转机，起自摆渡时救起的一个落水女子。这女子的父亲是哈尔滨有名的盐商。贺威不仅娶了富家小姐，还拥有了这处铺面。可是富家小姐不是个过日子的女人，好吃懒做，脾气又大，能生孩子，却怕生了孩子会让她腰粗，不给他生，贺威又不敢再娶一房，所以日子过得并不随心。贺威爱喝酒，一喝就醉，一醉就哭，郁闷的他，隔三岔五的，就会去天福楼赌博。有一次输了，身上带的现钱不够清账的，竟让人把手上的金表给撸去了。他每次来买粮，确如纪永和观察的，总要盯着翟芳桂，多看几眼。

翟芳桂可不想掏贺威的腰包，她怕盐商的千金知道了，会揪住她，往她眼里撒盐。虽说这个世界并不美丽，可她还不想这么早就瞎了眼睛。

纪永和的无耻，激起了翟芳桂的愤怒。她决定不给他找猫了，心想你爱疯就疯吧。粮栈的粮食，最好被老鼠都糟蹋了，你想卖高价，做梦吧！

翟芳桂心情郁闷时，喜欢逛街。街巷就好像抽气筒，能把她心底的愁云吸走。她逛街时最爱去的地方，就是罗扎耶夫的鞋铺。

罗扎耶夫来自伊尔库茨克，是个鞋匠。他不像其他俄国商人，爱把买卖开在繁华街巷，而是别出心裁地将生意放在八杂市。那里的店面租金便宜，而他卖的鞋，敦实美观，价格低廉，为中国人所喜好。这店铺经营得就仿佛是八杂市的西边天，红红火火的。翟芳桂喜欢店面的招牌，那是两只相挨的鞋子，一只高跟，尖头；另一只矮跟，圆头。虽然它们样式不一，颜色却一致，是暖暖的桃红色。远远看去，像是一双明丽的鸟儿。在暗淡的八杂市，这块招牌，就像一片彩云，惹人喜爱。

罗扎耶夫年岁并不大，五十来岁，可八杂市的人，习惯叫他"老罗头"，因为他过早歇顶了，显得老气。老罗头额头突出，面色红润，尤其是脑门儿，更是红得流油，人们说那儿就像扣了只红碗。他眼睛暴突，鹰钩鼻子，嘴巴又有点瘪，乍一看，像个妖怪。不过他脾气甚好，爱用半生不熟的中国话，与客人逗趣，大家都喜欢他。他平素在鞋铺，总是吊着老花眼镜，坐在一把矮矮的硬木椅子上。来了顾客，他不先看脸，而是盯着人家的脚。他真是火眼金睛，不用多看，两三眼吧，就能看出顾客脚的肥瘦，大小，宽窄和长短，准确地从鞋架上取出适合顾客穿的鞋子。最令人称奇的，是他通过鞋面的褶皱，能判断出顾客的脚踝骨和脚指头的状况，是凸出呢还是缺损。

老罗头是个鳏夫，收养了一个哑巴，叫彼洛夫，二十多岁。彼洛夫又高又瘦，鬈曲的黄头发，浓黑的眉毛，深邃的灰眼睛，肤色白净，看上去俊朗飘逸。彼洛夫没有跟罗扎耶夫经营鞋铺，而是在中国大街拉手风琴卖艺。别的卖艺人，大都蓬头垢面，衣着破烂，放浪形骸；彼洛夫则是面目洁净，衣衫整齐，就连放在脚边的接纳施舍者零钱的铁皮盒，也擦得锃亮。彼洛夫卖艺，不像别人，刮风下雨就不出门了，他是风雨不误。人家都说他傻，坏天气出行的人少而又少，即便出来的，也是行色匆匆，谁会聆听琴声呢？难道他拉给雨和雪听？即便它们真长着耳朵的话，能给他钱吗？翟芳桂每次走在中国大街，总要循着琴声，往彼洛夫的钱盒投点零钱。他的琴声在一伙卖艺人中也好辨别，人家的琴声是热烈奔放的，他的琴声却是幽怨低沉的。在翟芳桂心目中，彼洛夫的琴声，就是她的一个看不见形影的伙伴，久了不见，也想念。

卖艺的，除了受暴雨、狂风、飞雪等坏天气的欺负，有时也受人的欺负，比如酒鬼、小偷和地痞。不过这些人，很少欺负彼洛夫。大概觉得欺负一个不能说话的人，会遭天谴。能够欺负彼洛夫的，唯有翟役生。只要他来埠头区，必到彼洛夫面前，把手伸向他的钱盒，攫取钱后，买把瓜子，故意在他面前嗑，将瓜子皮吐在他身上；或是买了香烟，站在他对面吸，把烟喷到他脸上。

罗扎耶夫的鞋铺，有两个中国女人是常客，一个是陈雪卿，一个就是翟芳桂了。他对她们的脚，甚至比对她们的脸孔还熟悉。罗扎耶夫喜欢这两个女人的脚，因为像她们这个年龄的中国女人，有不少都是小脚，而她们却是大脚。罗扎耶夫见不得小脚女人走路，总以为她们要倒地，老想着去搀扶。陈雪卿和翟芳桂喜欢买鞋，但她们钟爱的颜色却不同。陈雪卿喜欢冷色调的，黑的蓝的或是棕色的；翟芳桂呢，喜欢粉红的米黄的白的和灰的，不是暖色调，就是中间色的。每到年底，老罗头都要亲自动手，给她们打制一双靴子。

翟芳桂感受到，罗扎耶夫对她是有意的。每次她试鞋，他帮着提鞋时，总要满怀怜爱的，轻轻捏一下她的脚踝骨。纪永和有年冬天跟翟芳桂来鞋铺，把这一切看在眼里，回家后大发雷霆，说是一只骚哄哄的老山羊，还想吃嫩草，死不要脸！他警告翟芳桂，罗扎耶夫就是给一百吊钱，也不能跟他睡！翟芳桂纳闷儿，一个唯利是图的人，怎么会突然跟钱仇起来？问他理由，纪永和“呸”了一口说：“他要是把你弄膻了，就没人得意了！你想想，哪个男人愿意进羊圈！”翟芳桂一赌气，打开钱柜，抓了一把钱，到俄国人开的衣帽铺，置办了一身行头，把自己装扮成个洋女人。穿毛呢长裙，足蹬及膝的皮靴，外罩宽松的羊绒大衣，头戴灰色绒帽，帽檐插着根五彩的大雁翎毛，扭扭搭搭地回到粮栈。纪永和远远看见翟芳桂，还以为粮栈来了新主顾，满脸堆笑迎上去。发现上当后，纪永和恼羞成怒地将翟芳桂推倒在雪地上，剥下她的行头，骂她“败家”，把呢裙、大衣、皮靴和帽子揽在怀中，转身送到寄卖行了。在雪地上瑟缩发抖的翟芳桂，噙着泪水，从地上爬起，走进粮栈，用斗装了小米、高粱和麦粒，把它们混合在一起，均匀地撒在两棵榆树下。第二天早晨，纪永和听见乌鸦在窗外闹得比往日要欢腾，开门一看，一群乌鸦在榆树下，正享受五谷的盛宴呢！纪永和明白怎么回事了，他返身锁上住屋的门，将还在酣睡的翟芳桂关在屋里，足足三天三夜，未给她一粒米！而这三天，他睡在粮仓里。独在住屋的翟芳桂，不吭不响，无声无息，安静得可怕。第四天头上，纪永和有点慌了，隔着门大声问：“挨饿的滋味好不好受呀？给我说句软话吧，我就放你出来！”翟芳桂虚弱地说：“不用了，再等两天吧，一了百了，我也就解脱了。反正你也舍不得给我买棺材，弄条狗来，把我拖到江边荒滩上，让老鸹吃了算了。”纪永和吓坏了，赶紧将门打开，他可不想毁了这棵摇钱树。

早在去年，为了整饬八杂市的商户，俄国人在江边，开始兴建南市场，也就是新八杂市，让各商户入冬前迁入。可是由于遭遇夏季的大水，房屋受淹后，墙皮脱落，天棚发霉，地面阴湿，需要重新修复的铺面很多，再加上南市场租金高，人气不旺，所以迁入的商户很少。翟芳桂最怕的，就是罗扎耶夫的鞋铺也会搬走。因为她习惯了小巷中的这爿苍灰墙门的铺面，那块挂在门楣上的桃红色招牌，只有在这样的环境中，才让人心动。

也许是鼠疫的缘故吧，罗扎耶夫的鞋铺一个顾客也没有。翟芳桂一进来，就闻到了一股酒气。罗扎耶夫说，他刚送葬回来，在葬礼上喝了两瓶啤酒。他拎起脚边的竹篮，说是从葬礼带回了薄饼和果子羹，请她吃点。翟芳桂知道俄国人擅长做果子羹，也不客气，拈起一块，边吃边问罗扎耶夫，死去的人得的什么病。罗扎耶夫故意板起脸，大声说："鼠疫！"见翟芳桂不敢吃果子羹了，连忙笑着摇摇头，说："唬你。"翟芳桂这才安心。罗扎耶夫说，现在满城的人都怕老鼠，其实老鼠没那么可怕，只要你不被跳蚤咬着，就不会传染鼠疫。翟芳桂不明白，鼠疫跟跳蚤有什么关系？罗扎耶夫说，老鼠想传播鼠疫，自己没这个能力，必须借助跳蚤。跳蚤叮咬了人后，人才能染病。翟芳桂明白了，老鼠这是雇凶杀人呀。如果跳蚤是持枪的歹徒，那么养猫养狗倒不安全了，因为它们身上寄生着跳蚤。

罗扎耶夫问翟芳桂，今年过年想穿什么颜色和样式的靴子。他好提前备好材料。翟芳桂便问陈雪卿要什么颜色和样式的，罗扎耶夫揉了一下眼睛，说："卖糖的今年要平底的红靴子。"他一向管陈雪卿叫"卖糖的"。翟芳桂想，今年鼠疫，一向喜欢冷色的陈雪卿，这是要双红靴子辟邪吧？她可不想跟她穿同色的，于是要了矮靿的绿靴子。罗扎耶夫大概喜欢绿色，他笑着，向翟芳桂竖起大拇指。

罗扎耶夫对翟芳桂的脚，再熟悉不过了。可是每年给她做新鞋时，他还是要仔细用巴掌再比量一下。墙角放着几个马扎，方便客人试鞋。翟芳桂取了只马扎，坐在罗扎耶夫对面，脱下鞋。大概店里没其他顾客的缘故吧，微醺的罗扎耶夫，在翟芳桂伸出脚的一瞬，竟一把将它抱在怀里，如同抱着心爱的鸽子，轻轻摩挲着，揉捏着，忘情地叫了声“香芝兰”。这久违的称呼，突然从罗扎耶夫口中说出，让翟芳桂颤抖了一下，她知道罗扎耶夫想要什么。她没有拒绝，起身主动帮他把店门闩上，将板窗落下。这样，再有顾客登门，会以为闭店了。她想和罗扎耶夫有这么一回，只为了回去跟纪永和说，她现在是羊圈了。

有了这种念头的翟芳桂，其实只把罗扎耶夫当成了一枚戳子，想着他给自己轻轻打上个印记就行，没想到罗扎耶夫很疯狂，折腾了她近一个小时。罗扎耶夫得到她后，落下泪水。翟芳桂走的时候，他执意要送她一双皂靴，翟芳桂没接受。她觉得要了它，等于承认卖身了。而这一回，她没有卖身的感觉，一身轻松。

翟芳桂离开鞋铺时，快正午了。她在路过日本大药房时，看见门口张贴着广告，说是店里购入了可以杀灭鼠疫菌的药，翟芳桂踅进去，买了简易杀鼠剂、石碳酸和双绿汞，以及铃木式卫生消毒喷雾器。她提着它们回到粮栈后，发现纪永和果然把“歇业”的招牌挂了出来，看来他是铁了心，要趁着鼠疫大捞一笔了。翟芳桂进屋后，将买下的东西丢给纪永和，说它们比猫要灵验，赶快消毒吧。纪永和问：“你出去了一上午，就去了药房？”翟芳桂笑笑，说：“还去了一个地方，不过可不是义泰号。”纪永和似乎明白了什么，他凑过来，狗一样抽着鼻子，嗅了嗅翟芳桂的脸，倒吸一口冷气，嫌恶地说：“你跟了那个老山羊？”翟芳桂神气地说：“不假，以后没人敢进羊圈了。”纪永和气得嘴唇直哆嗦，眼睛冒火，一句话也说不出来。他后退一步，“呃呃”叫着，捶胸顿足的，终于忍不住，弯下腰，“啊”的一声，大吐起来。

八 烧 锅

傅家甸的鼠疫，如果说是巴音和吴芬拉开序幕的话，那么彻底打开大幕的人，就是张小前了。从他疫毙的十一月中旬开始，仅仅十天时间，死亡人数竟然攀升至四百余人！棺材铺和寿衣店的门槛，快被人踏平了。打棺材的板材吃紧了，往年冷清的木材店，半个月不到，几乎清仓了。而绸缎铺和土布店，更是门庭若市。人们怕死时穿不上衣服，到阎王爷那里被当成了叫花子，争相备下寿衣。

有没有不怕死的呢？当然有了。不怕死的，是终日辛劳却一贫如洗的人，是重病在身苦苦煎熬的人，是失去爱侣在情感上孤独的人，是风烛残年膝下无子的人。穷人想着，到了另一世，自己能摇身变成富翁；疾病缠身的人想着，去了新世界，自己能把病彻底摆脱了，变得气壮如牛、身轻如燕；在尘世离散了爱人的人想着，这一世再亮堂，没有爱人，也是黑暗，而那一世再黑暗，只要有心上人，就是光明；孤苦伶仃的老人想着，自己到了新天地，一定能儿孙满堂。这些不怕死的人，在鼠疫中，呈现出了生机。他们倾其所有，买酒买肉，狂吃纵饮；买绸买缎，装扮光鲜；买柴买炭，将屋子烧得从未有过的暖和。肉铺、烧锅和柴草铺的生意，因了这些人，愈发红火了。

傅百川经营的生意，七八种不止。他手下有山海杂货铺、牲畜屠宰场、中药铺、茶叶店、绸缎庄、浆洗房、农具店、榨油坊、烧锅等等，虽然它们规模不一，又互不关联，但每一桩生意都勃勃向上，有声有色的。就说他的山海杂货铺吧，在傅家甸是同类铺子不能比拟的。不仅铺面大，进的货全，而且质优价廉。在这里，蛟河的蘑菇，黑河和扎兰屯的木耳，锦州的小海米，营口的毛虾，都可买到。再说他的中药铺，虽然没有世一堂的名气大，没有它招牌的参茸丸、女金丹和七厘散广为人知，但针对苦寒之地人常患的疾病，它配制的丸散膏丹，如杜香止咳露、虎骨强身丹、熊胆明目膏，也大受欢迎。还有他的农具店，除了卖锄头、镐头、耙齿、犁杖、镰刀和钐刀，还兼卖从奉天农业试验所直接购进的种子，什么高粱、小麦、青稞、辣椒、南瓜、豌豆、菠菜以及芥蓝，应有尽有。不过，在这些生意中，傅百川投入最大和最为看重的，是烧锅。

傅家甸传统的作坊有两多，火磨和烧锅。火磨是磨制面粉的，原料是小麦。烧锅呢，是酿制白酒的，大多以高粱为原料。傅家烧锅之所以有名，在于它有个好师傅。此人姓秦，字泰德，绰号秦八碗，因为他连饮八海碗酒，面不改色心不跳，照样能在作坊劳作。秦八碗和傅百川一样，山东人，虽然他们没有血缘关系，但看上去长得跟亲兄弟似的。一样的身高马大，方脸，浓眉，不大不小的眼睛，阔嘴巴，络腮胡子，大鼻头，面如枣色。不同的是，傅百川面目细腻些，秦八碗粗糙些。还有，傅百川嗓音高亢、亮堂，声如洪钟，秦八碗说话呢，嗓子眼儿里老像是壅塞着一口痰，听上去嘶哑。他们都是宁折不弯的人。

秦八碗在山东时，就是酒坊的师傅，只不过他那时酿的是地瓜烧酒。秦八碗来到傅家甸，与周济很相像，也是在原乡犯了事，逃难出来的。周济犯的是官府的人，秦八碗犯的则是财主的狗。秦八碗他爹死得早，他的母亲，靠着造丧葬用的“还魂粗纸”，把独苗的他抚养成人。风损的告示、残破的招贴，以及当垃圾扔掉了的红黄会帖，都可造还魂粗纸。秦八碗长大后，靠着酿酒的技艺，养活得起母亲了。虽然母亲不用再造还魂粗纸了，可她一看到街巷中的废纸，还是忍不住拾捡。有一年秋天，乡里的财主胡四爷娶小老婆，足足放了两箱子爆竹，门楼前堆积了厚厚一层爆竹碎屑。那些碎屑尽是黄的和红的纸片，是造还魂粗纸的好原料。婚典过后，秦八碗的母亲，惦记着那些碎屑，背着箩筐，前去拾捡，恰好被胡四爷看见。胡四爷嫌喜庆的东西，被人给划拉走不吉利，于是放出家里的大狼狗，咬伤了秦八碗的母亲。秦八碗那年二十三岁，血气方刚，为了给母亲报仇，他毒死了大狼狗。乡里人都知道，胡四爷疼大狼狗，甚于疼他爹。秦八碗知道，自己干掉狼狗后，在那里不会有太平日子了，连夜带着母亲逃了。最早，他们落脚于营口，靠打鱼为生。有一年傅百川来营口谈海货生意，不慎丢失了银票，恰好被秦八碗捡着了，想方设法找到他住的客栈，交还与他，傅百川深受感动，交谈中得知秦八碗在酒坊做过，而自己刚好要扩大烧锅的规模，缺人手，就带着他们母子来到了傅家甸。秦八碗果然没有辜负傅百川的期望，傅家烧锅经他之手，蒸蒸日上。傅家甸男人的魂儿，生生被它勾走了。都说喝了秦师傅酿的酒，筋骨舒坦不说，夜里还会做美梦。靠着秦八碗秘而不宣的酿酒术，傅家烧锅一路旺相。

秦八碗是个大孝子，他到傅家甸后，娶了个老婆。此女不善，秦八碗不在家时，她端给老母亲的是剩饭，打的洗脚水也没有热乎气。秦八碗发现后，一怒之下，把她休了。秦八碗对母亲孝顺到什么程度呢?比如早晨锅里煮好了粥,母亲说馋面条了,他会立刻和面擀面;再比如母亲晚上睡觉时咳嗽起来,秦八碗会立刻翻身起来,打开菜窖,取来萝卜给母亲祛痰。他不但给母亲洗脚,还为她修剪指甲。傅家甸的老人,都羡慕秦八碗的娘。说她养一个儿子,顶别人养十个。秦八碗的母亲虽然享福,但有两件心事一直放不下,一个是秦八碗的婚事,一个是她的老骨头最终能不能归乡。不管在傅家甸过得多么滋润,她心里念着的,还是故乡的风物。她希望自己能死在老家,跟秦八碗他爹埋在一起。所以一旦身体欠安了,她就会跟秦八碗嘟囔,咱回山东家吧,可别死在傅家甸。她说要是把骨头扔在这个一年有小半年飘雪的地方,就发不了芽,转不了世了。听她的口气,好像她的骨头是种子似的。

秦八碗与母亲不同,他恋上傅家甸了,喜欢这里的寒流和飞雪,觉得只有这地方喝烧酒才带劲,只有在冰天雪地中摸爬滚打的男人,骨头才是硬的。不过他答应母亲了,她百年之后,不管多么曲折,一定让她魂归故里。

傅百川喜欢的,就是秦八碗身上的豪气。在他眼里,能把他乡认作故乡的男人,是顶天立地的。

傅家甸的天下,是傅百川的祖上打下来的。他继承了他们经商的传统,不鄙弃小本生意,致力于本土产业。他把传统的烧锅,看得跟生命一样重要。在他眼里,烧锅就是丰盈的血库,能疏通经络,为女人注入活力,为男人挺直腰杆。随着中东铁路的竣工,烧锅也受到了挤压。哈尔滨第一家乌鲁布列夫斯基啤酒厂出现后,又有捷克东巴伐利亚啤酒厂开办。不仅是洋溢着多情泡沫的啤酒登场了,俄国人开的伏特加酒厂也紧随其后,比如叶菲莫夫酒厂、坎诺酒厂、弗里德酒厂等,联合瓜分着烧锅的市场。不过，在傅家甸，傅家烧锅一直畅销不衰，啤酒和伏特加的幽魂，只能在埠头区和新城区游荡。傅家甸人说啤酒是马尿，说伏特加是阴沟的污水，入口不爽。而傅家烧锅的烧酒，则是久旱的甘霖，滋润心田的喜雨。他们甚至说，秦八碗有神功，引来了天河之水，酿造出的酒才会如此醇厚甘洌。有了傅家甸人的拥戴，傅家烧锅门楣上插着的明黄色酒旗，从来没有落败过。它门首的由傅百川亲拟的黑地金字酒联："迷三山山山啼春，醉八仙仙仙扶云"，被傅家甸男人编进了行酒令，广为传唱："俩好呀，迷三山；四喜呀，五魁首；六六六呀，七巧云；醉八仙呀，九龙壁；十个鼠呀，一锅米！"

傅百川眼见着顾维慈的祥义号酱油坊，被加藤信夫的日本酱油给挤得市场萎缩；眼见着传统的蛤蟆烟，被波兰籍犹太人老巴夺兄弟制造的"大白杆"香烟所取代；眼见着一家家小型火磨作坊，被俄国人开的大型制粉厂所吞并；眼见着曾经兴旺的糖厂和肥皂厂，一天天地走向穷途末路。他想，自己经营的生意中，什么都可以倒，唯独烧锅不能倒。如果有一天傅家烧锅被俄国的伏特加和日本的清酒所取代了，那么傅家甸男人就会患上贫血症，成了软骨头。不过，傅百川并不反对与洋人做生意，比如他就很欣赏开创了"同记"的武百祥，他与自己一样，靠杂货铺起家，后来看准了英式皮帽的良好市场，购进缝纫机，批量加工，终于将生意做大做强。相反，在与日本酱油竞争中呈现颓败之势的顾维慈，却让傅百川同情不起来。因为顾维慈除了发牢骚和拒绝参加商会组织的赴日考察团，对怎么打败对手，束手无策。

傅百川在生意场上风光无限，在个人情感上却是落寞凄凉。他不像其他有钱人，既有正房，又立侧室，他只有一个小脚女人苏秀兰。她因为疯癫，而牢牢绑住了他。

苏秀兰本是大户人家的小姐，因为生母死得早，继母不容她，她十六岁时，就被逐出家门，许配给了傅百川。苏秀兰娇小玲珑，容貌秀丽，但因为受继母的气落下了爱哭的毛病，面上总有一丝阴郁之气。她跟着傅百川初来傅家甸时，最怕的就是过冬。也许身上没有火力的缘故吧，她离不开火炉，一到雪天就咋舌，在屋也要抄着手。一个害冷的女人，最爱把男人的怀抱当成火炉，苏秀兰喜欢依偎在傅百川怀里，不舍得出来。怜香惜玉的傅百川，对她自然是百般疼爱。两个人缠绵的结果，是每隔两年，都要添一个孩子。因而他们成亲后的第六年，也就有了两子一女。傅百川依照孩子出生的季节，分别为他们取名为傅夏、傅秋和傅冬。苏秀兰是个有心人，她想只差一个春天出生的孩子，就可以圆了生育的四季梦，所以每年的六七月份，她格外恋傅百川的怀，希望能孕育出春天出生的孩子。天遂人愿，傅春果然来了。傅秋傅冬是男孩，傅夏傅春是女孩，家里有了春夏秋冬，苏秀兰心满意足了。她从不过问傅百川生意上的事情，偶尔去去浆洗房和中药铺，也都是因为家人，给孩子洗衣或是为傅百川拣几样贵细药材做补品。她最喜欢的，就是坐在炕头，一边哄孩子，一边做绣花鞋。她为自己的小脚，做了半柜子的绣花鞋，单的棉的，尖头的圆口的，平底的坡跟的，纯色的花格的，样式多样，五颜六色，简直可以开个鞋铺了。傅春出生后，苏秀兰大约觉得作为女人的使命完成了，在床笫间不那么热情了，受了冷落的傅百川，动了纳妾的念头。苏秀兰察觉后，嘴上说愿意他再娶一个，可行动上却是抗议。她的抗议不是大哭大闹，而是不吃不喝往炕上一倒，眼睛直直地望着房梁，说是自己活够了，没多少日子了，让傅百川准备棺材和寿衣，把孩子们吓得哇哇直哭。傅百川怕出人命，只能安于现状。久而久之，他们的关系也就淡漠了。

苏秀兰的悲剧，源自傅春。傅春六岁时，有一天在街巷中戏耍，被受惊的马车给撞死了。没了傅春，等于四季缺了最重要的一角，苏秀兰承受不了。她责备自己，不该让傅春自己出去玩，她该跟着的，悔得直用拳头砸自己的额头，满面悲凉，神思恍惚，不出一年就疯癫了。她分不清傅夏傅秋和傅冬，常把他们搞混。她看着傅百川，叫出的却是阎王爷。她还不分白天黑夜，白天时说是天怎么这么黑，而到了黑夜，却说天可算是亮了。傅百川请遍了哈尔滨的名医，中医洋医都试过，也没使她的病有起色。她精神失常后，不认得人，却认得路。一到雨雪天气，她就喜欢从柜子里取出一双绣花鞋穿上，冬天也许穿上了单鞋，而夏天却穿上了棉鞋，然后美滋滋地去傅家烧锅，说是要接傅春回家。伙计为了应付她，就说傅春出去玩了，苏秀兰嗔怪道："这么晚了还玩，也不知娘惦记着。"便出去寻找。她通常会跑到后院的井台，弯腰朝井里一声声地呼唤着："春儿——春儿——"令烧锅作坊的人心惊肉跳。要知道，这口清冽甘甜的井，在傅家甸可是独一无二的。当初打这口专门用来酿酒的井时，井水喷涌的一刻，恰逢雨后初晴，彩虹出现，所以傅家烧锅的师傅们都叫它"七彩井"。傅家甸人私下说，傅家烧锅之所以好，除了秦八碗会使酒曲子，还因为这口七彩井的水好。所以苏秀兰来烧锅，伙计会及时通告秦八碗，他得寸步不离地跟着，唯恐她失足跌进井里，烧酒就没有好血脉了。

傅百川为了苏秀兰，决计不讨女人了。不然苏秀兰再受一次刺激，恐怕性命难保。傅家甸的女人，都敬佩傅百川，说是他仪表堂堂，腰缠万贯，苏秀兰疯癫了，他却从不眠花宿柳，忠诚于老婆，实在了不起。女人们因了这，给男人买酒，要去傅家烧锅；

灶上需要的豆油，去傅家榨油坊买；家人生病要抓药，一定去傅百川开的中药铺；过年要做新衣了，去他开的绸缎庄。这些女人，有意无意的，成了支撑傅百川生意的半壁江山。而只有王春申清楚，傅百川并不是傅家甸女人想象的那么洁身自好，因为他夜晚在埠头区昏暗的街区，不止一次撞见傅百川进了俄国人或是日本人开的妓馆。王春申心想，傅百川寻欢，有意避开傅家甸，是不想让熟人知道吧。他也不出去为他宣扬，因为自己的情感遭遇，与傅百川相像，他能够体谅他。

其实，傅百川心里，跟王春申一样，也装着一个女人，她就是开点心铺子,在道台府帮厨的于晴秀。于晴秀并不漂亮，但她耐看。她中等个儿，不胖不瘦，肤色白里透粉，弯弯的眉毛，黑亮的眼睛，雪白的牙齿，唇角有颗红痣，看上去像是她精心培育的果实，眼亮，俏皮。于晴秀聪明伶俐，你从她做的不断改良、花样繁复的点心中就可以看出来。还有，她念过私塾，能诗善文，境界不同凡响。有一次她来傅家烧锅买酒，看见傅百川拟的酒联，说这酒联不好。秦八碗将她，有本事你也拟一副？没想到于晴秀没有被难倒，她笑了笑，沉吟片刻，便扯过柜台的赊账本，留下了“一碗忘忧不说人间尘俗事，三碗轻身总把银河做长笛”的酒联，令秦八碗目瞪口呆。傅百川来烧锅时，秦八碗将这酒联翻给他看，傅百川如见天书，连称奇人，自愧自己的酒联不如于晴秀的，只是碍于面子，再加上自己的酒联内容已经被编进了“酒令”，没勇气将其换下而已。不过，这个赊账本，就此告别了柜台，成了傅百川的珍藏。那些赊账的人，跟着占了便宜，旧账一笔勾销了。傅百川每隔一段时日，会取出赊账本，翻到有酒联的那页，打量于晴秀的字。虽是蝇头小字，但在他眼里，那字仿佛放出光芒，个个如斗大。

于晴秀不像其他女人，喜欢捧着个长烟袋抽烟。她说，女人抽烟，把牙抽黄了，等于是在牙上抹了屎，哪个男人愿意用嘴撞这堵肮脏的墙呢！但她喜欢喝酒，每隔十天半月的，总要痛饮一番，醉上一场，这才过瘾。她醉了的时候，爱在街上游荡，哼着小曲，美滋滋的，见着人就"哎哎"地打招呼，也不管认不认识。见着车马、树木、晚霞甚至飞鸟，她也"哎哎"叫着。有一次，傅百川碰着酒醉的于晴秀，她竟然站在徐义德的铺子前，要买两盏红灯笼当鸡笼使，说是在灯笼里养出的鸡，都能飞天，真是可爱之极。傅百川因此羡慕周耀祖，心想他真是好福气，能娶到这样一个能干、内慧而又真性情的女人。看着于晴秀今冬肚子又大了起来，傅百川甚至有点吃醋了，碰见周耀祖时，妒火心生，觉得他糟蹋了自己心爱之人。不过对于喜岁，傅百川却是喜爱的。他的茶叶店开张时，特意把喜岁请来燃放爆竹。在他眼里，虎头虎脑的喜岁，就是年画中的报喜童子，能带来吉祥。

傅家甸的死亡人数与日俱增时，傅百川最惦念的，就是于晴秀了。因为他听说，是周耀祖和张小前为吴芬送的葬。如今张小前已死，他怕周耀祖染疫，再殃及于晴秀和喜岁。所以隔三岔五的，他会打发家里的厨娘去买点心。只要买回了点心，看着那点心是新出炉的，他就知道于晴秀安然无恙。厨娘诧异，跟苏秀兰嘟囔："掌柜的怎么爱吃起点心来了？"苏秀兰拍着大腿，啧啧叫着，说："点心里藏着春天啊，掌柜的一吃，就回春了。"厨娘叹口气，哀怜地看着苏秀兰。

俄国人在傅家甸开的两家制粉厂，率先关门了。接着，驻哈尔滨的日本领事馆，勒令傅家甸的日本妓馆闭馆谢客。那些平素生意不好的店铺，趁此关门了。生意说得过去的，觉得命比银子重要，也纷纷歇业了。熟人在街上相见，不再像过去那么热络，大家隔着几丈远，彼此点个头，算是打过招呼了。以往傅家甸人办白事，跟办喜事一样热闹，大吃大喝，吹吹打打的，可是现在，染疫的人死了，悄无声息的，送葬的人零零星星，且都掩着鼻子，好像死者是块腐肉。跟着送葬队伍的，只有半空中盘旋的乌鸦。它们呀呀叫着，欢欣无比，不知道人间已成地狱。

做柴草生意的，有一家率先涨价，其余的几家也相跟着涨价。寿衣店不甘其后，也把价钱抬高了。棺材铺子的掌柜，一想别人都发国难财，自己不发就是傻瓜了，也将棺材加价了。傅百川见商业混乱，忧心如焚，他联合商会的人，抵制涨价风潮，并身体力行，将自家的烧锅、山海杂货铺以及绸缎庄的货品价格，降低了百分之二十。那些尝到涨价甜头的人，背地都骂傅百川，说他跟个疯女人生活在一起，自己也疯癫了。商人有钱不赚，脑袋就是进水了。

傅百川没有想到的是，他的降价之举，把加藤信夫引来了。

加藤信夫矮矮的个子，满面油光，大肚腩，胖得快横过来了，走路呼哧带喘的。这个身体笨拙的人，眼珠却是灵活的，叽里咕噜转个不休，好像他每时每刻都在打算盘。加藤信夫夏天喜欢穿西装，冬天则披一件藏青色的双排扣呢子大衣。这些体面的服装，穿在他身上，变得不体面了，看上去滑稽不堪。他来傅家甸，通常是去他的酱油厂。然而这天下午，加藤信夫突然出现在傅家门口。当时傅百川正在书房一边饮茶，一边欣赏于晴秀留在赊账本上的那副酒联，傅冬通告爹爹有客登门时，他还以为是商会的人呢。抬头见是加藤信夫，非常吃惊。加藤信夫也不客气，不请自坐，开门见山地说明来意，说是想买下傅家烧锅。傅百川将残茶泼在地上，说："你怎么知道我会卖掉烧锅？"

加藤信夫以为傅百川同意了，大喜过望。说是他听说傅家烧酒便宜了，猜想着他这是经营不下去了。因为在他心目中，傅百川的烧锅走投无路了，才会降价。他想趁此低价把它收购了，凭着这个烧锅在傅家甸健旺的人气，鼠疫过后，谋大发展。

傅百川笑笑，说："那就请加藤先生跟我去傅家烧锅走一趟吧，估估价，看看你能不能买得起。"

加藤信夫觉得自己的生意已经谈成了大半，胸有成竹地跟着傅百川走了。

傅家烧锅在傅家甸中二道街，离庆丰茶园很近。傅百川和加藤信夫走在街上时，碰到两起出殡的。送葬者稀稀落落的，远远跟在载着棺材的马车身后，满面麻木，看来死者是鼠疫患者，人们连哭声也没有。傅百川看着仓促加工的粗糙的棺材，一声叹息。

鼠疫后，傅家甸成了大火坑，没人敢来，何况是洋人。所以加藤信夫走在街上时，认识他的傅家甸人，都觉意外，心想这家伙倒是个不怕死的人。

加藤信夫一进傅家烧锅，就朝酒坊深处走去，说是先看看酿酒的地方。傅百川笑着说不急，既然进了他的烧锅，得先喝上一碗烧酒再说。

傅家烧锅分前后两部分，前面是卖酒的地方，后面才是酿酒的场所。酒铺虽不大，但在临窗的位置，还是摆了一张方桌，六个圆凳。桌上有两个青花瓷碗，一个装着花生，一个装着蚕豆，方便客人品酒。傅百川唤加藤信夫坐下，然后吆喝伙计端两碗酒上来。加藤信夫喝过傅家烧锅的酒，知道它的妙处，初始喉咙有火烧火燎的感觉，再慢慢品咂，酒的芳香就在唇齿间打滚了，柔和之气如晚潮一样在身心荡漾，这也是他执意要收购傅家烧锅的原因。因为哈尔滨的烧锅酿出的酒，他也喝过不少了，唯有傅家烧锅的回味绵长，难以忘怀。加藤信夫喝得兴起，一碗酒落肚，脸泛红了，抬头纹也绽开了，不等傅百川吩咐，他吆喝伙计再给他添一碗。两碗酒下去，天色已昏，加藤信夫摇晃着站起来，说是该看看酒坊论价了。

傅百川说："我家烧锅的价码，不在于规模，而在于一人一物。他们的价格，实难估算呀。"

加藤信夫连忙问，是什么人什么物这么重要。

傅百川唤伙计把在酒坊劳作的秦八碗喊来，他指着魁梧的秦八碗对加藤信夫说："你要买傅家烧锅，不把他买去，等于买个空壳。这儿烧酒的好，全赖于他。可是他酿酒的方子，别说是你了，就连我这个掌柜的也不知道。"

加藤信夫望着秦八碗，张口结舌地问什么价可以把他雇佣到。

秦八碗也不客气，说："我叫秦八碗，你若能跟我喝八碗酒，我才告诉你什么价。"

加藤信夫倒吸一口凉气，别说是八碗了，他三碗酒都抵挡不了。加藤信夫又问傅百川，除了人，那个重要的"物"是什么。

傅百川拍了拍加藤信夫的肩膀，示意他起来，然后引他至后院，将他领到井台，说："没有好水，就酿不出好酒。这口井，想必你也听说过吧，叫七彩井。你知道吗，井水出来的时候，天空出现了彩虹。这样的井，你说值多少钱？半个傅家甸也换不来呀！"

加藤信夫还没有醉到糊涂的地步，他知道这一人一物，是傅百川专为他设置的万丈鸿沟，难以逾越。他知道上了傅百川的当了，羞愤地跳下井台，败兴而去。一出傅家烧锅，他就跺着脚，仰天大骂："傅家烧锅，死了死了的有！"

九 过 阴

喜岁以往见过的死人，都是装在棺材里的。也就是说，他没有看到过真正的死人。可是鼠疫发生后，自巴音开始，他不断看到街头的尸体。有的人是歪歪斜斜走在路上，突然支持不住，抽搐着倒地身亡的；有的则是死在家里了，亲人怕受牵连被隔离，或是不舍得出钱埋葬，而弃尸街头的，反正如今专门有人在街头收尸。这些人死得都不甘心，不是睁着眼睛，就是大张着嘴，好像他们还没看够这个世界，还有什么话要与亲人诉说。

一想起巴音被剥光后穿着白背心花裤衩的模样，喜岁就恶心。他憎恨那些哄抢巴音衣服的人。其中的两个，大约遭报应了吧，巴音死后不久，他们也染上鼠疫，一个死了，一个在疫病院苦苦挣扎着。

周耀祖和喜岁，先后近距离接触了鼠疫患者，所以最初的日子里，于晴秀寝食难安，生怕他们像鱼一样，撞在鼠疫这张看不见的网里。半个月过去，见老的小的安然无恙，这才松了口气。自从傅家甸人不能自由进入埠头区和新城区，喜岁也无法卖报了。他跑野了，收不回心，尽管于晴秀说外面不安全，不让他出去，可他照旧在街上游荡。

街市因鼠疫而彻底变了脸，这点喜岁看得最清楚。不仅铺子开张的少了，行人少了，就连那些做小生意的也不见踪影了。原来榆树下老有崩爆米花的、锔缸锔碗的，现在他们撤了，那几棵榆树就好像被人掏了心，没生气了。有一回喜岁路过一棵大榆树，想着没有了生意人炉中炭火照耀的它，一定很冷，忍不住捶打了一下树身，说："今冬受冻了吧？"没想到榆树还"呀"一声搭腔了，原来树杈间坐着只乌鸦。看它满怀心事的样子，喜岁猜测它在乌鸦群里犯了什么错，正独自悔过呢。

喜岁发现，跟他一样每日在街市中游荡的人，还有两个，一个是李黑子，一个是翟役生。

李黑子因为喜食老鼠，鼠疫一起，就说自己的大限到了。他自认为吃了那么多老鼠，身体里毒素甚深，感染鼠疫已成定局。本来他就胆战心惊的，捡破烂儿时呢，又总是碰到出殡的，一想到自己也要被装进棺材，埋在冰天雪地的荒野之中，陪伴自己的将是寒鸦冷月，李黑子便打哆嗦。

李黑子哪一天吓疯的，喜岁最清楚了。因为他前一天见他时，李黑子穿着还正常，见着喜岁还问，是不是鼠疫来了，报纸也不印刷了。因为他在街上一份报纸也捡不到了。可是喜岁第二天再见李黑子时，他的神色和打扮都不对了。他身披麻袋片，一脚穿黑色棉靰鞡，一脚穿的却是土黄色毡靴，额上贴着一张镂空的纸钱，鼻梁上糊着帖膏药，简直就是庙里的小鬼出来了。

喜岁见到李黑子，问："你这是去哪儿呀？"

李黑子兴致勃勃地说："上天买东西去！"

喜岁明白他这是疯了，顺着他说："天上卖什么呀？"

李黑子凑到喜岁跟前，用手弹了一下他的脑门儿，说："我告诉你，你可不能说出去。"

喜岁点头说:“我不告诉别人。”

李黑子左右看看,四顾无人,这才压低声对他说:“知道吗,天的日子过不下去了,要把手里最金贵的太阳和月亮往出卖了!”

喜岁吐了一下舌头,说:“那你买哪个呀?”

李黑子一抹嘴说:“我买哪个?男人还不是奔月亮去的?买回家,搂着光光溜溜、圆圆乎乎、漂漂亮亮、干干净净的月亮睡觉,你说得多恣儿啊。”说着,鼻涕下来了。

喜岁说:“瞧瞧你,美得鼻涕泡儿都下来了。”

李黑子用袄袖擦干鼻涕,说:“我跟月亮睡上一年,再生个小月亮,你想想,那日子该有多亮堂呀。”

喜岁终于忍不住,扑哧一声乐了,说:“可是你怎么上天呢?又没有天梯。”

李黑子先是说了喜岁一句“笨蛋”,然后指着街边的榆树说:“望没望着,老鸹坐在上面?”傅家甸人,习惯把乌鸦叫老鸹。

喜岁抬了一下头,说:“望着了。”

李黑子说:“我爬上榆树,骑在老鸹背上,它一张开翅膀,我不就跟着上天了吗?老鸹帮我买回月亮,我也不能白了它,将来生了小月亮,就许配给它。”说完,李黑子奔向榆树,猴一样往上爬。看来他小时候是爬树好手,身手敏捷,眨眼工夫,就爬了一人多高。端坐在树梢的乌鸦开始还沉得住气,后来看李黑子越爬越高,自己有危险,一竦身飞走了。李黑子一惊,从树上跌下来。他崴了脚,一瘸一拐地回到喜岁面前,嘿嘿笑着,说:“这个老鸹飞了,下个老鸹还会来!我就不信,给它们小月亮,它们会不动心,嘻!”

从这天开始,李黑子不仅白天在街上,夜晚也在街上。巡夜的警察看见他，吆喝他回家时，他梗着脖子说："家里一屋子的耗子，哪一个不是青面獠牙的？回去它们还不得把我给吃了？街上太平！"巡警懒得劝他，反正鼠疫中，比李黑子不幸的人多着去了。

李黑子疯了后，喜岁开始喜欢上他了，因为他打扮怪诞，滑稽可爱，像是马戏团跑出来的小丑，尽说一些引人发笑的话。而翟役生这个吊着长辫子的主儿，却令喜岁讨厌。

以往翟役生一见着喜岁，就会扑过来，也不管周围有多少人，伸出他绵软的手，强行掏喜岁的鸡鸡。得逞了，他哭丧着脸；不得逞，也哭丧着脸。他不得逞的时候，围观的傅家甸人会说喜岁："你就让他掏吧，又不能给你掏小了。他自己没那玩意儿，怪可怜的。"

若是说这话的是男人，喜岁会反唇相讥："那你怎么不让他掏你的？"

人们劝说喜岁时，口径一致，反驳他时却是千奇百怪的，有的呸翟役生一口，说："我这玩意儿是给婆娘摸的，他摸，给我几两银子啊？"

还有的说："我要是被他掏了，那东西还不得成了蔫茄子？造不出小孩子，他赔得起吗？"

最有意思的，是卖豆腐的老高头的回答："你是孩子，那玩意儿还在长，掏一次一个样，他觉着有意思。像我这老的，不长反缩，掏着没趣儿，他才没那么傻呢。"

喜岁只能自认倒霉。人们背地都说，翟役生之所以瞄上喜岁，对别的孩子不感兴趣，是因为喜岁生得可爱，能给他带来愉悦。不管大家怎么同情翟役生，喜岁都觉得翟役生这举止下流，只要碰见，他朝东走，喜岁肯定向西，能躲则躲。有一回避不及，喜岁就近爬上一棵大榆树，翟役生追过来，候在树下，不屈不挠地等待。喜岁见翟役生在树下不胜疲倦地睡着了，他起了顽皮，将一泡尿撒下，给他下了场及时雨。翟役生迷迷瞪瞪醒来的一瞬，还真以为下雨了，他吧嗒着嘴，先是埋怨自己忘带伞了，接着嘟囔这雨水不干净，又咸又涩，把围观的人笑得要满地找牙了。

傅家甸的生意人，大都烦翟役生。他仗着自己没家伙了，是个废人，合该大伙帮他，而随意拿取人家的东西。进了烧饼铺，一文不出，拈起刚出炉的烧饼就吃；到了果品店，抓起一只梨，在衣襟上蹭蹭，吭哧就是一口。到了卤味店呢，看到柜台里金黄的牛蹄筋和水晶肘子，他不好拿到，就讨好店主说，他在宫里，也没见御膳房做出过这么好的卤味。店主明白他为什么拍马屁，虽然不情愿，也会斩一截牛蹄筋，再切两片水晶肘子给他。翟役生懂得享受，他得到卤味，就去酒馆了。进了门先向主人亮出手中的酒肴，意思是来点酒就是了，开酒馆的也不难为他，让他坐在角落里，赏他一碗薄酒。其实，翟役生最喜欢傅家烧锅的酒，可他不敢去那儿。说来也怪，翟役生在傅家甸，谁都不怕，就怕秦八碗，看见他就躲。翟役生想傅家烧锅的酒了，只能打发金兰去买。

欢迎翟役生的生意场有没有呢？当然了，比如茶园。不过，他们把翟役生当成了诱饵。只要他去，顾客就不爱走，一壶茶不够，往往还要再续。他们围聚在翟役生身边，七嘴八舌地向他打听宫里的情况，皇上吃什么，在哪儿拉屎，龙床上的铺盖什么花色的，后宫的嫔妃们哪个长得俊俏，宫里的门槛有多高，御花园里有多少种花，皇上的年夜饭有多少道菜，等等，问题多极了。翟役生说别人的事情总是眉飞色舞的，一旦被问到自己的事情，比如在里面做什么的，挨没挨过打等等，他会立刻变脸，说一句：

"好没趣!"抖抖衣襟,起身走掉。

有一次,喜岁在戏园门口碰见翟役生,正要躲,翟役生说:"别跑,今儿我不掏你,给你看样好东西,傅家甸人都没见过的。"喜岁凑过去,翟役生从上衣兜里掏出一对银光闪闪的东西,分别套到喜岁的小拇指上,说:"哟,戴着还真合适,到底是小孩子的手哇,我的手指就套不进去。"那是一副镂空的兰花图案的银质指甲套,下宽上尖,牛角形态。喜岁问:"这是给我的吗?"翟役生一听喜岁这么说,不敢显摆了,赶紧拔葱似的,将指甲套从喜岁手指除下,说:"这可是我从宫里带出来的稀罕物,谁也不能送。你能看到,眼福不浅了。"喜岁说:"这东西有什么好?戴着它洗衣服碍事,挠痒痒又太尖了,我看什么用处也没有!"翟役生"哟哟"叫着,说:"小东西,你懂什么呀?这指甲套能打扮女人的手,还能拨琴弦呢。"喜岁说:"它拨的琴弦,发出的声儿,一准跟老鸹叫一样难听。"翟役生气得脸都青了,用指甲套冲喜岁比划着,说是他再说这东西不好,就戳烂他的嘴。那天喜岁回家,把指甲套的事说与父母,于晴秀说:"我估摸着,他出宫,跟这个指甲套有关。"周耀祖说:"你怀疑指甲套是他偷出来的?"于晴秀说:"反正女人用的东西,落到男人手里,总归是蹊跷的。"

鼠疫蔓延的时候,翟役生见着喜岁,不骚扰他了。他也不像从前那样,走路时佝偻着腰,没筋没骨的样子。如今他昂首挺胸,神采飞扬,好像每天都在过节。喜岁要是碰到出殡的和街头的死人,不敢靠前,眼泪会不由自主地流下来;翟役生逢着呢,则会快步凑到跟前,仔仔细细地打量,越看越舒心,好像一个大烟鬼吸足了烟泡,两眼放出陶醉的光辉。

人们为了预防鼠疫,什么法子都用上了。有的人迷信放血,说是每天早晨用针挑出中指的一滴血,血液就不会有毒素,感染不了鼠疫。有的说刮痧和针灸管用，中医铺的郎中，被络绎不绝的求诊者，折腾得头昏脑涨的。还有的人不食五谷，端坐家中，静心打坐，说是这样周身气血畅通，肺腑澄明，可以百毒不侵。这些法子中，最令喜岁着迷的，就是周于氏过阴。祖母一过阴，喜岁就不想到街上去了，因为听祖母历数人们前世的冤孽，是件有趣的事情。

周于氏曾因狐仙附体，把半个傅家甸的香火都聚拢过来了。失去神灵照耀的她，这些年来，过得黯淡无光，心灰意懒的。谁想到鼠疫之后，她突然能过阴了。周于氏只要在供奉着神灵的香案上，烧上三炷香，叩首长跪，起来后缓缓坐在枣木圈椅里，双目微合，凝神片刻，就会打个激灵，刹那间去了另一世。在她灵魂出窍的时候，慕名而来的人只要跪在她面前，诚心问自己前世今生的过失，周于氏就会一一道来。听人说，只要诚心悔过，就不会死于鼠疫。因为瘟疫劫走的，是在灵魂上犯了罪的人。一时间，周家的香火，又旺了起来。来人除了带香烛果干、美酒佳肴供奉神灵，还会给周于氏扔下一点钱。所以这段时间因着祖母过阴，喜岁没亏过嘴。吃了杏干还有葡萄干和红枣，吃了酱牛肉还有五香豆干和鱼松，简直跟过年一样。

祖母过阴时，历数的人的过失，在喜岁听来，比戏园里说书的还要有意思。比如卖豆腐的老高头，就被周于氏说出，他八岁时用瓦盆闷死过一窝鸡雏，十几条命丧在他手里。而老高头小时淘气，确实干过这事。周于氏给他指出的还债方式是，开春时抓上一窝鸡雏，把它们养大后，送给老弱病残者食用，债就清了。再比如开煎饼铺子的刘二嫂，周于氏说她虽然没有干过杀人放火的事，但因为心口不一，见着东说西，见着南讲究北，搅得妯娌反目，邻里不和，缺了大德，地狱里正缺这种该被割掉舌头，放到油锅上煎的鬼。刘二嫂听了吓得直抖，一个劲儿给神龛磕头，说是将来再也不敢了，问怎么样才能弥补过错。周于氏让她摆上两桌酒席，把那些被她乱嚼舌头后不相往来的人请到一起，赔个不是，解开疙瘩，吃顿和气饭，孽就消了。

比起一个人今生的过错，喜岁更爱听人前世的罪孽，那实在太有意思了。原来人的前世，大都不是人。有的是牛，有的是马，有的是猪，还有的是花、是草，甚至是蛇。它们都能转世成人。它们造的孽，也千奇百怪。牛踩死了要成仙的蛇，马啃了不该入口的还魂草等。当然，也有人的前世是人的，但那个人，跟现在的人又不一样。有的人前世是盗贼，有的人是马夫，有的人是狱卒，还有的人是富家小姐。他们在前世干些什么坏事呢？盗贼就不用说了，马夫呢，与东家的婆娘偷情，把东家活活气死了；狱卒因为心不顺，整天鞭打冤屈的囚犯，把人给打残了；衣食无忧的富家小姐，见门前来了叫花子，不施舍反倒放狗咬人家，等等。喜岁听这些故事时，觉得祖母不是祖母了，而是天上的仙人，无所不知，无所不能。造访者一走，喜岁就会甜甜地叫一声："奶奶——"央求她把过阴的本领教给他，说是他卖不动报时就干这个。周于氏回阳后，通常疲乏得很，要吃上两块点心，喝上一壶茶才能缓过神儿来。她懒得搭理喜岁，用过茶点，就上炕歇着了。喜岁受了冷落，有了怨气，有一次趁祖母睡着了，竟用鸡毛掸子抚弄她的脸，学猫叫。祖母迷迷糊糊中便数落起了猫："大冬天的，叫什么春啊。"逗得喜岁嘻嘻直乐。

一天傍晚，周于氏过完阴，喜岁又缠磨她，要学过阴的本领。周于氏长叹一声，说："你个不成器的东西，在戏班子非要学小丑！你这辈子呀，就是个小丑的命！过阴可不是学来的，那是神灵给的本领，你个不开窍的东西，还是卖报混饭吃吧！"

喜岁不高兴了，说："不教就不教呗，什么小丑大丑的，傅家甸人，谁不夸我长得俊？"

周于氏逗弄喜岁，说："你哪里俊？奶奶怎么一点儿看不出来？"

喜岁伸出右手的二拇指，先是指了指自己的眼睛，然后点了点鼻子和嘴巴，示意它们都是俊的。最后，他想了想，又指了指自己的裤裆。周于氏笑了，说："那里有什么俊东西？"

喜岁骄傲地说："我不光眉眼长得俊，鸡鸡也比别人长得俊！要不那个翟太监，怎么老掏我的鸡鸡，不掏别人的？"

就是这句话，要了周于氏的命。她大笑起来，一发而不可收，脸色由白转红，由红转青，由青转紫，越笑越喘，最后气噎，喉咙发出"呃呃"的声音，浑身颤抖，"扑通"一声倒在神龛前，眨眼的工夫就没气了。初始的时候，喜岁还以为祖母又来神了，心想这回没外人登门，他可以趁此问问自己的前世是干什么的。他不希望自己是人，因为在他眼里，人没有一个是自由的；他希望自己是天上的鸟，哪怕乌鸦也好，扇着翅膀就可以翻山越河，四海为家。鸟儿犯下的错误，在他想来，无外乎把屎拉在了女人们刚洗好的衣服上，或是飞过云端时，踏碎了几朵云。这些债，也好还。然而，祖母倒地后，一动不动了，而且，眼睛也死死地闭上了。喜岁吓坏了，他喊来母亲。于晴秀跑进来，俯身试了试周于氏的鼻息，哽咽地叫了声："娘——"喜岁便知，祖母这回是真正过阴了，她把自己彻底过到另一世，再也回不来了。

周济与周于氏风风雨雨厮守了一生，没了老婆子，他比谁都难过。不过他不落泪，直说周于氏在大疫中笑着走，是有福之人。鼠疫期间，卫生防疫局通令各户，为了生者，不许任何死者在家停灵，所以周家对周于氏的死秘而不宣，门楣没有插灵幡，后人也没有披麻挂孝，点心铺子照常开着，更没有立刻通知周耀庭，怕他联想起在警局违法而被迫做了一个月苦工的事情，再把家人交待出去。他们悄悄把周于氏停在神龛前，为她焚香诵经，超度亡灵。若是有人来求周于氏过阴，家人便说她串亲戚去了，过两天回。怕人家怀疑，于晴秀除了自己如常做着点心，还打发喜岁到街上闲逛。祖母没了，喜岁到了街上，被阳光刺疼了眼睛想流泪，被西北风刮疼了脸也想流泪，因为祖母再也享受不到阳光，吹不到风了。他非常悔恨，要是不跟祖母说自己的鸡鸡长得俊，她也不会笑死。所以，喜岁见着翟役生，恨不能把他大卸八块，喂狗吃了。

按照老规矩，周于氏在家停灵两夜，第三天早晨，周济这才带着周耀祖，雇了王春申的马车，买口棺材回来，给周于氏出殡。周耀庭那里，是周济打发喜岁通告的。周耀庭听说母亲是笑死的，扬了扬脖子，嘿嘿笑了两声。他推说公务忙，不能擅自离开，让喜岁先回，自己随后跟上。喜岁明白，叔叔认定祖母死于鼠疫，怕传染上。喜岁沮丧地回来把情况说与祖父，周济跺了一下脚，一摆手说："一个胆小鬼，也不缺他送灵！不等了，起灵！"

周于氏的棺材被抬起的一瞬，本来是没有哭声的，周于氏毕竟高寿了，走得又痛快，可是喜岁怕祖母去了另一世，看见那儿的灯，会因眼花而认不清，便跪在灵前，给她报起了灯名。这举动，催下了家人的泪水。喜岁报灯名的时候，字正腔圆，有板有眼的："奶奶呀，您好生听着，喜岁我给您报灯名！一团和气灯，和合二圣灯，三羊开泰灯，四季平安灯，五子夺魁灯，六国封相灯，七子八婿灯，八仙过海灯，九子十成灯，十面埋伏灯。这些个灯，那些个灯，奶奶你要是记不清，回我梦里问一声！"喜岁报完灯名，呜呜哭了。于晴秀把喜岁拉起，紧紧抱在怀里。她没想到，在乌烟瘴气的街市间，在狂风暴雪的鞭打中，儿子混成人了。

十 离 歌

十二月八日，节气中的小雪去了，大雪来了。这天刚好是阿弥陀佛的圣诞，若是往年，寺庙的香火会格外盛。鼠疫并没有像傅家甸人期待的那样，会随着天冷而销声匿迹。相反，它是愈演愈烈了。傅家甸简直成了阎王爷的道场，你眼见着他一天天地调兵遣将，扩充队伍，也不知地下有什么大的战事，需要这么多的人马。

虽然节气是大雪了，但入冬以来，哈尔滨的雪，都不太大。有的时候你看见天阴了，雪花也零零星星飘了起来，可是没过多久，它就收脚回天庭了，大概嫌人间太土气了吧。这样的雪，就给人谎言的感觉。傅家甸的街巷少有积雪，狂风一起，尘土、炭灰和煤渣，就会随风飞舞，迷了路人的眼睛。本来人们因为见了太多的死人，麻木得不会哭了，可是眼睛里飞进东西后，不流泪的也得流泪了。这时候，倒是那些狭窄的小巷子，灰尘会少些。这样的巷子往往地势低洼，雨季出行困难，住在两侧的人家，会联合起来，在巷子铺上木板，不为泥泞所陷。那些横在泥路上的木板，到了冬天，由于下面的稀泥冻结了，等于是被天然的胶水牢牢粘住了，木板无形中成为了一把把铁扇子，死死压着尘土，再大的风,也休想将它们掀起来。

大雪节气的第二天,太阳未出。王春申还沉沉睡着,金兰来到马厩,把他叫醒,说是继宝病了,低烧了小半宿,想吃鸭梨,让他起来后,去果品店买几个。金兰吩咐他的时候,语气镇定,可王春申听了,急得口干舌燥,嗓子立时就哑了:"继宝又没出门,怎么会传染上?"

王春申看不清金兰的脸,因为天还没大亮,马灯也熄了。金兰站在他面前,只是一道朦胧的黑影,有点鬼魅的气象。他甚至怀疑,自己是不是在做梦。

金兰宽慰他说:"不像是鼠疫。他眼睛红了,淌眼泪,流鼻涕,嗓子也肿了,看样子是要出麻疹了。他也真是的,继英比他小,都出过疹子了,他十来岁了,才出。越出得晚,越遭罪。"

"你敢保证是麻疹?"王春申说。

"就是鼠疫的话,你的儿子,你还不敢看了?"金兰说这话时,声音抬高了,显然不高兴了。

"我哪是那个意思呀。"王春申说,"我是怕他出危险。"

金兰的语气和缓了一些,说:"出疹子不能大意了,得看好。要是出不好,落下疤瘌,将来都不好讨老婆了。"

"那该注意些什么?"王春申边说边穿衣服,准备去看继宝。

"别喝凉水,吃点好东西。最要紧的,是不能受风。"金兰说,"反正咱这客栈如今也没人住,没客人咕咚门,风也就闪不着他。"

王春申仍不放心,问:"那得多少天能好啊?"

金兰很有经验地说:"先低烧个一两天,等疹子慢慢出来了,再高烧个两三天,疹子出齐了,烧一退,疹子结疤蜕皮,也就没事了。快得一个礼拜,慢得十天吧。"

“继宝也真会找时间出疹子。”王春申叹息一声，说，“如今做买卖的，谁还敢来傅家甸？我估摸着，水果店的鸭梨，进不来货，早空了。”

“小孩子出疹子，就跟春天下了种子就得发芽一样，他憋不住，不生受得了吗？”金兰不高兴了，“亏你还是他亲爹！”

“亲爹”这个词，王春申听来格外刺耳。在他想来，这是金兰故意在他面前炫耀继英非他所生，含有示威的意思。王春申不想沉默了，干脆也挑明了，单刀直入地说：“继英她爹疯了，往后他也没法认他闺女了吧？”

金兰“哼”了一声，说：“谁说继英她爹疯了？”

王春申说：“那个捡破烂的，不是被鼠疫吓疯了吗？”

金兰冷笑一声，说：“你以为我金兰会跟一个爱吃老鼠的在一起？！啊——呸！亏你想得出来！”

“继英她爹要不是李黑子，就是摆卦摊的张瞎子！”王春申被那一声“呸”激怒了，索性把多年来对继英身世的猜测和盘托出，“跑不出这两个埋汰人！”

金兰这回大笑起来，这笑声听上去像猫头鹰的叫声，瘆人极了。不仅王春申被吓毛了，黑马也不安起来，直打响鼻。金兰收住笑，挖苦地叫了王春申一声“王掌柜的”，然后说：“你以为沾我金兰的，不是捡破烂的，就是瞎子？你也太小瞧了我！”金兰又“呸”了一声，大踏步地，嗵嗵走出马厩。

王春申气得七窍生烟。他穿戴好，洗了把脸，抽了袋烟，拍了一下黑马的背，说：“好兄弟，你也听到了，这就是我的女人，这就是我过的日子，他娘的！”

王春申走进客栈时，迎接他的是翟役生香甜的呼噜声。为了节省柴火，金兰只烧一铺大炕，所以翟役生、金兰、继英、继宝是睡在一铺炕上的。

偌大的客栈，只回荡着一个男人的呼噜声，这个男人的气息就显得强悍。好像这屋子的每一个物件，都被这气息打上了烙印，跟着姓了翟。这个早晨，王春申听着这喧宾夺主的呼噜，突然心如刀绞，恨不能取来案板上的刀，割断翟役生的喉咙。

炕沿上摆放着油灯、毛巾、水碗和痰盒，这都是金兰为了照顾继宝而预备的。这说明金兰夜里给继宝接过痰，擦过汗，喂过水。王春申看着这些物件，再看着油灯下守着继宝的金兰熬得两眼通红，心一软，对她和翟役生，也就没那么大的怨气了。

继宝这会儿睡着了，王春申怜爱地抚摸着儿子的额头和脸颊，小声对金兰说："我看烧得不厉害。"

金兰看着天渐渐亮了，"噗"一声吹灭油灯，说："刚才我不是跟你说了吗，现在是低烧，过两天疹子出来了，才是高烧。到时能把孩子烧糊涂了。"

"咱好好伺候着，不让他烧糊涂还不中吗？"王春申说，"等他好了病，我带他看马戏去。"

"现今满大街都是小丑，还用得着花钱看马戏吗？"金兰叹息一声，躺倒在继宝身旁，连打两个呵欠，不再理睬王春申了。

王春申知道金兰肚子里还有火气，便知趣地去了灶房，用炉钩子把残火挑亮，续上劈柴，准备做早饭。他想继宝折腾了一宿，失了不少水分，最好喝点稀的，做锅爽口的疙瘩汤吧。于是端了瓷盆，去院子北角的仓房舀面。

王春申一出门，就被冷风呛得直咳嗽。太阳出来大半个了，看来它也冻得不轻，脸蛋通红通红的。他进了仓房，见里面收拾得井井有条，萝卜干、蘑菇、干辣椒一串串地吊在柱子上，红的红，白的白，黄的黄，煞是好看；板壁上还挂着闲置的锯、镐头、镰刀以及一把把花籽。春天时，金兰会搓了花籽，贴着客栈的墙根，随意撒下。至于这些花籽能不能出，就看它们的造化了。反正每年夏天，客栈的四周，或浓或疏，总会缭绕着紫白红黄的花朵，无形中为客栈镶上了一道五彩的花边。金兰种花的时候，吴芬是不乐意的，因为她花粉过敏，花一开，她就咳嗽，流涕。还有，花儿招来了蜜蜂，有时蜇着客人，人家会恼。但越是令吴芬不快的事，金兰就越是要做。所以每年秋天，金兰收花籽的时候，格外精心。王春申想，吴芬死了，明年开春，金兰种花的热情该淡下来了吧。

仓里的粮食，有的放在低处，有的放在高处的架子上。为防老鼠，米缸盖上撒了花椒，金兰说老鼠吃了花椒，麻了嘴，就不会再打米缸的主意了。面粉呢，都放在半人高的架子上。即便如此，横行的老鼠还是能得嘴，蹿上去嗑出洞来，所以面袋没有不打补丁的。王春申打开袋口的时候，想着自己做饭，绝不能让翟役生这个狗东西吃，要不自己不就真成了他的仆人了么，因而只舀了一碗面。待他扎好袋口，又想着若是不带翟役生那一口，让他眼巴巴瞅着他们吃，又显得小气了。于是又解开面袋，叹口气，添了小半碗。

一盆喷香的疙瘩汤做好，天已大亮了。继宝和金兰还睡着，继英和翟役生倒是起来了。继英见了王春申，像往常一样，怯生生地叫了一声“爹”，王春申也像往常一样，没有答应，只是盛了一碗疙瘩汤递给继英，说：“喝吧，搁了香油。一碗不够，再盛。”

王春申不想和翟役生坐在一个桌上吃饭，他蹲在灶台前，飞快地喝光一碗，扔下碗筷，准备出去给继宝买鸭梨。这时，翟役生忽然叫住他，说是求他个事，想借用他的马车拉点东西回来。

王春申没有好气地问：“得使多长时间啊？”

翟役生说："估摸着得一头晌。"他见王春申很不乐意的样子，又说："反正现在马车没活儿干，也是闲着。"

王春申吐了口痰，大声嚷嚷着："闲着怎么了，我的黑马这两年净干活了，正好让它歇着养养膘！"

翟役生不阴不阳地说："它要是膘肥了，你就得瘦了，是不是这个理儿呢？"

王春申不愿意跟翟役生纠缠，问："你到底要拉什么东西？沉不沉？别累着我的黑马！"

翟役生神神秘秘地说："不发财的东西，我是不会往回拉的。那东西黑马也拉过，不沉。"

王春申一摆手，说："你要是有本事把马套上，你就使；要是它不乐意，套不上车，我也不会帮忙。"

翟役生扭了一下身子，笑了，自负地说："对付畜生，我是最有办法的。"

王春申火了，说："姓翟的，你可给我记着，有的人是畜生，可黑马不是畜生！"

王春申对待翟役生，从来没有这么硬气过，更没说过如此铿锵有力的话。所以这话在这个清冷的早晨，如脱缰的野马一样冲口而出后，王春申一身轻松，无比畅快。他在去果品店的路上，甚至打起了口哨。碰见他的人，见他神清气爽，喜气洋洋的，都大惑不解。心想不是金兰快不行了，就是翟役生染病了，不然他怎么这么高兴？

死亡就是这样，它以巨大的威力镇压人，让人俯首帖耳、战战兢兢地做它的俘虏，可一个俘虏受虐的时间久了，也会反抗。一段时间的死寂后，阴气沉沉的傅家甸，又有点还阳了。卖烧饼卖糖葫芦的，又穿街走巷地吆喝起来了，尽管那吆喝声不如从前的清亮；崩爆米花的，又守着一炉炭火，蹲伏在榆树下了，虽然他的生意并不如炭火那般热火；开面馆的，也把收回的招幌挂出来，虽然擀出的面，如同老女人干枯的白发，少有人理。人们似乎看透了，既然鼠疫防不胜防，随时可能赴死，索性如常过日子，轻松一点。也就是说，要死就活着死，不能像李黑子那样，死着死。在他们看来，李黑子吓疯后，等于死了。

李黑子有天晚上去傅家烧锅，伙计见他破衣烂衫的，冻得瑟瑟发抖，好心赏了他两碗烧酒。没想到，他夜半醉倒在一条僻巷中，活活冻死了。他的尸首，自然也是警察为他收的。只不过死的人越来越多，官府承担不起那么多的棺材了，他们只是把他用草席裹了，扔到坟场。李黑子捡了一辈子破烂儿，他大概做梦也没想到，自己最后也跟破烂儿一样，被遗弃在荒野之中。人们说起他来，同情的少，鄙夷的多。

傅家甸人又敢聚堆儿说话了。他们在一起，谈瘟疫，谈生死，也谈天气和家长里短的事情。而且他们也不忌讳，相互品评着备下的寿衣，谁的料子好，谁的花色独特，谁的式样大方；他们还议论死时该戴什么样的头饰，穿什么样的鞋子，甚至系什么样的腰带。好像他们去另一世，是个隆重的节日，马虎不得。此外，死后的棺木该埋多深，他们也仔细想过了，说是不深不浅最好。因为太深的话，万一春天渗水，等于天天泡在澡盆中，那滋味实在不好受；太浅了呢，万一棺木有一天朽烂了，荒野的狼，很容易把他们的骨头给啃了。男人们又恢复了傍晚去酒馆划拳喝酒的习惯，女人们呢，觉得不能在家等死，该剪鞋样子的又剪起了鞋样子，该绣花的又绣起了花。不过，男人们喝酒的时候，爱去名叫“天堂”的酒馆，女人们绣花的时候，不知不觉，就会绣上莲花和云朵。

王春申猜得没错，他去了几家水果店，都没有鸭梨了。新鲜的水果只有两样：橘子和苹果。王春申想橘子上嗓子，不适宜现在的继宝吃，就买了两斤苹果。苹果的价格，比前一段要高出三倍。王春申掏钱的时候，没太犹豫。他突然想明白了，店主虽然多赚了他几吊，可万一过几天他染上鼠疫，难逃一死，那钱等于白赚；而自己想省下的几吊，现在看来是钱，万一他也不幸染病了，那钱跟废纸又有什么分别呢。

王春申怕苹果冻伤了，将它掖在怀里兜着走。遇见他的人，不再像鼠疫初起时躲着了，他们亲密地跟他打招呼，有的还吆喝他一同去天堂酒馆吃酒。

翟役生果然在黑马面前败下阵来。王春申一进客栈，就听翟役生在跟金兰发牢骚："你说一匹马，不让人套，不想干畜生的活儿，留着它有什么用？真是该杀！我早馋马肉馅包子了。"

金兰说："你要是杀了黑马，姓王的就会把你杀了，吃人肉馅包子。"

王春申心想，金兰说的那个姓王的，就是他了。可她当着自己的面时，不是叫他"掌柜的"，就是"继宝他爹"，看来女人当面的话信不着啊。

翟役生见王春申回来了，大吐苦水，说："你养这马，怎么跟娘娘似的，还得供着！"

王春申说："可不是嘛！它是道台府出青的马，跟你一样，见过大世面，不当娘娘供着行吗？"这话看似恭维，实则羞辱，噎得翟役生干瞪眼。

王春申放下苹果，见继宝还在睡，就回马厩了。黑马见主人回来，以一个得胜者的姿态，昂扬地迎上来，王春申激动地与它贴着脸，赞叹道："好兄弟，有骨气！"

看过黑马，王春申百无聊赖，便跟金兰打了声招呼，去天堂酒馆解闷了。中午的时候，他惦记着继宝，未尽兴就回家了。一进客栈，吓了一跳，院子里竟然并排摆着八口通红的棺材，占了大半个院子！王春申吓得腿直哆嗦，难道继宝没了？他在打开屋门的时候，吆喝继宝的声音就是颤抖的。

继宝虚弱地应了一声："爹——"王春申的眼睛立刻湿了。继宝虽然还在低烧，但已经能坐起来跟继英玩了，兄妹俩正在炕上叠纸船。继宝举起一只带舱盖的纸船，说是要送给爹爹，夏天可以坐着它去松花江上打鱼。

王春申说："爹爹打个鲤鱼精上来，变成个俊俏能干的姑娘，给继宝做饭铺被窝！"

继宝嘿嘿乐了，说："我有娘做饭铺被窝，我要让姑娘背我去看马戏！"

王春申说："好，让姑娘背你看马戏！"

看过继宝，王春申去找金兰，想问问那些棺材是怎么回事，难道棺材铺搬这儿来了？可是屋里屋外找遍了，也未见她人影。王春申拉开灶房的缸盖，见水缸满着，知道她不会去水井；又掀开锅盖，见里面熬着白菜，知道她也不会走远。正当他想去大门口张望一下的时候，金兰提着半扇油红的牛排骨回来了。她见了王春申兴奋地说，后趟房吴二家杀牛，她买了牛排骨，打算一锅炖了，让继宝吃点好的，大家也跟着开开荤。

王春申说："吴二家的牛是耕田的，他把牛杀了，明年不种地了？"

金兰说："这牛这两天老是用蹄子刨坑，吴二家的忌讳，说这是掘坟坑呢，就把它杀了。只要人活着，一头牛算个啥，开春再买就是了。"

傅家甸的牛马，大多是由海拉尔贩运来的。前些日子海拉尔牛疫大作，大批死亡，牛的价格一路看涨。肉铺的牛肉，也就比猪肉要高出一倍。那些爱吃牛肉的，最近都亏了嘴。王春申想，明年春天吴二买牛时，看见牛价高得跟吊死鬼一样吓人，一定会后悔把牛杀了。这牛也真是薄命，不会找时间刨坑。他想若是黑马刨坑了，他绝不杀它，他愿意为那个坑赴死。

未等王春申问金兰棺材的事，金兰先说："看见那些棺材了吧？"

王春申说："我正要问你这是怎么回事呢，又是你那个娘娘干的？"

"他呀，就这件事情，干得像样！"金兰赞叹道，"要是以前，咱客栈有客人，别说是这么多棺材了，一口我也不能让他摆，要不谁敢来住？可现在没人来，干闲着，他看棺材价钱一天比一天高，人死的又一天比一天多，就想囤点棺材，过段日子，好卖上个大价钱！你想啊，那些有钱的主儿死了，再不讲究，也得弄口棺材呀。到时棺材铺的棺材空了，就得买这儿的！"

"呸！"王春申说，"要是过段时间，鼠疫过去了呢？你那娘娘怎么处理它们，他一个人又睡不了这么多棺材！"

"我看这鼠疫，一时半会儿过不去！"金兰指着天说，"你没见今冬流星多吗？这是老天往回收人呢。人拗得过天吗？"金兰说完，吩咐王春申多抱点柴火进来，说是吴二家的牛是老牛，估计得费柴火。

王春申问："一共就是这些棺材？"

金兰说："他总共买了十口，估摸着剩下的两口也快拉回来了！"

"看来你买牛排骨，不是为了继宝，是犒劳这个娘娘吧？"王春申酸溜溜地说。

“哪能呢，咱多少日子没沾牛肉了，想得慌呢。”金兰没恼，反倒跟他挤眉弄眼地笑，看来翟役生囤积棺材，她打心眼里欢喜。

王春申闷闷不乐地抱回劈柴，忽然想到了一个关键问题，翟役生整日游手好闲，没来钱的道儿，怎么买得起这么多棺材？他问金兰，是不是帮着添钱了？

金兰撇着嘴说：“他买棺材，我跟你一样，今儿才知道！我也问他哪来的钱，他说都是自己攒下的！细想啊，他在宫里呆了那么多年，手头不可能一文没有。”

“我见他前几天去了公济当，别是当年偷了什么值钱的物件，拿去当了。”王春申说。

金兰不吱声了，因为翟役生去公济当，她一无所知。而他的东西，都锁在一口小木箱中，钥匙日夜挂在身上，谁也不能碰。那里究竟有些什么物件，她也是糊涂的。金兰想想自己身为女人，没一个男人跟她真正知心，长叹一声。王春申听见她叹气，不再追问了。

院子里齐刷刷地摆着十口棺材，总归是瘆人的事。王春申让翟役生买点油布把它们苫上，要不雪天时，继宝和继英都不敢出门堆雪人了。翟役生扬着脖子，瞅了瞅天，又抻了抻他那条坏腿，说：“这腿疼得厉害，天又这么灰，明儿准有雪！老天帮咱上苫布，用不着买了！”

翟役生预报得真准，棺材落户三铺炕客栈的次日，雪就来了。开始是小雪，下着下着就大了。黄昏的时候，雪已经快没膝了。那些棺材，如愿被苫了一层白布。不过，它们没有因为白雪的覆盖而减淡了阴森之气，相反，落在棺材上的一尘不染的雪，因为太像一块块孝布了，倒增添了恐怖感。

继宝在雪天中高烧起来。他的耳颈处，果然浮现出星星点点的红色皮疹。他的眼泡肿胀起来，唇角起了水泡，一阵阵呕吐。他怕光，一见光就淌眼泪。客栈白天时也要拉起窗帘，晚上点油灯时，要搁到离他远的地方。王春申见他烧得厉害，想用烧酒搓他的胸和脊梁，这样能降低热度。金兰说这万万不可，疹子得在高烧中自然出来为好。

雪后的第二天，继宝仍然高烧和咳嗽。先前出来的疹子，不长反缩，而大面积的疹子却没有出来，这把金兰吓坏了。她对王春申说，疹子要是憋回去，会有危险，让他赶紧去请郎中。她自己呢，去丧葬铺子买个纸扎的替身回来，把它烧了，这样索继宝命的小鬼，得着替身，就会打道回府，继宝也就太平了。他们双双出门的时候，并没有在意，翟役生也紧随其后出去了。

王春申请郎中，比金兰买替身要费周折。因为鼠疫，去针灸的人实在太多了，他一等再等。所以王春申领着老郎中回来的时候，院子的棺材旁，已戳着个白森森的纸人了。

金兰正和翟役生吵架。原来，翟役生趁王春申和金兰都不在的时候，去防疫卫生局报告，说是三铺炕客栈又有人得鼠疫了，让他们赶快把人带走隔离。这样，防疫卫生局的一个医士，跟着翟役生来到客栈，见继宝高烧咳嗽，面红耳赤，看上去像是得了鼠疫，就把他用马车拉走了。

金兰指着翟役生的鼻子愤怒地骂："我金兰待你怎样，全傅家甸的人都看在眼里！你这样的男人，哪个女人愿意收留，哪个女人的男人，又能容你？还不是我金兰和王春申！好嘛，你不知恩图报，反倒把我们的骨肉往火坑里扔，真是猪狗不如！你这种烂人，身上肯定缠着八九条鬼！我看，院子里的棺材不用装别人，把你和你身上的那些鬼挨个儿装了，全埋了吧，省的来人世缠磨人!"

王春申从来没有听金兰这么痛快淋漓地骂过人,尤其是骂翟役生。他能做的,是为这骂声增添点乐感。王春申"啪啪啪"地扇翟役生耳刮子,直把他打得东摇西摆,屁滚尿流的。翟役生开始时垂头忍着,最后终于忍不住,"哇"的一声哭了,说:"打吧,打吧,反正我在宫里吃惯了耳刮子,再吃等于尝鲜了!"王春申一听他那女人似的哭声,住了手。

王春申打完翟役生,朝外走去,说:"我得把继宝背回来,孩子跟前没爹没娘,怎么行啊。"

金兰拉住他说:"人被扔进那儿,还能让出来?"

王春申说:"那我就去那儿陪他住。"

金兰说:"你又不懂小孩子出疹子的事儿,万一照顾不好,落下毛病,后悔就晚了,要去也得我去!"金兰说完,翻箱倒柜的,把她和继宝过年穿的衣服打点在一个包袱里,说是带着这样的衣服去,定能活着回来。金兰挎着包袱出门前,狠狠地瞪了翟役生一眼,说:"你可给我看好门,等我回来,客栈要是少了一根针,就拔你的屌毛当针使!"说完,扑哧一声乐了。

这是金兰留给翟役生的最后一句话,也是他们听见的她最后的笑声。三天以后,继宝死在疫病院,王春申再也听不见继宝喊他爹了。而金兰,在继宝死后的第四天,也跟着去了。那些天,傅家甸每天都有七八个人死亡,拉尸首的马车,空前忙碌起来。为死者吊孝的,唯有送葬的马了。马走得热气腾腾时,身上的汗水在冷空气中凝结成了白霜,它们看上去仿佛披了孝布。

王春申觉得儿子和金兰死得冤,继宝不就是出疹子吗,医生凭什么把疹子误诊为鼠疫?不能翟役生说是,他们就跟着说是。而且,金兰去的时候好好的,不过一周,人就没了,她一定是在那儿被传染上鼠疫的。既然进去的人，很少有活着出来的，那么花钱弄这个疫病院有什么用？王春申愤怒了！他捡了一堆石子，两个裤兜都揣得满满的，先是去疫病院砸门窗，骂医生是一群蠢猪；然后又步行十来里，去道台府，一边砸紧闭的朱红大门，一边骂里面的人只图自己享乐，不顾百姓死活！傅家甸天天死人，怎么没死一个官府的人？王春申要被气疯了。若是以往，他的这通闹腾，会引来众多的围观者。可是这个凄冷的冬季，人人都受着死亡的威胁，也就没人在意他人的不幸了。

金兰死了，翟役生的腰，就像被大雪压弯的树，又佝偻下来了。他白天时坐在院子的棺材堆前，一遍遍地说着："怎么会，怎么会，她这一脸的麻子，除了我能相中，她去那里，谁看得上呢？怎么会，怎么会，金兰，金兰哟——"他摇着头，呼唤着金兰的名字，眼里泪光闪闪；到了晚上，他蹲在客栈的灶坑前，不停地添柴，火苗旺得快蹿出来燎他的眉毛了，可他还是打寒战。

王春申憎恨翟役生，不叫他，自己的亲生儿子就不会死在那样一个鬼地方。他还憎恨他囤积的棺材，认为它们给他带来了厄运。王春申不想再看见这个娘娘，于是有天晚上趁着翟役生出门了，他先把钱匣抱出，藏在马厩的干草堆里，然后把客栈的箱子柜子、被子褥子、桌子凳子、锅碗瓢盆、衣裳鞋帽、针头线脑，凡是能用得着的，悉数搬出，又把继英抱到马厩，然后将客栈和棺材分别淋上火油，将它们引燃。那晚北风呼呼地叫，天空飘着鹅毛大雪，草瓦板房和棺材，大约知道自己今夜将是老天赏花的对象，它们争宠似的，竞相怒放，把自己开得红红火火，蓬蓬勃勃的。

吴二家的见前院的客栈火光冲天，怕火烧连营，将自家引着，赶紧跑来，让王春申去报消防队的来救火。这个消防队，成立还不到一年。当时招募人员时，吴芬还让王春申去试试，说是救火总比当车夫要自在些，可王春申不喜欢一个烟熏火燎的活儿。

王春申对吴二家的说："不用报消防队了，等他们来，也烧落架了，救不住了。"

吴二家的叹口气，说："没有女人把持家，到底是不行，连火都看不好。"她见风势不会将火延展到自家，就打着呵欠回去了。

王春申看着三铺炕客栈化为灰烬的时候没有落泪，因为他知道那不过是一朵花开败了。相反，当火舌在夜色中一簇簇地欢呼腾跃，与天空的雪花遭逢的一刻，他落泪了。因为那火舌宛如艳丽的花瓣，而被火舌映照得通体金黄的雪花，分明就是一群闻香袭来的蝴蝶。那种美，他平生首遇，实在是惊心动魄。

火着了小半宿，终于灭了。王春申回到马厩，仿佛卸下了千斤重担，睡得很沉。第二天清晨，他被哭声扰醒，是翟役生回来了。王春申太想看看这个娘娘没有归所的模样，连忙披衣起来。

雪停了，太阳也出来了。阳光把雪地照得一片橘红。翟役生的身边，竟然有个活物相伴，是金兰养的那只黄猫！王春申放火时，竟把它给遗忘了。看来猫的本事大，逃了出来。翟役生背对着王春申，左手攥着样东西，右手握着一根烧得弯曲了的炉钩子，正在白雪覆盖的废墟里找他的东西。他那口平素谁也不能碰的木箱，早烧成灰了。在王春申看来，木箱里的东西，以前是哑巴肚子里的话，谁也倒不出来。现在禁锢已无，哑巴能开口了，可话却一句也没有了。

王春申站在翟役生身后，听着他嘤嘤的哭声，快活地问："你的宝贝，还剩几样呀？"

翟役生不吭声，只是哭，王春申便转到他面前，想看看他的表情。翟役生见王春申站在对面了，这才将左手抬起，张开，露出手中的物件，颤抖着说："木箱里的东西，没成灰儿的，就是它了。"

王春申凑过去一看，忍不住乐了，原来是一条泥捏的屌！这一定是翟役生央求徐义德帮他捏的"高升"。徐义德的手艺真不错，捏得惟妙惟肖。看来这场大火成了这玩意儿天然的窑炉，将它烧得细腻红润，更加活灵活现。

王春申对翟役生说："你没吃亏呀，得着了自己最想要的东西！火不烧它，它哪有这个色儿呀。你没见识过这东西吧？我告诉你吧，它跟真的二样不差！你得到了宝贝，将来能进翟家的祖坟了，还不快去酒馆喝一壶呀！"

翟役生听王春申这么一说，抽了下鼻涕，怕冻着那玩意儿似的，赶紧把它揣进怀里。之后，他仍旧怀抱着希望，用炉钩子翻捡东西。他掘起来的，除了瓦砾，就是白雪了。那粒粒白雪像是隐藏在废墟中的珍珠，闪闪发光。

十一　道　台

于驷兴将傅家甸疫情上报给东三省总督锡良后，锡督专门派遣了两名医生来哈尔滨协助防疫，一位姓姚，广东人；一位姓孙，福建人。他们来自北洋医学堂，这是所英式医学院，医生们都能讲一口流利的英语。这两位医生敏锐地发现，此次鼠疫大多是通过呼吸道感染，也就是肺部感染。那么杀灭空气中的有害飞沫，致力于消毒，是有效的控制手段。他们在北三道街租了一所房子，作为消毒站，存储了大量从日本药房购进的生硫磺和石碳酸。姚医生指导居民，把硫磺放到罐子里，让它充分燃烧，持续散烟，这样就能杀死空气中飘浮的细菌，减少感染的几率；而石碳酸的配比，是用四十倍的清水，把它稀释了，喷洒在屋子的各个角落。至于出入疫病院的人，包括医士、打扫卫生的、送饭的、抬尸运尸的，每日不可少的，就是往他们身上喷洒石碳酸。

傅家甸人对消毒并不热情。尽管防疫局为大家发放了硫磺和石碳酸，并告知了使用方法，但用的人家，并不多见。人们说在家里熏硫磺反胃，再说了，既然流行的是鼠疫，老鼠又不能飞，他们不相信空气中有它们撒播的病菌。而感染了鼠疫的人呼出的气息，只要你不在这人左右，又怎么能吸入自己的肺子里呢。

再说石碳酸，它的溶液有一股酸溜溜的味儿，比开春时烂酸菜的气味还难闻，他们才不相信这样的水滴上了身，能起到预防作用。它要真有那么灵验，那不成了上天赐予的甘露了吗？所以姚医生和孙医生，嘴唇都磨破皮了，从者寥寥，二人只能摇头叹息。傅家甸人的卫生习惯也不好，喜食臭鱼烂虾不说，也没有饭前便后洗手的习惯，再加上街巷中缺乏排污设施，油腻的刷锅水，甚至于尿罐的尿水，都泼在了街上。这些污秽物从暖屋子中被泼出的一瞬，由于温热，遇到寒风，会产生白炽的雾气，弥散空中，也是潜在的传染源。

姚医生和孙医生以为，经过一段时间的努力，疫情会得到有效的控制，没想到它不消反涨，这令他们无比头疼，怕日后疫情更加严重，落下无能的骂名，都想打退堂鼓了。

除了北洋医学堂的两位医生，日本人控制的南满铁路，也派来了一名医生。这位日本医生不像姚医生和孙医生致力于消毒预防，他迷恋的是解剖老鼠。他在自己的实验室里，解剖了上百只老鼠，可却没有分离出鼠疫杆菌，这令他无比惆怅。难道傅家甸流行的不是鼠疫？如果不是鼠疫，难道又有新型的烈性传染病出现了？

比这些应对疫情的医生更难受的，是道台府的道台于驷兴。他并不像王春申想象的那样，在官府里不问世事，锦衣玉食，高枕无忧，优哉游哉地读着圣贤书。傅家甸疫死人数急遽上升，各国驻哈尔滨的领事馆的领事，美国的、俄国的、法国的、德国的、日本的，纷纷照会他，说是如果傅家甸疫情得不到控制，殃及他们，他们将会派本国的医生进驻傅家甸，独立统领防疫，届时华医将悉数撤出。

于驷兴为防疫之事头疼不已，总督锡良电令他必须消灭瘟疫，也派来了医生，官府从关税中拨出了两万多纹银用于防疫，可是疫情如涨潮的海水一样，一浪高过一浪，令他如坐针毡。因为瘟疫这个敌人是看不见的，你没法真刀真枪对付它。于驷兴除了任道台，还兼任哈尔滨铁路局交涉局总办和铁路税捐局总办。虽然断不了与俄国人打交道，但于驷兴因为寿山将军之死，骨子里对他们是抵触的。

寿山将军就是袁寿山，时任黑龙江将军，于驷兴当时是其属下。寿山将军是袁崇焕先生的后人，他继承了先祖的品德，刚直不阿，勇猛无畏。十年前，八国联军入侵紫禁城，沙俄以保护中东铁路为借口，趁机出动十七万军队，兵分六路，进犯东北。俄军提出的条件是，借路由瑷珲南下，经齐齐哈尔至哈尔滨护路，被寿山将军断然拒绝。他多次上奏朝廷，指出沙俄"借路"背后的阴谋，是觊觎大清国肥沃的疆土。他提出"不得不战""不可不战""不可失机"等抗俄主张，周密部署，将黑龙江省兵力分为三路，严阵以待，并传令瑷珲副都统凤翔："如俄兵过境，宜迎头痛击，勿令下驶！"同时致电盛京、吉林将军，希望届时能施以援手，合剿俄军。然而俄军还是不宣而战，炮袭瑷珲卡伦山，清军虽然奋力抵抗，但终因寡不敌众，痛失瑷珲，凤翔都统战死。之后俄军驱逐华民，血洗海兰泡和江东六十四屯。于驷兴眼见着寿山将军年轻的鬓角，一夜之间染上霜雪。寿山将军知道，东北是一块质地优良的棉布，俄军从瑷珲撕开口子后，这条口子将逐渐扩大。果然，其后俄军长驱直入，逼近齐齐哈尔。而盛京和吉林方面的清兵，遵朝廷旨意，按兵不动，孤立无援的寿山将军的兵马，节节败退。寿山将军知道大势已去，他悲凉之极，给皇上太后写下遗折，吞服鸦片，自卧柩中。鸦片这迷魂药，能让无数人踏上不归路，可它却无法扼住将军的呼吸；于是寿山将军选择吞金，可是金子也打不垮那颗勃勃跳动的心脏。求死不能的寿山将军，只能乞求卫士开枪。卫士于忠祥含泪打了三枪，四十一岁的将军这才遂愿殉节。看来寿山将军这钢铁之躯，唯有子弹才能洞穿他的肺腑。将军故后，于驷兴与寿山将军之子袁庆恩护送灵柩至杜尔伯特，将他安葬于此。将军入土的那一刻，于驷兴望着没有疆界的海蓝的天空，想着痛失的疆土和誓死捍卫疆土的寿山将军，潸然泪下。

寿山将军之死，对于驷兴震动很大。他知道这样一个不能以死捍卫疆土的王朝，离末路不会遥远了。他虽然精通政典和刑章，但更爱读史诵经。从此以后，他流连于经史中的时光更多了些。他尤其偏爱《易经》，觉得它神秘幽深、灿烂华美如辽阔星河，不止一次动了批注的念头。来傅家甸就任道台的近半年来，他的公务并不繁忙，每日能闲出半日读书。可是鼠疫一起，风云突变，他的安宁日子结束了。从各国领事的照会，尤其从他们唤他“于观察”时那嘲讽自得的表情，他看到了瘟疫背后，那一双双虎视眈眈的眼睛。他联想到了俄军当年借路护路的野心，看来洋人除了自危，要插手傅家甸的防疫，还有其深层的目的。于驷兴忧心如焚。

北洋医学堂的医生对瘟疫无可奈何，各国医生又纷纷要插手，郁闷的于驷兴，差人去请商会的傅百川来道台府，他想这个有胆有识，为商而好文的人，也许能帮他出点好主意。

道台府的首任道台杜学瀛，嫌傅家甸街市过于凌乱，有衰败之象，在为衙门选址时，就定在了相对清静的靠近四家子的一片开阔地，这儿离松花江很近。夏日的夜晚，站在院子的榆树下凝神静听，可闻松花江的涛声和渔歌。

这座耗资大约三十万贯的衙门，青砖兽脊，乌梁朱门。官道东西宽四十五丈，南北轴线长七十丈。依照“左文右武，前衙后寝”的布局，从中轴线起始，依次为照壁、大门、仪门、大堂、二堂、宅门、三堂；东侧线上有衙神庙、书房、厨房、杂项人房，西侧线上则有冰窖、督捕厅、会华官厅等。此外，院墙里还有车棚、马厩、茶房和粮仓等。

官道大门，立于台阶之上，两尊石狮，一左一右蹲伏着。大门两侧，各有一个角门。东角门叫入门，也称喜门，是供道台平素出入的；西角门为鬼门，又称绝门，只有在提审犯人的时候开。虽然两座角门大小一致，可是东角门给人明亮温暖之感，西角门则让人觉得狭小阴森。说来也怪，夏日的燕子和冬日的麻雀，翻越门墙去道台府觅食时，从不打西角门上空飞过。

道台府里的“六房”，在大堂后身，吏、户、礼朝东，兵、刑、工向西，这六房是道台处理内务和外务的部门。吏房掌管官吏的升迁调任；户房是征粮纳税的部门；礼房掌管庆典、祭祀等；兵房是征集兵丁、马匹、训练兵卒之所；工房呢，掌管农、工、商等事务。

凡接待上级官员和主持审判，都要在大堂进行。大堂前的抱厦，上书“公廉”二字。堂中央悬挂着匾额“明镜高悬”，下面立有五彩屏风，上绘海水朝日图，图中翱翔着云雁，这是四品文官的标志。屏风前设有台案，案上摆着令签筒、惊堂木等升堂用品。令签分黑红两色，判决较轻的刑罚时，抽出的是黑色令签；而红色的一出，则要人头落地了。有一次于晴秀好奇，跟着打扫卫生的刘妈进了大堂，看到台案上的红色令签，有如看到了烧得通红的铁棍，吓得直咋舌。

比较而言，处理民事案子的二堂，则亲切得多。二堂由正堂、东西厢房和耳房组成。正堂的堂门上悬挂着黑地金字匾额，书写着“清勤慎”三个大字,门柱的楹联是:头上有青天,做事须循天理;眼前皆瘠地,存心不刮地皮。堂中的台案上方,悬挂着“正大光明”的匾额。两侧竖立着“肃静”“回避”牌。公案上摆放着文房四宝,道台的事务,大都是在这儿处理,所以这个地方也充满了人情味。东耳房可做茶房,让道员在公务疲累时小憩,西耳房呢,陈列着收集的奇珍异宝。东厢房是待客之所,拜见道员的官绅,一般在此等候。

过了大堂二堂,就是道台和眷属们居住的内宅,也就是三堂了。三堂前并没有几株花木,可无论冬夏,它都弥漫着一股兰花般的幽香。女眷们脸上扑的脂粉和手上涂抹的香脂,有意无意地,做了府上流动的香料。

于驷兴在府中,呆得最舒适和长久的地方,就是毗邻三堂的书房了。书房有三间,独辟一院,庭院里花木繁盛,夏季时蝴蝶和蜜蜂在花间争宠,冬季时一群群的麻雀喜欢落在枝头,嘁嘁喳喳地叫。好像花木凋零了,枯木里却蕴含着香气,它们要把深藏的香气给叫出来。

傅百川每次来道台府,于驷兴都是在书房接待他。书院里的两簇黄色蔷薇花,还是于驷兴的前任道台施肇基在时,傅百川特意从自家的庭院移植过来的。花儿也恋旧主吧,春末傅百川造访,本来是无风的,可他经过蔷薇的一瞬,忽然一阵风袭来。金币似的蔷薇花,在日光中灿灿闪动,将淡淡的香气送入他的鼻息。傅百川感怀,当场吟出:“日暮春沉探书海,一树沉香识故人。”于驷兴即刻对了句:“幸得清风代迎客,一阶花影伴君临。”两人吟完,相视一笑。傅百川和于驷兴都喜欢藏书,他们在一起谈诗时,总有茶点相伴。因为于晴秀,傅百川爱吃道台府的点心。于驷兴发现后,每次在傅百川离开时,总会吩咐人给他提盒点心。

于驷兴也曾和傅百川说起过于晴秀，说是有天下雨，她被隔在道台府，在庖厨房与人喝多了酒，兴奋得在院子里四处游荡，见着马厩的马亲吻马，见着提水的杂役就亲吻杂役。她要来书房时，被人拦住，她竟然大嚷着，说是要面见道员，将书房的楹联“花初经雨红犹浅，树欲成荫绿渐稠”给改了。于驷兴正安静读书，想着一个厨娘，竟敢狂言修改楹联，就让守卫放她进来，赐予笔墨，让她写下。于晴秀趁着酒兴，将“花谢径下风犹绿，树欲飞天披云裳”留在纸上，乘兴而去。于驷兴望着那端庄秀丽的蝇头小楷，简直不相信这字和楹联的意境，出自一个厨娘之手。第二天，酒醒的于晴秀，由庖厨房管事的领着，战战兢兢地来向道员谢罪。于驷兴不但没有责备她，还说如果她喜欢读书，作为姓于的本家，他书房的书，尽可向她敞开。于晴秀吓得头也不敢抬，连说自己喝多了酒，才会胡闹，以后再也不敢了。

傅百川走进道台府时，于驷兴已经在书房的炉边摆好了茶。他们见面后稍作寒暄，于驷兴便切入正题，说如今傅家甸疫情严重，各国领事不断施加压力，尤其是俄国人，问傅百川可有应对的良策？傅百川笑笑，展开一份揣来的《盛京时报》，这是日本人办的报纸。在广告页面的边缘，可以看到九重牌香皂、金刚石牙粉以及大号生发油的小广告。但在中央的醒目位置，端坐的却是一只肥硕的老鼠。它一脸悲凉，拎着一方手帕，正在拭泪。在老鼠身边，是简易杀鼠剂的产品介绍，以及据称可以用于防疫的“东瀛第一仁丹”的大幅广告。

傅百川说：“看到了吧，日本人把广告做得这么大。图的是什么？利呀！傅家甸的消毒站，存的不都是日本药房的消毒品吗？于大人，俄国人图的能是什么？不也是利吗？”

于驷兴叹了口气，点了点头。在他眼里，东北盘踞着两条蛇，一条是俄国人控制的中东铁路，一条是日本人控制的南满铁路。这两条铁路，一北一南，平素看上去像是两条冬眠的蛇，可是一遇风吹草动，它们就苏醒了，吐出有毒的信子。不过，于驷兴觉得此时发牢骚无济于事，重要的是如何应对眼前的难题。

傅百川提出，可以考虑把傅家甸的几个有名的老中医聚在一起，针对目前鼠疫的症状和流行趋势，集思广益，让他们确定一个方子，以中药来治疗和预防。如果方子可行，他的中药铺，可以再雇佣几个伙计，日夜为大家义务煎药。

于驷兴觉得这个方法可行，如果中医能够战胜鼠疫，也算在洋人面前出口恶气。事不宜迟，他立刻差人，协助傅百川落实此事。

傅百川告辞之时，没有像以往一样得到道台大人赏赐的点心。他微微蹙眉的时候，于驷兴意识到了什么，连忙笑着解释，说是于晴秀因为家里婆婆死了，被盛传是鼠疫，一时还不敢招她入府。庖厨房的点心，都不是于晴秀做的，就不给他带了。于驷兴的话，让傅百川尴尬了片刻，但他很快恢复常态，微笑着说："哪里，哪里。"

于驷兴不无惆怅地说，于晴秀不来也麻烦，因为快到洋节了，按照惯例，每年这个时候，道台府的道员都要提着点心，去拜会各国领事，说些祝福话。前两任道台呈送给他们的点心，都出自于晴秀之手。如果今年的点心变了味道或是花样，引起不必要的猜忌，恐生是非。

傅百川赶紧说，他见到了于晴秀的儿子喜岁，喜岁悄悄告诉他，他奶奶是因他说的一句话而笑死的，不是鼠疫。至于是一句什么话，喜岁不肯说，他也没追问，而喜岁不是个撒谎的孩子。

于驷兴说："我倒不是草木皆兵，只怕她万一真染了病，她做的点心洋人吃了，有个三长两短的，可就捅大娄子了。可是不送她做的，又不好。唉！她家要真没事，过几日就得让庖厨房请她来了，眼瞅着快到日子了。"

傅百川说："她家的点心铺子照常开着，于大人放心吧。"

傅百川走后，于驷兴看着他丢下的那份《盛京时报》，看着那只假意流泪的老鼠，心里堵得慌。于是将报纸扔在地上，端起残茶，泼到它脸上，这回老鼠仿佛真的哭了。于驷兴把湿漉漉的报纸卷了，弃在字纸篓里。他的书案上，摆着近几期的《远东报》，这份俄国人办的中文报纸，关于傅家甸鼠疫的报道，责难多多。傅家甸疫发后，受重创的还是商业。刚在此地开办不久的大清银行分号，已经关闭。汇兑、借款一律停办。而有日本人合股的名利当，刚刚开张，就面临着关张。商业萧条，再加上人心惶惶，傅家甸死气沉沉的。于驷兴预感到，如果新年前疫病不退，道台府的道员，将换新主儿了。他不怕革职，只要有一间书斋，能品茗听雨，抚琴赏雪，他就知足了。

十二 殉　葬

傅家甸的中医，都没经历过鼠疫。应对这个不速之客，他们表面沉静，内心却是不安的，傅百川从他们聚在一起分析疫病的举止言谈中，看得清清楚楚。他们有的特意穿上长衫，戴上礼帽；有的则不修边幅，胡子拉碴。衣着过于庄重的，是心里没底，想靠行头给自己的医术壮胆；服饰太不讲究的，心里也是没底，不过是想以一副浑不吝的姿态，蔑视疫病。

中医们在庆丰茶园探讨药方时，争得面红耳赤。有的从疾病流行的季节来判断，认为是寒风入内，应以散寒固本为要；有的则从高热咳血、淋巴结肿大及病死之人黑紫的面色来推测，这是热毒所致，应以祛毒驱邪为首要。观点不一，方子开得也就不同，有的扬言只用五味药，野菊花、金银花、连翘、柴胡和甘草，就能解决问题，有的则说少于十六味的药方，毫无用处，说是只有加上生石膏、元参、薄荷、丹皮、黄连、昆布等入药，才有神奇功效。他们戗戗了一头晌，斗大的铜壶里的茶，喝了五壶，瓜子也嗑了三盘，喝得他们接二连三地跑茅房解溲，瓜子皮落了满地，最后才算确定了一种有十四味药的方子。傅百川一看，除了川贝母自己的药铺剩余不多，当紧急补充些，其他的药，所存甚厚，连忙把方子给了自家的中药铺,添置药钵,备足柴草,开炉煎药,想着尽快让傅家甸的百姓喝上汤药。

饥荒年代,傅家甸人进过赈灾的粥棚,可是不花钱喝药倒没有经历过,都觉得好奇。他们私下询问参与了方子研制的老中医:这方子灵验吗?中医们大都跟两头讨好的算命先生一样,不说它管用,也不说它无用。怕说了大话,它毫无预防之效,人家把责任推在自己身上;又怕它真的是灵丹妙药,自己不肯定,好名声被人博走,因而答复的话,都模棱两可。百姓对这样的药,也就没有太大的热情。说是可能没传染上鼠疫,倒让这迷魂汤要了命,不能瞎喝。

别看中医们对药方持谨慎态度,对一种流传甚广的排毒法,他们倒一致认可。那就是用生锈的铁钉煮水喝。此方一出,家家的门框、桌椅和箱柜遭殃了。只要发现它们上面有锈钉子,人们便用钳子将其拔出,扔进锅里。家具一旦失却了铁钉的牵引,如同一个人没了筋骨,说坏就坏。有的时候,你坐着坐着椅子,它会突然散架,把人跌倒在地;还有的时候你吃着吃着饭,身旁的饭桌,如一朵开败的花,骤然解体,将杯盘碗盏摔得粉碎。一顿饭食没了踪影不说,还得去杂货铺添置碗盘。

鼠疫跟正在发作期的疯子一样,无论是汤药还是锈水,都无法阻拦它癫狂的脚步。又一拨死亡的高潮出现了。死的人中,有针灸术最好的谭中医,天堂酒馆的店主,以及种地的吴二。一时间,去谭中医那儿针灸过的人,都怀疑自己要不久于人世了,有的人怕睡梦中一命呜呼,夜里竟然穿着寿衣睡。而且,由于谭中医参与了抗鼠疫药方的配制,喝傅百川家中药铺熬制的防疫汤药的人,也就更少了;而前一段在天堂酒馆纵饮的男人,想到随时可能撒手人寰,该有的享受再也享受不了,便更加挥霍,纵情声色。傅家甸的鸡鸭鹅狗,快被宰绝了,家家的锅灶飘出煮肉的香味。男人们在热炕上,与自家女人滚个不休。说是这乐子那一世还未见得有,得在死前玩个痛快。他们夜里折腾得精疲力竭,第二天早晨起来腰膝酸软,连跨门槛的力气都没有了。

吴二死了后,吴二家的扯着两个孩子,时不时站在院子里跺着脚哭,骂天又骂地,说是家里没了顶梁柱,日子没法过了。她甚至说要是有谁肯收留她的孩子,她就吞鸦片死了。

王春申才不信她的鬼话呢!

吴二死后第五天,这个脸色总是灰突突的斜眼女人就来马厩找王春申,说是为了拔钉子喝锈水,家里的门框歪斜了,求他给修修。王春申从她带着水色的眼神中,仿佛看到了朝他漂来的弯弯的鱼钩,他赶紧推说自己不会木匠活儿。

吴二家的柔声说:“你不会,我可以教你哟。”

王春申说:“原来你会木匠活儿呀,那还求我干什么,自己修吧。”

吴二家的嗔怪道:“那是男人的活儿,女人做了让人笑话。”

王春申说:“现在见天死人,也没串门子的,谁会笑话你?”

吴二家的带着乞求的语气说:“咱前后院住着,求你这点事你都不给面子,可见当寡妇有多难哟。”说着,眼睛湿了,抬起胳膊,用袄袖抹起了眼泪。

王春申知道泪水通常是女人射向男人的子弹,他可不想中弹,于是委婉地回绝她:“吴二走了,头七还没过,我要是去你那儿,被人看见,该有人嚼舌头了。”

吴二家的以为王春申的话,还有回旋的余地,松了口气,说:“咱俩都没了伴儿,命苦哟。女人没伴儿带孩子容易些,不像你一个男人,带孩子难处多,要不你把继英送我那儿吧,反正两个孩子是养，三个孩子也是养，不差她一双筷子。”

王春申明白吴二家的是把继英当诱饵了。他不愿上钩，继续推托：“难为你想着帮我分忧，不过我带继英习惯了。”

“等鼠疫过去了，你怎么带着继英赶马车？”吴二家的说，“再说了，你们爷儿俩，也不能总住马房吧？这哪是人住的地方啊，一股马粪味。”说着，紧了紧鼻子。

王春申赶紧说开春后即在原址开工盖房，至于继英，他赶马车的时候可以带着她。吴二家的满心不快，她在离开的时候，又打听翟役生的下落，说是自打金兰死了，也见不着他人影了。王春申说：“我也有日子没见他了，鬼知道他去哪儿了。”

“别是死了吧？”吴二家的说，“这年头，人的命比煎饼都薄。”

王春申不再搭腔，只要你接她的话茬儿，她就会没完没了。

王春申不喜欢吴二家的，因为她是个斤斤计较的人，而且看着也不入眼，水桶腰，肿眼泡，双下巴颏，见人爱打媚眼，做出有风情的样子，总说自己做姑娘的时候俊俏，求亲的人踏破了门槛。如果说王春申看见的金兰是一碗没有蒸熟的生硬的高粱米的话，那么吴二家的就是一碗馊了的豆腐渣。他宁肯吞硬饭粒，也不愿意吃腐败的东西。

吴二家的离开马厩前，说了一句令王春申心惊肉跳的话：“继英怎么一点儿也不随你？没一处像的地方！你要是有事出去，把她一个人扔在马房不放心，就送我那儿！”

王春申嘴上答应，心想，我才不往你那儿送呢。

可是新年将至时，继英却真的被王春申送到吴二家，因为秦八碗他娘死了。

秦八碗为了圆老母亲归乡的梦，求到王春申，要雇用他的马车，扶灵回乡。王春申敬佩秦八碗，他求的事儿，他不能推辞，哪怕路途遥远。再说了，人家除了信任他，还看中他的黑马。

王春申想着此次出门，少说也得一个半月。不能带着继英，得把她托付给个可靠的人。他思来想去，觉得非常时期，吴二家的是唯一能收留继英的人，就把她送去了。

吴二家的见到继英，大喜过望，立即给她换上一双花棉鞋，说是专为继英做的，原想着过年送过去让她穿的。那双鞋，让王春申心里一热，心想自己也许把这女人看低了。

王春申套上黑马，将家中的仓房和马厩锁好，朝秦八碗家驶去。刚一出门，就碰见一挂运尸的马车朝城外走去。马车轮子碾压着冰冻的土地，发出的吱吱声，像老鼠在叫。王春申坐在车辕处，袖着手，想到了一个关键问题，秦八碗他娘，是老死的，还是染疫死的？如果是后者，自己有没有性命之忧呢？王春申望了望灰白的天空，听着乌鸦的叫声，想着儿子没了，自己活着意思也不大，就不怕死了；可是再一想到谢尼科娃可爱的笑脸，他又怕死了。

秦八碗家与傅家烧锅只隔两条街，是两间宽敞的青砖瓦房。他家的门楣插着灵幡，院子停着棺材，棺材前的供桌摆着馒头、苹果、香炉和长明灯。供桌下的丧盆里，是泛着温热之气的纸灰，看来刚有人焚烧过纸钱。这口棺材，还是三年前，秦八碗为他娘置办的。那年春天，老太太突然肋骨疼，直不起腰，吃不下饭，起不来炕，直嚷着要死了，吓得秦八碗赶紧备下寿材。那口上好的红松木棺材，是当时棺材铺最贵的，板材厚不说，花纹也漂亮，是一团连着一团的云字纹。最奇妙的，是棺材头的正面有一片花纹，组合成了一朵莲花，莲花周围又有弯曲的水纹，人人看了都说这棺材的主人，将来能升天。所以傅家甸人，都把这口棺材叫做“莲花棺”。如果不是因为鼠疫，以老太太的高寿，会引来不少为讨吉利而钻棺的小孩子。

秦八碗披麻戴孝的,一身素白,看上去像个雪人。马上要举棺回乡了,他还舍不得烧锅,嘱咐着前来抬棺送行的伙计,该注意些什么,说是将母亲送到关里安葬后,即刻返回。

王春申其实很想看看死者的脸是不是黑紫色的,可是老太太已经入殓了。

秦八碗见王春申来了,知道马车已停在门外,便做起灵的准备了。就在此时,傅百川提着一壶酒来了。

傅百川一进屋,就对秦八碗说,估计马车出城不那么容易了,因为由哈尔滨道台升任到外务部的施肇基大人,见傅家甸疫情日重,亲自选派了一名姓伍的医官来哈尔滨,他带着一个助手,已经从天津过来四天了。伍医官拜会了各国领事,在傅家甸开始了工作,据说所有尸首必须就地掩埋,不得出城。秦八碗听到这个消息,忧心忡忡,因为傅百川来之前,防疫卫生局的人,已经催促他尽快下葬了。

秦八碗说:"俺娘又不是得鼠疫死的,她是老死的!昨晚她吃完一碗馄饨,还在灯下补袜子呢。人上了岁数,就是熟透的瓜,说落就落,一觉就把自己睡没影儿了。不信让他们开棺看看俺娘的脸,笑模笑样的,不紫也不黑!"

王春申闻听此言,一颗悬着的心,放了下来。

傅百川说:"走走试试吧,要是出不去的话,也别强求。"

"你娘也是的,非得赶这个时候走。"傅家烧锅的伙计同情地说。

秦八碗生气了,他横了一眼伙计,说:"俺娘想哪个日子走,俺就哪个日子送她!"

王春申说:"管那医官姓伍姓六还是姓七,我看都拿这病没辙！奉天派来的那两个医生，除了鼓捣硫磺和撒药水，有啥本事？还有那个日本医生，就知道拿耗子开刀，我看他自己快成耗子了。别看这姓伍的是朝廷派来的，看着死人，他也只能干瞪眼！为啥呢？天要收人，人哪里拦得住呢。不过，我咋也想不明白，像继宝这样的孩子，老天收他干啥去嘛！又不能挑水，又不能劈柴的。万一他在那儿哭闹起来，还不得挨打呀。"王春申说着，眼泪下来了。

秦八碗安慰他说："继宝是个童子，去了那里，受不了屈，估计在天上给玉皇大帝当马童呢。"

"啊，我在地上赶马车，儿子在天上牵马，我们爷儿俩，怎么都得给人当奴才！"王春申痛心疾首地说。

秦八碗见王春申不喜欢儿子当马童，连忙改口说："那就是当花童去了。"

可是王春申也不喜欢继宝做花童，他嘟嘟囔囔地说："一个男孩子，当了花童，长大肯定是个软柿子，还不得跟我似的，女人怎么捏怎么是！"

王春申唉声叹气的时候，傅百川已经斟好了酒，为秦八碗送行。在场的人，都捧起一碗酒来。几只碗碰撞的一刻，组成了一朵莲花。不过这莲花短命，刚刚开放，就被每个人衔走了一片花瓣。人们仿佛真的领受了莲花的芬芳似的，喝光酒，都深深吸了口气。秦八碗放下酒碗，谢过傅百川，率先出屋，摔了丧盆子，泪涟涟地叫了声："娘——"呼唤着她跟自己上路。人们合力把这樽莲花棺，抬到马车上。

马车驶出秦八碗家，是午后三点多。若是夏日，太阳还会像赶集的小脚女人似的，在空中热气腾腾地走着；可是隆冬时节，天黑得早，此时的太阳，完全是个弃婴，被扔到西边天，无人理会。它散发的淡白的薄暮光晕，与半空中飘浮的柴草燃烧后产生的烟霭交融，使傅家甸更加阴气沉沉。街上的行人，大都没精打采地袖着手走路。他们见秦八碗举着灵幡，不是往坟场方向走，都明白傅家甸这个有名的孝子，是举棺回乡。明白了怎么回事后，大家都同情地看一眼黑马，路途遥远，最辛苦的不是人，而是它了。他们估摸着，黑马回来时，一定瘦得皮包骨了。

载着灵柩的马车刚经过庆丰茶园，就与另一辆马车遭逢。一看那辆车就是官府的：剽悍的枣红马的屁股上，有一块圆印；还有，马车的车篷是上好的花梨木的，两侧的窗口吊着厚重的深蓝色棉帘。马车前没有举着高脚牌开路的兵丁，说明车里坐着的并不是道台大人。那么这个乘官府马车出行的人是谁呢？

王春申正诧异着，那辆马车停下来。门帘掀开，闪现出一张文雅清秀的脸。此人看上去三十上下，四方大脸，鼻梁上架着精致的金丝边眼镜，宽额，充满睿智的大眼睛，元宝耳，紧抿的唇角，气质不俗。他冲王春申说了句什么，不过王春申没有听懂。他看上去是中国人，可说出的却是洋话。王春申正诧异着，这人已下了马车。

他个子不高，戴黑色直筒毡帽，穿马靴，一套挺括的呢子制服，仪态威严，像个军人。在清冷的冬季，制服上那些亮晶晶的铜扣，如雏菊的蓓蕾，明媚而鲜润。紧跟着他下来的，是一个比他稍高一点的，穿青色棉袍、戴灰围脖的瘦弱的青年人。他对王春申说："伍医官问你，马车上拉着棺材，怎么不往坟场走？"

王春申明白了，面前这个模样斯文的人，就是傅百川说的新来的医官了。

秦八碗说："俺娘没了，这是送她回关里老家。"

伍医官的脸沉下来，抬起右臂，用力一顿，做了个停止的手势，并说了一长串洋文，那个青年人赶紧把话翻译过去："伍医官说了，疫病期间，是不能扶灵回乡的，让你们就地安葬。"

秦八碗指着伍医官对青年人说："你跟他说，俺娘得的要是鼠疫，俺哪敢让人帮着拉棺材走这么一路？那不是坑人吗？俺娘是老死的！什么叫老死，你们不知道吧？就是活到老了，该吃的吃了，该喝的喝了，该看的景儿也看了，享受到头了，活腻了，就闭上眼睛睡长觉了。不信你们打开棺材看看，俺娘的脸是啥色儿的，得了鼠疫死了的人又是啥色儿！"

年轻人为难地看了看秦八碗，又看了看伍医官。伍医官又说了一些什么，年轻人没有翻译。他们上了马车，飞快地离开了。王春申以为平安无事了，继续赶路，可是快到田家烧锅的时候，一个巡警快马追上他们，说是从现在开始，傅家甸的死者，只能就地掩埋，别说进关了，就是到长春都不行，让他们原路返回，不得违抗。

太阳快落了，天色更加昏蒙。秦八碗抬起头，仰天长叹一声，对着莲花棺说："娘，儿子不孝，赶上鼠疫，不能送娘回乡了。"

王春申也跟着叹了口气，他原以为出了傅家甸，就没事了。看来这个伍医官，做事果敢，绝不姑息。王春申掉转马车的一瞬，秦八碗突然跪倒在地，向着关里方向，重重地磕了三个头。他起来的时候，泪流满面。

由田家烧锅到傅家甸，是荒凉的土路。再大的雪，也只能让大地白个三五天，冒烟泡一刮起来，白雪这件上好的丝绸衣，就会被撕扯得出现条条裂痕。什么叫冒烟泡呢？就是强劲的西北风，它们袭来的时候，往往会发出野兽才有的嗥叫声。那个时刻你看吧，半空中雪尘飞扬，野地的蒿草就像抽羊角风似的，抖个不休。人在户外走，都得低着头，仄着身子，不敢张口说话。每场冒烟泡过后，你都能发现雪地改变了形态。比如高岗的雪，会被狂风完全拐走，高岗秃了，秃得就像和尚的脑袋。而存在洼地的雪，别以为它们就是深藏在箱底的银子，毫无忧患，冒烟泡这个江洋大盗，照样能勾手将其席卷一空，让失去了积雪的洼地，顷刻间成了乞讨者手中的破碗，四处裂璺，空空荡荡。

王春申他们回返时，冒烟泡起来了。旷野的雪，前一刻还静若处子，这一刻呢，却成了疯癫的女人，四处乱跑，难以捕捉。大风灌得王春申剧烈咳嗽起来。由于迎着风走，黑马举步维艰，它也跟人似的，低下头，以减轻狂风的鞭打。看着可怜的黑马，王春申有点庆幸被阻拦回来了。不然这一路走下去，不知还要遇到什么艰险。黑马要是累死在半路上，他会悔断肠的。

快到傅家甸时，王春申听见风声起了微妙变化，于凄厉之中，又有一种贴心入肺的哀怨，像星光在黑夜中跳荡似的，挟来一脉疼痛的温暖。王春申诧异，他回身看了眼坐在车尾的秦八碗，发现他正放声大哭着，王春申知道这裹挟着光明的音色，来自哪里了。他明白，只有血脉相连而又生死相隔的人，才会发出这种呜咽。一个迷路的孩子找不到母亲时，也是这样哭的，带着委屈和无尽的依恋。

太阳落了。若是夏天的太阳落了，天不会即刻糊涂，还会清朗一刻；可是冬天的太阳落了，天很快就糊涂了，不辨东西。傅家甸像一艘锈迹斑斑的船，沉在夜色中。人们对疫病由恐惧到无畏，但随着又一波死亡高潮的出现，恐惧又像死鱼一样，浮出水面。这种时候，人们倒盼望着黑夜降临，好早点躺在热炕上进入梦乡。因为那个时刻，人的眼睛是合着的，耳朵是清净的，世界是安详的。

王春申问秦八碗想把母亲葬在哪片坟场。秦八碗说，哪里都行，反正傅家甸的土地，不管他娘呆了多少年，都没有喜欢的。

王春申说："那就葬在俺家祖坟那儿吧，那儿不像窑厂的坟场，尽是鼠疫死的。"

秦八碗低沉地说："谢谢王大哥了，俺娘一准儿愿意跟你娘做邻居。"

王春申想冲淡一下悲哀的气氛，说："俺娘要是和你娘熟起来，得见天儿唠孙子的事儿。你娘没孙儿，要是急眼了，还不得用烧火棍把俺娘赶跑呀。"

秦八碗哀哀地笑了一声，说："不能。俺给她娶一个，让她早点抱上孙子。"

王春申说："八碗你也糊涂了，你娶了女人，纵是给她添了孙儿，跟你娘是两世隔人，她也见不着。不像继宝，被俺娘招去了，跟她是真的在一起了。唉！"王春申本意是劝慰秦八碗的，没想到自己倒难过起来了。

马车走在城外时，死气沉沉的；进了傅家甸，倒有了点生气。这生气不是人带来的，而是街灯。因为失明了一段时日的街灯复明了。虽然那亮儿亏了气血似的，虚虚乎乎的，但还是让人阴郁的心，明朗了一些。快到傅家烧锅时，秦八碗吩咐王春申到了那儿停一下，进去喝碗酒，暖暖身子。

没等王春申吆喝"吁"，到了傅家烧锅门首，黑马自动停下来。它大概知道身后跟着秦八碗，这个地方是不能不停的。

酒铺临窗的桌前，坐着顾维慈和徐义德，他们显然刚来不久，身上酒气不重，脸也没红。站在柜台后的伙计，见秦八碗推门而入，知道他是被阻拦回来了，什么也没说，赶紧取来一摞碗，在柜台上一字排开，哗哗往里斟酒。秦八碗对伙计说："两碗就够了。"

顾维慈见秦八碗一身重孝，明白他这是没了娘了，问："啥时走的？"

"清早。"秦八碗说完，先端了酒给王春申，然后自己捧起碗，一饮而尽。喝完，他补充了一句："俺娘不是那病没的，昨晚她还好好的，吃了馄饨，补了袜子呢。"

顾维慈往嘴里扔了粒花生米，说："是鼠疫，咱也不怕。活着多累呀，早死早托生！"

徐义德说："我听说啊，新来的伍医官，带着他的助手，今儿偷着给刚死的大白梨开胸了，把她的心肝肺都掏了，说是要做实验，看看流行的病，究竟怎么回事。"

傅家甸人管一个嫁给华人的开客栈的日本女人，叫大白梨。因为她脸盘大，肤色又白又细发。在王春申眼里，她不像埠头区的日本女人美智子那样，风骚做作，让人反感。这女人模样忠厚，吃苦耐劳，傅家甸人不讨厌她。一想到她被伍医官给开胸了，王春申吓得直咋舌，说："得这病死了就够可怜的了，再被人用刀子开了胸，连个全尸都混不上，她还怎么转世呀。"

顾维慈说："娘的，这病都死了这么多人了，不是鼠疫是什么，还有什么实验的？等他实验完，傅家甸人还不得都死绝了！我就不信，一个揣着大英国护照，满嘴洋文，连句中国话都说不明白的人，能有什么本事，把这病给治住！我看呀，这些医生，什么洋的土的，统统是饭桶！"

徐义德说："要想防病，不如去我的铺子，买两张门神贴上，再厉害的鬼，也进不了家门。"

王春申说："我看中！明儿我就去你那儿，买两张贴在马房门上！"

顾维慈同情地看着王春申，说："王大哥，我看透了，傅家甸有两个倒霉鬼，一个是我，一个是你！你说说看，一个男人，最后落得跟马住在一起，是不是太窝囊了？”

秦八碗说：“我的房子，还有家里的物件，以后都是王大哥的了，他用不着睡马房了。”

“你把房子给了他，你去哪儿住？”顾维慈突然呵呵笑起来，说，“啊，我知道了，你娘没了，你就可以讨老婆了。你老婆一准儿是个富家小姐，你倒插门儿，自个儿的房子就闲起来了！”

秦八碗扫了一眼顾维慈，摇了摇头，没说什么。

秦八碗和王春申走出烧锅时，星星出来了。瘟疫中的星星，总给人含泪的感觉，因为升天的人实在太多了。秦八碗说晚上掘墓，得回家取锹镐，以及照明的马灯。王春申便把马车赶到秦八碗家门口。秦八碗打开院门的一瞬，解下一条腰带。出远门的男人，往往扎着两条腰带，一条束腰，一条束的是盘缠。秦八碗把那条束盘缠的腰带给王春申扎上，说：“没回成关里，钱省下了。一会儿埋俺娘，光咱俩不行，钱都在这里，你再帮我吆喝两个人。埋完了，跟弟兄们找个地方喝一顿，钱归你支配。”

王春申说：“还是放在你身上吧，用多少再朝你要。”

秦八碗说：“那多麻烦，我信得着你。用完了，剩下的你明儿还我就是了。”

王春申想想也是，不再推辞，扎着这条腰带找人去了。他想，这时候的人，早睡的多，没睡的，只能去酒馆寻觅了。他去了三家平素人气颇旺的酒馆，有两家关门，开的那家，只有一个酒客，喝得烂醉如泥，走都走不动。王春申失望地去下一个酒馆碰运气时，猛然想起了徐义德，心想还不如去傅家烧锅叫上他呢。他年轻力壮，一个顶俩，有他，再加上自己和秦八碗，埋个人轻轻松松。

王春申朝傅家烧锅走去的时候,没想到半道却碰上了迎面而来的徐义德和顾维慈。他们说刚才光顾着喝酒,忘了跟过来,莲花棺那么重,凭两个人,下葬时恐怕会吃力,他们来搭把手。

还没到秦八碗家,王春申先听到了黑马的叫声。这马如果不受惊的话,夜里绝不会叫的。他们走到马车跟前,借着不远处昏蒙的街灯,发现棺盖被人启开拿下了,靠着车轮侧立着。王春申以为这是盗贼干的,冲的是死者身上的饰物。因为秦八碗他娘,平素戴着个明晃晃的金手镯。可他探过头朝棺材里一望,吓得抱着脑袋,一屁股跌坐在地上,一句话也说不出来。徐义德不解,也探头去望,他也跟王春申一样,吓得一屁股跌坐在地上,只不过他还"哎呀——"叫了一声。最后探过头去的是顾维慈,他看清了棺材里的情景,拍了拍棺材板,颤着声说:"秦八碗呀!古往今来,我没见过你这样的孝子啊!"

秦八碗大概怕母亲独自在异乡入葬,孤单得慌,剖腹陪伴他娘去了。

闻讯而来的傅百川,哀哀地垂立在莲花棺前,给秦八碗深深地鞠了三个躬。他知道,傅家烧锅没了秦八碗,就像一条大河失却了蛟龙,难有大气象了。

埋葬完秦八碗母子,已是深夜了。傅百川邀大家到自家的烧锅,喝上两碗烧酒驱驱寒再回家。一想到今后再也喝不到这么美的酒了,王春申把自己灌醉了。他晃晃悠悠出了酒铺,赶着马车行进在空空荡荡的街市中时,不由悲从中来,放声大哭。

王春申到了家,费尽周折才卸下马车,因为他醉得手脚发软。以往是他牵马,今儿却是黑马牵他,因为他晕得连门都摸不到了。王春申好不容易摸索出钥匙,将锁打开,推门而入。马厩里凉气森森,可王春申没有生火的力气了,他扑倒在铺,蒙上被子，准备大睡一场。就在此时，马厩门开了，一缕光亮随之飘移过来。原来吴二家的起夜，听到前院有响动，便擎着马灯过来了。她见王春申回来了，诧异地问："秦八碗不把他娘往关里埋了？"说完，放下马灯，坐在王春申身边，用温热的手摸了摸他的脸颊。这寒夜中的温存抚摸，让王春申觉得死寂的世界又有了活力，他热血沸腾，一把将吴二家的拽到怀里。吴二家的欣喜地说了声："别费亮儿！"先把马灯吹熄了，然后飞快地脱了鞋子和衣裳，嘶嘶哈哈地钻进王春申的被窝。她进来后，发现他穿得严严实实的，就帮他解腰带。吴二家的做梦也没想到，自己竟解下了两条腰带，有一条还沉甸甸的。虽然马厩异常黑暗，但她眼前分明闪起一道悦目的金光，她在伺候王春申时，也就格外温顺，格外周到。王春申没有想到，吴二家的在自己身下，像一匹被驯得服服帖帖的马，令他心旌摇荡。那一刻，他终于有了做男人的感觉，无比自豪。

王春申醒来时，已是上午十点多了。马厩很温暖，显然有人生过火了。王春申发现自己的棉袄棉裤整齐地叠在枕畔，知道是吴二家的所为，他在穿戴的时候，想着昨夜与她所做的事情，都被黑马听着了，有点汗颜。黑马也仿佛真的生了他的气似的，见了他别过头去，用前蹄捣着地。王春申昏沉得很，他从缸里舀了一瓢凉水，咕咕喝下，之后坐在铺前拿起烟袋锅抽烟提神。稍一清醒，他便想起昨夜自己扎的是两条腰带，而现在腰上只有一条，秦八碗送的那条哪儿去了呢？王春申四处搜寻，枕头下，铺下，水缸边，甚至马槽，找了个遍，那条腰带却像钻入泥土深处的蚯蚓似的，难觅踪迹。那一刻，王春申有落入陷阱的感觉。他连忙奔向干草堆，所幸藏在里面的钱匣还在，请金匠修复了的金娃还在，不然他非要悔得一头撞到拴马桩上不可。王春申叹息的时候,吴二家的领着继英,喜笑颜开地来了。

吴二家的特意给继英打扮过了,穿着新鞋不说,还把辫子用桃红色的丝带,高高地吊起来。继英见了王春申,照例怯怯地叫了一声:“爹——”吴二家的也不避讳继英在场,她拍了拍衣襟,大大方方地对王春申说:“昨晚你也睡了我,就别住马房了,搬到我那儿吧。还有啊,我刚才去傅家烧锅给你打酒,铺子的伙计说,秦八碗临死前说了,他的房子归你了。你看看,咱是过两天收拾他留给咱的房子呢,还是等到开春?”

王春申一想自己要给三个孩子当爹,却没一个是亲生的;而要给自己当老婆的女人,一个不如一个,他恨不能把自己变成一蓬草,让黑马嚼了,化成粪球。

十三 烟 囱

伍医官名叫伍连德,字星联,祖籍广东,生于英属海峡殖民地的槟榔屿。他少时聪颖,十七岁进入英国剑桥大学,二十岁考入剑桥圣玛丽亚医学院。二十四岁从剑桥大学毕业时,已经获得了五个学位:医学学士、文学学士、外科学士、文学硕士及医学博士。伍连德离开求学八年的英国,回到槟榔屿行医,因医术高明,很快名震一方。一九〇七年,受直隶总督袁世凯的聘请,他从南洋归来,出任北洋陆军军医学堂帮办。袁世凯选中伍连德,除了外务部施肇基大人的举荐,还因为他听海军处的程壁光介绍说,林国祥是伍连德的舅舅,而林国祥是甲午海战的英雄。

北洋医学堂,主要是培养海军军医的,所以袁世凯决定在天津再创办一座陆军军医学堂。学堂创立后,主要由日本人授课。日本医学教育尊崇德国,可他们并没有继承德国医学重视实验的教学方式,这里的学生,书本知识强,临床能力弱。袁世凯为了改变日本人垄断陆军军医学堂的局面,特邀在英国接受医学教育的伍连德执教。伍连德不负众望,他结合实践,介绍世界医学界的最新成果,仅仅两年多的时间,使陆军军医学堂风气大变。伍连德在教学中,觉得军医学堂迫切需要设立教学医院,以备学员实习用。他一次次去京申请,一次次碰壁而还。军队要员总是以军费紧缺回绝他。可是伍连德发现,军队在军服等投资上,却像海上朝阳,喷薄而出,一派大手笔,这让他深感无奈。

伍连德到天津后的几年里,夫人黄淑琼为他添了两个儿子,一家人过得其乐融融,冲淡了他在军医学堂因不能充分施展抱负而生的忧愁。而且,伍连德喜好中国文化,除了医学界人士,他还结交了梁启超、胡适、辜鸿铭等大家,听他们谈话,总是如沐春风。

然而平静无忧的生活,却被这场突如其来的鼠疫击碎了。

瘟疫如同疯狗,咬人是不分对象的。施肇基以为,这条疯狗在傅家甸游荡一个多月后,奄奄一息了,谁知它的幽魂一路南下,长春、奉天,以及山海关内的一些地方,陆续发现了鼠疫患者。京城的外国使节,怕疫情扩散到自己的领地,纷纷给朝廷施压,要求尽快扑灭东北鼠疫。作为外务部右丞的施肇基,如坐针毡。当务之急,是要物色一位打疯狗的高手,能够使它一棒毙命。最初,他们选中了海军总医官,美国丹佛大学毕业的医学博士谢天宝。谢天宝知道鼠疫的危险性,怕此去无归,家人生活无着,说要先付安家抚恤金,才可领命。由于他提出的金额太高,朝廷没有接受,谢天宝也就拒绝奔赴东北。施肇基于是想到了伍连德。他最初见这个青年,是在槟榔屿,当时他随朝廷的宪政考察团到此地访问。虽然施肇基与伍连德只有短暂的交谈,但对这个毕业于剑桥大学的医学博士,他印象颇佳,所以才会在袁世凯需要医学人才时,将他的名字呈上,而伍连德对此并不知情。

施肇基发了份急电给陆军军医学堂,召伍连德火速入京。

伍连德接到电报，即刻动身。到了京城施肇基府上，当清秀儒雅的右丞迎候在门口，亲切地说“伍博士，很高兴我们又见面了”时，伍连德这才忆起，五年前自己曾在槟榔屿见过施肇基。至此他才反应过来，如果没有施大人，袁世凯当年也不会向自己发出邀请。见到恩人，他感慨万千。

施肇基留学美国多年，他们可以从容地用英语交流。稍事寒暄，施肇基便切入正题，说是东北发生鼠疫，哈尔滨的傅家甸尤炽，波及关内，朝廷连日受到西方使节的威胁，现在必须要扑灭哈尔滨的鼠疫，否则一旦呈燎原之势，一直觊觎东三省疆土的俄国人和日本人趁势而出，后果将不堪设想。他问伍连德，可否愿意担起重任？伍连德没有犹豫，痛快地答应了，而且，也没有像谢天宝那样，提出额外的要求。施肇基的眼睛湿了，觉得当初真是没有看错这个青年。事不宜迟，他们立刻乘车到外务部，面见外务部尚书那桐，加紧办理护照，同时，施肇基电告奉天总督、吉林巡抚、吉林西北路分巡兵备道和天津陆军军医学堂，朝廷任命伍连德为东三省防鼠疫全权总医官，望各地衙门协助配合，在此期间，伍连德在陆军军医学堂的帮办位置，仍然保留。

办完一切手续，夜已深了。伍连德跟随施肇基，又回到他的府邸。他们心情激动，难以入眠，一边品茗，一边畅谈。施肇基向伍连德详细介绍哈尔滨的情况，因为他刚卸任道台不久，对那儿很了解。他说哈尔滨虽然是大清国疆土，但因为它划归为中东铁路附属地，实际上控制在俄国人手中。哈尔滨的俄国人有十万之众，日本侨民几千人，而居住在傅家甸的中国人，不过两万多人。这些人中，大都是关内来的流民，垦荒种地，做点小买卖，朴实勤恳，性多仗义。不过，也有匪徒，横行乡里。施肇基说，为打击匪徒的嚣张气焰，他就任道台后，抓住绑匪，就地正法。绑匪们憎恨他，放出狂言，说是要绑施道台，取他的人头，挂在榆树上喂乌鸦！

施肇基笑着说："看来乌鸦就是不觉得我的人头美味，它也只得老老实实地跟着我了！"说完，风趣地晃了晃脑袋。

伍连德也笑了，问："绑匪都绑些什么样的人呢？"

施肇基说："开客店的，开酒馆的，甚至妓女，只要有钱有物的，他们就会盯上！"

伍连德说："那我一到哈尔滨的站台，先把手术刀亮出来，让他们知道，伍氏江洋大盗到此，让他们闪开路！"

施肇基大笑，说："伍博士如此轻松，哈尔滨有救了！"

其实，伍连德的内心，是紧张的。他知道此次出关，责任重大。只能成功，不能失败。因为鼠疫的背后，还有一只只看不见的黑手。

伍连德回到天津，选中了学生林家瑞作为助手，将必要的医疗实验设备带上，简单打点了行装，准备上路了。伍连德不知此次出关，能否打个漂亮仗。如果自己被鼠疫击中，夫人黄淑琼和三个孩子怎么办？黄淑琼是大家闺秀，知书达理，喜好文学，写过小说。她温文尔雅，善解人意。见伍连德面有忧色，黄淑琼说，既然陆军军医学堂帮办的职位还为他留着，说明他此行无虞，大吉大利，能平安归来。而如果那职位给他免了，没位置了，他倒有可能被关外的泼辣美妇给收留了。夫人半开玩笑的话，使伍连德感到了莫大的安慰。

伍连德与林家瑞离开天津，坐了三天火车，到达哈尔滨。伍连德沿途细致观察了，出了山海关，向北而行的景致，越来越苍凉。狂风吹打着车厢，发出鸣笛般的呜呜叫声。雪花游魂似的，说来就来，说去就去。无边的旷野上，常有乌鸦和麻雀飞过。

一到哈尔滨火车站，伍连德就打了个寒战。一是天冷，二是因为一年多以前，这里发生了一件震惊世界的事件，朝鲜义士安重根，隐蔽在迎候日本大臣伊藤博文的人群中，开枪击毙了他。那天在右丞的府邸中，施肇基跟伍连德介绍哈尔滨情况时，提及此事，说自己当时也在欢迎者的行列中，目睹了那一幕。伍连德很想问问，安重根是在站台的第几棵灯柱前刺杀伊藤博文的？他想在踏上哈尔滨土地的那一刻，寻到那棵灯柱，驻足片刻，凭吊一个为了光明，而把自己勇敢地送入黑暗的汉子。可是伍连德不忍让施肇基回忆那血腥的一幕。

伍连德和林家瑞被官府的马车，接进了靠近火车站的一家俄国饭店。这天，刚好是十二月二十四日——平安夜。伍连德想，这个吉祥的日子，也许预示着他的工作，将有良好的开端。

然而几天下来，伍连德看到的情景，却令他不乐观。如施肇基所说，哈尔滨是俄国侨民的天下，当他去拜会各国驻哈的领事，马车行进在埠头区和新城区的街头时，他看到的是宽敞整齐的街道，是气派的房屋和有着美丽穹顶的教堂，是街头紧裹着毛呢裙子、穿裘皮大衣、戴着呢帽悠然而行的俄国女人。而进入傅家甸，他看到的却是大片低矮的民房，它们粗糙的泥墙，干草铺就的屋顶，歪斜的烟囱，尘垢满面，颓败不堪。那些探头探脑看他的百姓，大都穿着破旧，棉袄棉裤往往不套外罩外裤，露着针脚，再加上一两年才拆洗一回，布面脏兮兮的，前襟、袖口和膝盖，被磨蚀得泛出铁一样的寒光，一派落魄相。虽然棉服不美观，但保暖性好，按此地人的说法，那就是：二棉裤，大棉袄，冒烟泡来了吹不倒。由于棉花絮得厚薄不一，棉服不平整，人们穿得曲里拐弯的，胳膊和腿看上去像是刚灌好的香肠，窝窝囊囊的。

不过，傅家甸也不是没有好景致，像商业中心的正阳大街。

那一带商铺前层层叠叠的招牌匾额，令人眼花缭乱。卖豆腐脑和油条的浆汁馆，饺子馆，画像馆，酒馆；卖苞米面黄饼子和高粱米红饼子的饼子铺，肉铺，包子铺，估衣铺，烟铺，洋铁铺；镜子店，山海杂货店，药店，米店等等。与这些牌匾相映成趣的，是形形色色的烟囱。傅家甸的烟囱，给伍连德留下的印象太深了。它们不都是敦敦实实、四四方方、像守护山门的道士似的，威严地立在屋顶；这儿的店铺的烟囱，很多是圆筒形的，直接从门顶或是窗口伸展出来；顶楼的烟囱，往往是直直地探出头来，好像屋子张开大嘴衔着棵烟；而底层的烟囱，为了避免把烟排在街巷中呛着人，一律是拐把形的，烟囱口向着天空。鼠疫的缘故，居民区的烟囱，呼呼冒烟，可以想见人们大都蜗居在家。而商业中心的烟囱，冒烟的少，即使有烟飘出，也气息微弱，看来大多的店铺都关了，开张的也生意寡淡。伍连德想，只要有一天商业中心的烟囱，与居民区一样，烟火旺盛，就说明鼠疫已去，商业又呈现云蒸霞蔚的气象了。而如果烟囱一直这么哑巴似的不吐言语，它们无疑将成为傅家甸人高耸的墓碑，那是伍连德最不愿意看到的。

让那些烟囱再冒出白烟吧，伍连德暗暗对自己说。

这个看似简单的愿望，实现起来是多么的艰难！

傅家甸竟没有一个西医，人们得了病，都是由中医把脉诊治。喝汤药、针灸、拔火罐、放血、刮痧，是疗病的主要手段。来自奉天的北洋医学堂的姚医生和孙医生所推行的消毒法，实际上是控制疫情扩散的有效手段之一，却不被人们接受，伍连德深为惊讶。主管防疫的人，如傅家甸县衙的陈知县，是个大烟鬼，瘦如麻秆，穿着肮脏的长袍，说话呵欠连天。伍连德问他防疫的相关事项，他一无所知，竟然说不管多毒的病，跟小孩子哭闹似的，你不理他，它自己也就过去了，用不着在意。而道台府的于道台，虽然成立了卫生防疫局，但由于无得力人手，架子搭起来了，却没有能定乾坤的角儿，跟空中楼阁没什么两样。而于道台联络名商傅百川，由中医推出的防鼠疫方剂，据伍连德了解，喝过的人，照样感染此病，可见无效。傅家甸的防疫，一团乱麻。

那个一直坚持不懈解剖老鼠的日本医生，很肯定地对伍连德说，此地流行的不是鼠疫。可伍连德从患者发病的症状来看，应该是鼠疫。当务之急，是要做尸体解剖，看能不能从人体里发现鼠疫杆菌。刚好，一个绰号大白梨的日本女人染病死了，伍连德连忙叫上林家瑞，火速赶往死者所处的小客栈，将房屋消毒之后，悄悄进行解剖。他们不敢张扬，因为解剖人体，别说是在哈尔滨了，在整个东北，都是前所未有的。

对刚刚因疫病而亡的人进行尸体解剖，伍连德深知其风险。因为死者体内存有大量活细菌，持刀者稍有不慎，就会感染。伍连德和林家瑞，戴上了能遮住大半张脸的口罩和橡胶手套，用锋利的手术刀，小心翼翼地划开了死者的胸腹，取出她的肺、肝、脾，放到浸泡着福尔马林溶液的容器中，又提取了血样，然后敛声屏气地把伤口缝合了。他们把取到的器官飞快带回实验室，消毒以后，进行切片，在显微镜下，伍连德很快发现了椭圆形的鼠疫杆菌。他特意让林家瑞去道台府，请来于驷兴，让他在显微镜下察看鼠疫杆菌。于驷兴一直觉得鼠疫是个看不见的敌人，可现在这敌人竟然现出形影，令他对伍博士钦佩不已，心想朝廷派来的这位钦差大臣如此神灵，傅家甸就成不了鬼城了！为保万无一失，伍连德又对死者的血样进行培养，三天以后，在培养基上也发现了鼠疫杆菌团。这些实验数据，千真万确地证明，傅家甸流行的是鼠疫！不过不是通常的腺鼠疫，而是杀伤力更强的新型肺鼠疫！也就是说，此鼠疫的传播，从最初的由鼠到人，已经演变为从人到人，不需要鼠这个中间环节了。难怪首例患者巴音死了后，吴芬随之发病，而吴芬死后，为其送葬的张小前，也跟着染疫。其实，不懂科学的傅家甸人，通过这一系列活生生的死亡病例，已经敏锐意识到了，此次鼠疫是在人际传播的。这期间他们有意无意采取的一些自我保护措施，如远离染疫的人和场所，是正确的。

鉴于流行的是肺鼠疫，防疫形势严峻。伍连德拟定了防控措施，致电施肇基，请求支持。他在电文中首先报告了自己的实验结果，然后提出，针对肺鼠疫，铁路防控是控制疫情扩散的关键，此种情况下，建议与俄方和日方合作，对俄方管辖的西伯利亚到哈尔滨的中东铁路，日方控制的大连至奉天的南满铁路，严密排查鼠疫患者，一经发现，立即隔离。中方所属的京奉铁路，亦应采取同样措施。此外，应对路口和冰河通道加强巡逻。傅家甸必须设置更多的疫病院，以便建立隔离区，避免交叉感染。而这些措施要想顺利实施，道台衙门得提供足够的资金支持，同时，由于人手不足，希望派遣大批医护人员来哈尔滨。

伍连德就是在刚刚得出肺鼠疫的结论，与林家瑞给施肇基发完电文返回道台府的途中，遇见扶灵回乡的秦八碗的。在他看来，这是个疯狂而愚蠢的举动，必须阻止。不过，他怎么也没有想到，他的一个合理做法，却导致秦八碗为他老母亲殉葬，这令他痛心不已！为了吊唁这位把孝放在生命首位的汉子，伍连德和林家瑞，专程去傅家烧锅，叫了三碗烧酒，一碗泼在门外祭洒秦八碗，另两碗他和林家瑞对饮。当热辣辣的烧酒入口后，伍连德被呛得直淌眼泪。不过，没有多久，烧灼感消失了，通体洋溢着春风般的柔和安恬之气，说不出的滋润和舒展。这样的酒，跟惊雷一样,先是震得人的肺腑隆隆作响,接下来,领受的却是温存润泽的绵绵细雨,回味无穷。

伍连德感慨地放下酒碗的一刻,一个扎蓝头巾的小脚女人飘摇而进。她穿着鲜亮的绣花鞋,不过这鞋看上去不是一双的,一只黑地红花,一只绿地白花。她一进来,旁若无人地直奔柜台,大声嚷着:“八碗,来碗烧酒!”

柜台后的蓝衫伙计赶紧赔着笑脸说:“师娘,八碗哥回关里家了,我给师娘倒酒吧。”

女人嘻嘻笑着说:“这可骗不了我,昨晚我还见着他了呢。”

伙计说:“他回老家了,师娘怎会见着?”

女人用手“啪”地拍了一下柜台,神神秘秘地说:“昨晚,我清清楚楚看见,八碗成亲了!他娶的那个姑娘,穿绣花鞋,头上戴花翎,披着银坎肩,拿着金杯子,又俊俏,又有钱!我们家春儿,打扮得漂漂亮亮的,帮着八碗给人发喜糖呢。啧啧,那叫一个甜呀。”说完,使劲咂摸了一下嘴。

伙计说:“啊,师娘这梦做得好!看来八碗哥一去那儿,没闲着,找到了老婆不说,还找到了你们家春儿!我估摸着,明年这时候,八碗哥该抱上大胖小子了。八碗哥在那儿,春儿也就有人照应了,师娘以后也就不用惦记着了,唉!”伙计说完,取了只碗,未等倒酒,那女人忽然脱下一只绣花鞋,气咻咻地撇向伙计,骂:“该打!我看得真真亮亮的东西,你非要把它说成梦!”

伍连德从这女人的言谈举止中,明白她是一个精神失常者。他在心底叹息了一声,正准备和林家瑞离开,这女人忽然回过身来,定定地看了看伍连德,又看了看林家瑞,皱起眉头,嘀咕着:“怎么一眨眼的工夫,屋子里戳起了俩烟囱?”

十四 典 妻

翟芳桂跟了罗扎耶夫后，纪永和果然不碰她了。说是一想起罗扎耶夫怪里怪气的模样，还有他散发的体臭，他就恶心。翟芳桂暗喜，以为纪永和生了洁癖，自此把她当成腐肉，弃之不睬，自己的身体获得解放了。

可是过了半个月，一个阴沉的午后，纪永和突然领来一个五十上下的又黑又壮的男人，说是他家的远房亲戚，来哈尔滨为待嫁的女儿置办嫁妆。别看此人其貌不扬，身上的气息却是好的，有股说不出的香气。纪永和破天荒地拿出酒肉款待他，并邀翟芳桂同饮。每到冬天，翟芳桂总是腰膝酸疼，想着喝了烧酒，筋骨舒坦，也就没有推辞。

翟芳桂在青云书馆练出了好酒量，因为陪客人吃酒，是干她们那一行的必备的本领。酒至半酣，翟芳桂软得像被搁在热炕上的蜡烛，直不起腰了。纪永和见状，起身出去了。这男人立马放下筷子，将翟芳桂这根软蜡，抱到怀里，恣意揉捏着。朦胧的她这才反应过来，自己上了当了。

那男人心满意足离开后，纪永和回来了。他洋洋得意地对翟芳桂说，走的人才不是他的远房亲戚呢，他是做香料生意的，上个月在新城区开了家香料铺。之所以请他来，是想让他做回“清扫员”，帮着他把翟芳桂的羊圈收拾干净，好迎新客。所以，这次是他给人家银子，亏了！说完，饿狗似的扑到翟芳桂身上，使劲抽了抽鼻子，叫着：“还真没膻味了！”然后狠狠地打了她一巴掌，说：“给我长点记性，以后不许碰洋种！”

翟芳桂没有想到纪永和如此变态，她哭了。她想，自己这根软蜡，原来还有灯芯的，谁要是划根火柴，没准儿能把她点亮呢。现在她的灯芯却是被彻底抽走了，只剩下一摊寡白的烛油，再无光明可言。她牙齿打颤，浑身冰凉，觉得未来一团漆黑。

纪永和为了大捞一笔，粮栈一直歇业。这期间，他除了驱鼠，还在节食。说是如今多吃一粒米，等于吞了枚铜钱。在他的想象中，鼠疫高潮时，粮食就不是粮食了，而是白花花的银子。他勒令翟芳桂只做稀饭，而且限定为一天两顿。翟芳桂要是煮粥时多撒了一把米，他会立刻再添一瓢水，这样又匀出了一顿饭。他难以置信的吝啬，令翟芳桂不解。因为他这样做，自己也受罪。

有一天翟芳桂见纪永和心情不错，就说：“挣那么多钱，不花，又没孩子，将来留给谁呀？”

纪永和一龇牙说：“有钱能当爷啊！我小时候，哪见过这么多洋人？我跟着爹在松花江上打鱼，那叫一个自在，想在哪儿支个窝棚，想去哪儿撒欢都行！现在啥样？你想支个窝棚，还得去人家的地亩处申请！知道为了啥？咱穷！人家富，就当爷了！老话说得好，有钱能使鬼推磨，等我赚足了钱，就让洋人给我当奴才，我翻身当爷！日他娘的，我非盖他个二层粮栈不可，一层让那些黄头发蓝眼珠的给我招呼客人卖粮，二楼弄上灶房和卧房，我天天坐在太师椅子里，让他们给我端茶、洗脚、温酒、夹菜、掏耳朵、铺被子、剔牙、捶腿!”他一连说了一大堆他期待的好享受,把翟芳桂逗得“扑哧”一声乐了。

翟芳桂至此理解了,为什么纪永和听到俄国人开的面粉厂因机器失灵而停产、德国使馆的打字机被盗、日本人淹死在松花江中等诸如此类的消息时,他会那么的快活。

纪永和一心巴望着翟芳桂为他接客。可是因为歇业,老主顾不上门,再加上鼠疫,男人们似乎都变得安分守己了,一份生意也没有。他困兽似的急得团团转,让翟芳桂出去寻猎物。翟芳桂推说肚里没食,头晕眼花,走不动路,还说她现在连盒像样的胭脂都没有,就她这灰突突的气色,哪个男人愿意贴这样的脸呢?

纪永和觉得翟芳桂说得在理儿,就把每日饭食改成了一稀一干。之后还派给翟芳桂钱,让她添置点胭脂、雪花膏。谁知翟芳桂揣着钱出去,回来却是两手空空,她说在百货店遭了贼。

纪永和才不相信她的话呢!

翟芳桂一进屋,他就发现她的气色好看了许多,嘴唇泛着油光,而且连打了两个饱嗝儿,显然她去餐馆饱餐了一顿。从她口腔散发出的奶味分析,她吃的还是俄式大菜,奶汁肉饼、乳渣馅饼、奶皮香蕉之类的。

纪永和气昏了,抬手给了翟芳桂一巴掌。这个巴掌轻飘飘的,如蜻蜓划过脸颊,翟芳桂一点儿也没觉出疼。纪永和见翟芳桂现出笑意,欲打第二个巴掌时,死活抬不起胳膊了。他气喘吁吁的,胳膊哆嗦,腿也哆嗦,眼前发黑,“咕咚”一声栽倒在地。

翟芳桂见纪永和昏过去了,哼着小调,舀了一碗玉米,又舀了碗高粱,均匀地撒在榆树下。

一刻钟后,乌鸦成群飞来,它们见树下有米,喜出望外,纷纷落下，将米啄得一粒不剩，然后飞到树枝上，心满意足地享受夕阳的余晖。

翟芳桂看着树上的乌鸦，起了顽皮，学着它们，哑声哑调的，“呀——”地叫了一声，乌鸦东张西望，次第张开翅膀，寻觅新伙伴在哪里。翟芳桂大笑起来，再次“呀呀呀”地叫起来，乌鸦这才反应过来，这是施舍给它们食物的人在召唤呢。它们像被狂风吹落的叶子一样，哗啦啦落到地上，把她当做公主簇拥着。翟芳桂站在乌鸦丛中，有坐在云端的感觉，因为她周围的朋友，来自天上。

从这天开始，翟芳桂每天的一干一稀，变成了一天一顿稀粥。纪永和说，她没营生做，又不卖粮，只要有口气就行。不过，仅仅十天以后，翟芳桂的伙食可以说是如日东升，一派绚烂，整日大鱼大肉不说，桂圆红枣等补品也上来了。舍得出钱为她补养的，是义泰号的贺威。而这一切的获得，在于他和纪永和签的一纸合约。

哈尔滨的松花江畔，有一处著名的贫民窟，叫三十六棚。俄国人修筑中东铁路时，需要大批劳工，那些来自关里的汉子，为了生计，住进这些简易的人字形马架子里，做起苦力。这些土屋一共三十六间，人们便把此地叫做三十六棚。

三十六棚地势低洼，棚屋低矮，狭窗窄门，没有院子。棚屋夏季漏雨，冬季漏风。在老百姓中，流传着这样一段关于三十六棚的歌谣：三十六棚冷寒宫，穷人过冬要人命。长夜没火难取暖，跺脚搓手到天明。

中东铁路完工后，三十六棚的居民，仍然出苦力，其中大半在码头上，为那些洋商做装卸工。常去码头货场打探粮食成色的纪永和，就此认识了不少工人。

有一天，一个三十六棚的熟人对他说，最近没活儿干，一家老小饿得快扎脖儿了。纪永和一打听，才知鼠疫的缘故，近期货车缩减，外运困难，一些外商怕染上瘟疫，也不顾秋季签好的大豆出口订单，纷纷逃离哈尔滨。大豆滞销，价格不涨反跌了。

纪永和一听，高兴坏了，觉得大好商机来了。他去了三家码头货场，分别看了囤积在库里的大豆，除了一家成色差些，其他的两家，都是颜色鲜艳、表皮润泽、颗粒饱满的。那些可爱的赤小豆，在他眼里就是一颗颗红宝石，而黄豆则是一粒粒金子。比之鼠疫前，大豆价格确实降了不少，比如赤小豆，之前每石三十四吊左右，现在三十一吊就能挑回一石；黄豆呢，每石也降了二吊三百文。纪永和想，现在大量购进赤小豆和黄豆，等鼠疫过去，洋商回来，他们还得履行出口订单。市场的豆子就那么多，他抬高豆子价格，他们豁出血本也得收购，那时他家的粮栈，就成了钱庄了！他算了算手头的钱，只够买三百石大豆的，而他想购进七八百石，把粮栈塞得满满当当的！怎么办？借高利贷？那滋味儿他尝过，感觉身上就像有个化脓的伤口，总是火烧火燎的，太难受了；再说了，万一大豆不涨，原价售出，他借了高利贷，那就亏大发了。最保险的办法，是朝不需要他还息的人借。纪永和思谋来思谋去，觉得义泰号的掌柜最合适。一是他背后有个做大盐商的岳丈，手里钱厚；二是他和老婆不睦，而中意于自己的老婆。

一旦拿定了主意，纪永和对翟芳桂就和颜悦色了。他亲自为她买了胭脂，还特意选了一件葱绿色缎子袄罩。因为他发现贺威店铺的牌匾，是黑地绿字的。

翟芳桂拈着新衣服，瞟着纪永和，说："跟我明说吧，你打扮我，打谁的主意啊？"

纪永和说："义泰号的掌柜呀。"他把自己要大量购进大豆的想法说与翟芳桂，嘱咐她千万保密，不然别人知道了，大豆会被抢购一空，赚钱的就不是他们了。

翟芳桂听毕，撇下鲜亮的袄罩，冷冷地说："义泰号的掌柜，我不接。"

纪永和连忙许诺，购进大豆后，明年大卖，一定给她置办一件貂皮大衣，跟陈雪卿的一模一样的。

翟芳桂撇着嘴，孩子般任性地说："我才不跟她穿一样的呢。"

纪永和说："那你相中啥样的，就买啥样的。"

翟芳桂说："我不要貂皮大衣，我要一个人住过来。"

纪永和警觉地问："谁呀？"

翟芳桂颤着声说："你也知道，这世上我就一个亲人了！"

"你是说翟役生呀。"纪永和说，"他不是嫌你在青云书馆干过，不愿认你这个妹妹吗？"

"那是他嘴硬！"翟芳桂说，"他每回来这儿，虽不登咱门，可总要在粮栈门口转悠一下，我从窗口瞄着好几回了，唉！原先他跟金兰好，还有个落脚的地方，现在呢，金兰死了，三铺炕客栈烧成灰了。我去傅家甸跟人打听，都说不知道他去哪儿了。"翟芳桂说着说着，眼睛湿了。纪永和这才知道，前两日他在外为买大豆的事奔忙的时候，翟芳桂悄悄去傅家甸寻哥哥去了。

纪永和说："咱这儿往傅家甸，不是有人把守着，不能进出了吗？"

翟芳桂挑了一下眉毛，说："别忘了我是香芝兰。"

"噢——"纪永和像是吃东西时咬着了舌头，疼得直叫，说，"刚给你打扫干净，你又跟了洋种！"

翟芳桂也不忌讳，说："不过让他们吃了口奶——"

纪永和"呸"了一口，说："到底是干那一行的，伺候人的招数可真多呀！娘的，我真该用刀割了你的奶，放到笼屉上蒸了，当馒头吃掉！"

翟芳桂伶牙俐齿地回敬道："就蒸俩馒头，多浪费柴火呀。"

纪永和一巴掌扇过去，骂："柴火不够，就把你的胳膊腿劈了当柴烧！"

他们争执的结果，各做了让步。只要纪永和能把贺威请到粮栈，翟芳桂负责把他勾引到手。从他手里得到钱后买了大豆，不管明年是否卖钱，翟役生都要住过来。

纪永和去肉铺割了两斤五花肉，又去酒铺打了壶烧酒，让翟芳桂在家掂掇菜，他去请贺威。

平素与纪永和并无往来的贺威，见纪永和突然登门，请他吃酒，便明白这个无利不起早的人有求于他，贺威直截了当地问："什么事？先说了，再喝酒。"

纪永和便把欲借钱买大豆的事如实相告。说是鼠疫过去，他卖完豆子，就把钱还上。为了答谢他，在这期间，如果不嫌弃，他的老婆，也可以是他的。

贺威先是愣怔了一下，然后"哈"地笑了一声，用手拍了一下自己的屁股，从裤兜里掏出一支大白杆香烟，叼在嘴上，点着，狠狠抽了一口，将烟喷在纪永和脸上，说："你知道吗，纪永和，做买卖的人里，我第一瞧不起你，第二瞧不起自己！为啥？我告诉你吧，你有好老婆不好好待着，我没好老婆却不敢下休书，咱俩都算不上男人！"

纪永和见贺威动怒了，以为他拒绝交易，赶紧说："兄弟，买卖不成仁义在。"

贺威又“哈”地笑了一声，自嘲道：“两个烂男人凑一堆儿，买卖当然做得成了！”

贺威说，买大豆的钱可以借他，别说七八百石了，一千石也行！只是未来几个月，纪永和不能沾翟芳桂，也不能让她接别的客人，他要单独占有她，因为他想让她悄悄给自己生个孩子！如果翟芳桂能为他怀上孩子，他借给纪永和的钱，一笔勾销！等孩子出生后，他会送到亲戚家养着。也就是说，他让纪永和典妻给他，租翟芳桂的肚皮，为自己添子嗣。这样，那盐商的女儿也不会知道。而如果翟芳桂在租借期限怀不上孩子，纪永和也只需还他原款的三分之二就行。还有，在典妻期间，纪永和家的吃喝，由他包揽。不过，为安全计，贺威提出他和翟芳桂行事，不能在自己的店里，只能在纪永和的粮栈，每礼拜至少去两次。

纪永和大喜过望，他想无论怎样，自己都是赚的，这可真是天上掉下了大馅饼！他生怕贺威反悔，赶紧抓起柜台上的纸笔，与他立下典妻字据。

按照常规，典妻双方在立这样的合约时，原夫和典夫之间，一定要有证人的。可这事是机密，纪永和与贺威，生怕顾客进来撞见，把店门关了，将约定的内容逐一写在纸上，商定典妻期限为五个月。合约一式两份，签字画押后，各执一份为凭。

贺威说，既然话都说透了，就没必要去喝酒了，让他回家等着他上门好了。

翟芳桂看到纪永和从义泰号归来，满面喜气，便知他打了胜仗。果然，他掏出了那份典妻合约。怕翟芳桂不从撕了它，他高举着，念给她听。

翟芳桂听完合约内容，长叹一声，凄惨一笑。她小时候，曾跟着翟役生瞧过典妻婚礼的热闹。那样的婚礼不能白天举行，要到夜晚，而且典夫家不像那些明媒正娶的人家，可以张灯结彩，不过是举行个简单的仪式，摆几桌席而已。被典的新娘哭丧着脸，像是死了娘。她跟着典夫入洞房时，撇着大嘴，“呜啊——呜啊——”地哭叫，把脸上的脂粉都哭混了，像是被绑票了，惹得翟芳桂等一干小孩子嘻嘻地笑。

纪永和见翟芳桂不语，以为她不乐意，开导她：“你要是能给贺威生个孩子，咱别说这辈子了，下辈子吃喝都不愁了！你想啊，他岳丈是个大盐商，哪个人离得开盐？这买卖可是一本万利，千秋万代。你靠上他家，就等于靠上了金山！明年你哥搬过来，我单独给他接一间瓦房，让他住得舒舒服服的！”

翟芳桂没有反对，她太想有一个自己的孩子了。在青云书馆，老鸨怕影响生意，逼她们吃熬制的醋膏，错过月事，更别说怀孕了；她被纪永和赎身后，原想要个孩子的，可纪永和说他是个绝户命，不准她要，说是要了孩子也是个死，承受不起。翟芳桂怕万一怀上还得流掉，麻烦又伤身，依然得想法子避孕。在她想来，女人的身体如同花苞，有的能自然盛开，把芳香散发出去，将艳丽吐露出来；而她的花苞，从一开始就受到狂风暴雨的摧打，遏制了生长。天长日久，这花苞也就萎缩了，干瘪了，没了花事的气象。所以这两年，她连月事都少来了。

第二天黄昏，闭店时分，贺威提着香肠和烧饼来粮栈了，纪永和殷勤地迎他入门。

贺威进门后，解开怀，把答应借给纪永和的钱，如数点给他。之后三个人有些拘谨似的，坐在一张桌前吃东西。饭后，纪永和知趣地躲到粮仓，贺威则跟着翟芳桂，进了东屋的睡房。

贺威喜欢翟芳桂，缠绵到夜半才离开。他归家时，行进在清冷的街巷中，忍不住打起了口哨。寒风呼呼叫，可贺威却觉得眼前春光烂漫。

贺威迷上了翟芳桂的时候，纪永和迷上了大豆。那一石石红小豆和黄豆，由码头货场，一车车地运抵他的粮栈。一左一右的人见纪永和豪迈地购进大豆，由一高一矮两个装卸工，一天天地背进粮仓，都惊呆了。人们不叫他纪掌柜的了，而叫他纪大掌柜的了。他们所加的这个“大”字，让纪永和很受用。明明四五天能运完的大豆，他用了一礼拜，好不风光。

心情好的缘故吧，当乌鸦飞来时，纪永和会当着外人，做出大善人的样子，撒给它们一把金灿灿的玉米。高个儿的装卸工见此情景，总要啧啧叫着，说：“来你家的老鸹，福气大呀。”

高个儿的装卸工叫何三，矮个儿的叫马得草，他们都住在三十六棚。他们受雇于人时，午饭一般是在雇主家吃。虽然贺威带来了不少好吃的，但纪永和不舍得给他们。一看到翟芳桂准备的午饭让装卸工眼睛发亮，纪永和就气得慌，一眼一眼地剜她。翟芳桂才不管呢，她想，这些佳肴都是她招来的，因而端上桌的时候也就理直气壮的。何三恋酒，马得草贪肉，他们上了桌，也不谦让，瞄着好吃的，下手飞快，纪永和见状，赶紧把带肉的菜盘，拉到自己跟前。这三个男人，看上去就像三头争食的猪。纪永和有时抢不上槽，会赌气地撇下筷子，酸溜溜地说：“你们吃东西可真虎实啊。”何三尴尬笑笑，马得草也尴尬笑笑，不说什么。

他们最后一天卸豆子时，翟芳桂多做了两个菜，犒劳他们。午饭后，马得草扛着大豆，噔噔走在前面，何三腿脚发软地跟在后面。何三那东摇西晃的样子，简直像在云里翻跟斗。马得草扛两次，他才扛了一次。而且他扔下大豆后，蹲在地上，咳个不休，面色青紫。

纪永和抢白他:“没那个酒量,就别逞能。”

何三喘着,央求马得草,余下的活儿帮他干了吧,他想吐,身上没劲儿,得回家躺着了。

马得草擤了把鼻涕,一拍胸脯,说:“就剩这点活儿了,包在我身上,你回去歇着吧,赶明儿请我吃顿肉就中!”

大豆入了粮仓,纪永和兴奋得没睡过一个踏实觉。他躺着躺着,就要从炕上爬起,披上衣服,去看摞得顶着房梁的大豆。每看一眼,都觉得自己坐在了银子堆上,幸福得直晕眩。他担心老鼠打粮食的主意,只要粮仓有风吹草动,他会立刻奔向那里,“喵呜——喵呜——”地学猫叫。除了对大豆上心,他对翟芳桂的肚子也很上心,总是问她有了动静没有。翟芳桂一摇头,纪永和就哭丧着脸,盯着她的肚子,乞求地说:“你可要给我争气呀。”

也许缺觉的缘故,大豆入仓后,纪永和眼珠赤红,脸颊青黄,不但咳嗽,而且发烧。他把这身体的不适,归咎于乌鸦身上。因为运大豆的日子,他喂了几天乌鸦,它们来得勤了不说,数量也多了。虽然后来给它们断粮了,可乌鸦照来不误。纪永和说这群坏鸟,身上没一丝好气息。

有天深夜,纪永和趁翟芳桂和贺威忙活孩子的事儿,豁出一盆玉米,将它下了毒,均匀地撒在两棵榆树下。第二天早晨,翟芳桂一打开门,发现榆树底下落着数不清的乌鸦,而这乌鸦没有一只能扇动翅膀,一律歪着脑袋,侧躺在地,好像集体休眠了,一动不动。翟芳桂明白这是怎么回事了,她捂着嘴,“呀——”地大叫一声,回身对纪永和说:“你这么干,会遭报应的!”

翟芳桂的话音刚落,马得草出现在粮栈门口。他穿一身黑衣服,戴狗皮帽子。天太冷,他的胡子挂着白霜,好像一下子老了几十岁,翟芳桂一时没认出他来。

马得草见着翟芳桂，拱了拱手，颤着声对她说:“嫂子，想不到哇，何三昨晚撇下一家老小，蹬腿儿走了！他老婆哭抽了好几回了。求求嫂子跟纪大掌柜的说一声，欠俺俩的运大豆的钱，快点儿清了吧。我这儿晚两天倒没什么，何三家里，可等着钱买米下锅呢。嫂子，容你们个空儿，明儿这时候我来取!”

翟芳桂这才知道，纪永和并没有把装卸的工钱，全数付给他们，她进屋问这是怎么回事。

纪永和捶着胸，连咳带喘地说:“这还用问吗！他们吃了咱那么多好吃的，你说说看，哪有下馆子不付账的理儿？我把酒肉钱给扣除了！娘的，要不便宜死他们了。”

第二天早晨，乌鸦前脚走，马得草后脚就来了。不过付他钱的是翟芳桂，纪永和病得起不来了。

十五 冷 月

哈尔滨的教堂，在平素是教堂，可到了圣诞和新年，它就不是教堂了，而是一架架风琴。由于这风琴的大小不同，音质也就不同。尽管奏响的都是钟声，但气质却是不一样的。有的钟声雄浑苍凉，如漫天飞雪；有的则清新温暖，如一场细雨。听着此起彼伏的新年钟声，伍连德感觉回到了欧洲，回到了在剑桥求学的时光。

伍连德几乎是踩着新年的钟声，探访新城区的俄国铁路医院的。这所医院规模大，设施先进，最近陆续收治了一些鼠疫患者。他们中既有生活在埠头区和新城区的中国人，也有俄国人。伍连德想看看俄国同行，是怎么对付鼠疫的。

医院的院长哈夫肯先生，个子高高，毕业于基辅大学，还不到三十岁，是个犹太人。伍连德握住他手的那一瞬，从他手的力度上，判断出这是一个富有主见，不乏骄傲之气的人。

对于伍连德的到来，哈夫肯早从报上得知了。当伍连德跟他说，此地流行的不是腺鼠疫，而是肺鼠疫时，哈夫肯摇头笑道，哈尔滨流行的是鼠疫不假，但肯定是腺鼠疫。因为没有跳蚤这个中间媒介，鼠疫是不可能传播的。

哈夫肯的叔叔，是著名的鼠疫防治专家。印度孟买鼠疫流行时，他曾通过大力灭鼠等手段，有效遏制了鼠疫的传播。哈夫肯搬出叔叔的理论和经验，认为伍连德的新型鼠疫的学说，是不能成立的。伍连德说，在印度，由于气候温热潮湿，适宜于跳蚤的生存；可是哈尔滨地处严寒，这个季节除了卫生条件极差的住户偶有跳蚤出现，是没有跳蚤滋生的温床的，可鼠疫患者却在高频率出现，这说明，跳蚤并没有起到杀手的角色。

伍连德见哈夫肯对自己的判断不屑一顾，也不强求他接受，提出要探视鼠疫患者。哈夫肯轻松地摊开双手，说："请吧——"

哈夫肯穿着白色长袍，戴着白帽，但并没戴口罩。他派给伍连德的，自然也是长袍和帽子，这令伍连德吃惊。哈夫肯在前，伍连德在后，走向鼠疫病房。

比不戴口罩更令伍连德震惊的是，鼠疫患者病房的门，居然是敞开着的，与其他的病房，并无任何隔离措施。在他看来，这就是把一只老虎从笼子里，放到了大庭广众之下。老虎张开了血盆大口，众人却在酣睡。

伍连德还没进去，就听见病房里传来一阵一阵的咳嗽。

病室宽敞整洁，也很温暖，里面住着八个患者，其中六个中国人，两个俄国人。他们面红耳赤，气喘吁吁，显然都在发烧。哈夫肯毫不掩饰地对伍连德说，中国人之所以感染者多，是因为不讲究卫生；而肮脏的环境，是老鼠和跳蚤生存的天堂。患者见有新的医生进来，他们那被病痛折磨得黯淡无神的眼睛，渐渐亮了起来。哈夫肯把听诊器递给伍连德，伍连德小心翼翼地走近一个中年的瘦脸男人。看他床头标记的名字，此人叫纪永和。伍连德在给他做检查时，尽量抬高自己的头，并侧着脸，避免与患者呼出的飞沫接触。

“我不能死啊，医生！我家满仓的粮食，你救了我，我白给你两石红小豆。”由于患了鼠疫的人舌苔肥厚，再加上虚弱，纪永和吐出的字有点含混不清：“快过年了，你挑了红小豆回家，烀了豆子蒸豆包，够你吃到明年二月二的——”

伍连德大体听懂了患者说的是什么，他轻声安慰他：坚持住，你一定能活着出去吃红小豆的。由于他回答的是英语，纪永和惊愕地睁大眼睛。他没有想到，一个模样斯文的中国医生，竟然满嘴洋文。纪永和泄气了，愈发大声地咳嗽起来，伍连德赶紧闪开。他屏住呼吸，象征性地又看了两个患者，匆匆离开病房。

哈夫肯告诉伍连德，那个叫纪永和的患者，在埠头区开粮栈。他是去三十六棚雇装卸工，为粮栈运载大豆时，感染上鼠疫的。三十六棚，是哈尔滨著名的贫民窟，肮脏破烂，一年四季老鼠不绝。如果纪永和不去三十六棚，不被那儿的跳蚤叮咬，就不会患病。可伍连德认为，纪永和感染鼠疫，未必是在三十六棚，很可能是在埠头区的粮栈，通过呼吸道传染的，应该尽快隔离与纪永和密切接触的人。哈夫肯听后不以为然地笑笑，觉得这个做了防疫总医官的剑桥博士，因为身负重任，压力过大，弄得草木皆兵了。

伍连德从俄国铁路医院，忧心忡忡地回到实验室时，得到了一个令他振奋的消息，朝廷派来了一名增援的医生，此人是北洋医学堂的首席教授，法国人迈尼斯。他曾在唐山鼠疫流行时，亲临疫区，有丰富的抗击鼠疫的经验。伍连德在天津时，曾与他见过几面。这样一个强有力的助手的到来，令伍连德信心大增。

可是次日当伍连德去俄国饭店拜访迈尼斯时，发现他阴沉着脸，对自己很冷淡。原来，迈尼斯认为自己资历比伍连德深，不甘心被小他十几岁的一个中国人指挥。因为心怀不满，他先去奉天，请求锡良总督改命自己为东三省防疫总指挥，遭到锡良婉拒，迈尼斯北上时便满腹火气，见着伍连德自然没有好声气。伍连德说出自己对疫情的判断，认为应该对患者采取隔离措施，呼吁民众佩戴口罩时，迈尼斯跟哈夫肯一样，轻蔑一笑，说是鼠疫怎么可能通过呼吸传染呢，防疫的重点还是要大力灭鼠。伍连德与他争辩时，迈尼斯竟然气急地一挥手，说："你一个中国人，竟敢讥笑我？别忘了，我亲临唐山扑灭过鼠疫！我是中国的鼠疫权威，我能让哈尔滨太平的！"

伍连德告别迈尼斯，在回住处的路上，让林家瑞帮自己买了几支大白杆香烟。从不吸烟的他，回到住地，脱下外套，就坐在窗前点燃了香烟。

这是日暮时分，寒气上来了，那满窗的霜花，经过一个白天阳光的照耀和室内暖流的舔舐，本已快化净了，可现在阳光收脚，室内温度下降，玻璃窗底部的霜花停止了融化，伍连德得以与它们相望。在槟榔屿那个热带小岛，他从来没有见过霜花。在英国求学时，阴冷的冬天到来时，其实霜花是常常现身的，可由于他忙于学业，无暇多顾。现在，霜花美得就像一个白日梦一样，闪现在他眼前。他从中看出了枝叶婆娑的树，飞舞的云，奔流的河，和壁立的山岩。他知道自己所判定的肺鼠疫，很像眼前的霜花。人们即使看到了它，却都带着不信任的眼光，认为那是虚幻的。

大白杆香烟太冲了，伍连德被呛得咳嗽起来。说来也怪，咳嗽了几声以后，他觉得肺腑舒畅了，那弥漫在口腔的辛辣的烟草味，渐渐泛出了丰收的气息，微微的甜，又微微的香。伍连德的眼前，闪现出那个要送自己红小豆的鼠疫患者。根据哈夫肯医生的处置方法，伍连德判断，这个可怜的人，不可能活着出来吃他惦念的大豆了,他不由得叹了一口气。想想自己来到哈尔滨,防疫伊始,处处受阻,唯一派来增援的迈尼斯,又与自己水火不容,伍连德不知该如何取得众人的信任,一时气馁,再加上思念远在天津的妻儿,竟萌生了退意。抽掉三颗大白杆后,伍连德终于做出决定,致电施肇基,请求辞去东三省防疫总指挥的职务。

施肇基收到伍连德的电报后,彻夜未眠。他没有想到,迈尼斯到了哈尔滨,不以防疫为重,竟然摆起老资格,与伍连德争位。他想,虽然伍连德所持的是英国护照,但在迈尼斯眼中,他还是个中国人。施肇基想,除了对疫情所持的不同观点让迈尼斯难以容忍伍连德外,迈尼斯的内心深处,还有白人生就的那股自大和傲慢之气吧。

第二天早晨,施肇基刚到外务部,就收到了法国使馆送来的照会,要求迈尼斯代替伍连德,出任东三省防疫总医官。一筹莫展的施肇基,坐在硬木圈椅里,陷入沉思。他的眼前,交替闪现出伍连德与迈尼斯的脸孔。如果说这两张脸孔是太阳的话,此刻的施肇基,就是手持弓箭的后羿,他只能留下一轮太阳在空中。自从他在槟榔屿见到伍连德,就对这个青年才俊有一股说不出的喜欢和信任。尽管伍连德是黄色的脸孔,迈尼斯是白色的脸孔,可在他心目中,伍连德的脸孔越来越亮堂,迈尼斯的越来越黯淡,他几乎要拉弓射箭,射向迈尼斯了。不过,为了稳妥起见,他还是决定拜会一下英国公使朱尔典。

事不宜迟,施肇基立即去英国使馆。很不巧,朱尔典去天津了,要晚上回来,他只得打道回府。又挨过一个不眠之夜后,施肇基一大早乘马车出门了。

施肇基见到朱尔典,寒暄片刻,便说此次登门,是有问题求教。如果从医学角度来讲,英国与法国,哪国更胜一筹?朱尔典笑答，法兰西是个浪漫国度，艺术领先，但医学较之英国，略逊一筹。施肇基听后非常兴奋，又问英国医学以哪所大学最为出色？朱尔典没有犹豫，说，当然是剑桥了。施肇基大叫了一声好，放下刚端在手上的茶碗，匆匆告辞。他坐上马车，听着嘚嘚的马蹄声，一颗高悬的心放下来了，他知道该把弓箭对准谁了。

林家瑞举着施肇基回复的电报，兴高采烈地走进实验室时，伍连德正心事重重地坐在显微镜前。他一看林家瑞的表情，就知道朝廷是支持和信赖他的。那纸电文是：免去迈尼斯参与鼠疫防疫的任务，伍连德继续主持东北鼠疫防疫。

伍连德的眼睛湿润了，他知道拈在手中的电报虽然只是薄薄一张纸，可施肇基做出这个决定，承受了怎样的压力。

伍连德全心全意投入了防疫，按照他的想法，建立多个隔离病房，大批量地制作口罩。

迈尼斯并没有立刻离开哈尔滨。虽然不能做东北防疫总医官让他心有不甘，但对医学的热爱，还是促使他到俄国铁路医院，去探访鼠疫患者。他认为伍连德关于肺鼠疫的理论是荒谬的。如果漏过老鼠这个防疫重点，就是放过了最不可饶恕的敌人，更大的危险还在后头。他很想在离开之前，得到临床的实证，以提示这个在他眼里过于固执的剑桥博士：你的判断有误。

纪永和自从被送进俄国铁路医院后，病情一天比一天重。他刚进来时，还能半倚床头，透过高大的玻璃窗，看看窗外的天空和漆黑的树影。可是现在，他抬一下胳膊都困难。翟芳桂把他送进来，一次都没来探视过，他想她是巴望着自己快点儿死了，好独吞满囤的粮食！为了这，他也得挺过来，不能让这贱人坐收渔利！他想自己不在家了，贺威更无所顾忌了，估计要日日住在粮栈了，也不知她怀上了没有？

纪永和不信任洋人给他看病，哈夫肯来查体，他总是躲闪。那天他见一个戴眼镜的中国医生来了，以为见着救星了，谁料他竟满嘴洋文，而且，他为他检查时，都不正眼瞧他，一看就是个胆小鬼。在他想来，一个医生这么怕死，也没有多大的本事。

这天早晨打完针，纪永和拼尽力气，挣扎着坐起来。一连多日只望着寡白的天棚，他觉得自己快成瞎子了。窗外在飘雪，那白花花的雪花，令他气闷。他更希望看见的是雪亮的阳光。因为在他眼里，那一片片雪花，恍如纷飞的纸钱。他想，老子还没死，你们发什么丧啊！他在心里骂着雪花的时候，视野中出现了几只乌鸦。它们落在窗前的丁香树上，把干枯的花枝压得直颤悠。这穿着黑衣的天外来客，令纪永和更加懊丧。

纪永和正想躺倒，病室的门开了。哈夫肯带着位穿白大褂的洋医进来了。此人方脸，皮肤白皙，高鼻深目，一头金发，看上去很英俊。这洋医正是迈尼斯。他逐个病床走过，与哈夫肯比比划划地交谈着。纪永和虽然听不懂，但他想他们一定是在交流患者的情况。这人来到纪永和床前，纪永和突然剧烈咳嗽起来，一阵气促。洋医俯下身来，仔细察看他的眼睑和唇色，并向哈夫肯询问着什么。纪永和发现，这人的手竟然生着一层淡黄色的绒毛，他忽然起了恶心，"啊——"的一声，吐出一口咸腥的东西。纪永和见洋医变了脸色，知道自己吐出的不是好物，垂头一看，落在白色被子上的，竟然是一口泛黑的血！纪永和手脚冰凉，牙齿打颤，他哆哆嗦嗦地说了句："我那满仓的粮食啊——"昏厥过去。

纪永和这一昏厥，再没有醒来。他折腾了一天一夜后，睁着眼睛咽气了。他不像其他的死者，走的时候手是撒开着的，纪永和的手呈半握状。他似乎还想在最后一刻，抓住点什么。

纪永和的尸体被推走后，清理他病床的护士，从他的枕头底下，发现了一页纸和两颗豆子。那页纸是典妻合约。而两颗豆子，一红一黄，红的看上去像一团遥远的火，黄的则像一粒金子。它们在一起，就像一双未惹尘埃的眼睛，那么的明媚和纯净。

翟芳桂取走的遗物，就是这一份典妻合约和两枚豆子。

纪永和死后的第三天，迈尼斯在下榻的俄国饭店突发高烧，打起寒战，咳嗽不止，咳出的痰中带着黑紫色的血，他明白自己是感染鼠疫了。直到此时他才意识到，自己未采取任何防护措施去俄国铁路医院探访鼠疫患者，犯下了不可饶恕的错误。伍连德关于肺鼠疫的说法，千真万确！他想起了哈夫肯向自己介绍的那个开粮栈的患者，想起了他吐在被子上的那口血。也许鼠疫杆菌就是在那个瞬间，窜入他的口鼻，魔鬼一样潜伏进他的身体，悄悄对他动起了匕首。他后悔地对自己说："假如当时戴上一只口罩，死神就会与我擦肩而过了，上帝！"

迈尼斯入院后，他下榻的三层俄国饭店就被俄方封闭了，进行彻底的消毒。迈尼斯用过的卧具甚至纸张全部焚毁。

迈尼斯被送进俄国铁路医院时，贺威也被送到这家医院。不过送贺威来的不是翟芳桂，也不是盐商的千金，而是他家的仆人。盐商风闻，女婿最近不恋赌场，闭店又早，常常失踪。盐商诧异，差人跟踪，才知他常常去纪永和家的粮栈。谁都知道，纪永和这个吝啬鬼，把从青云书馆赎出来的老婆，暗地里仍当妓女来使。盐商大怒，正要封了女婿的义泰号，断了他的财路，让他没寻欢的本钱，谁料女婿竟呈现出鼠疫症状，一病不起。盐商马上令仆人，把贺威送入医院，然后将女儿接进府中，把她和贺威的住处，连同义泰号，一并封了。

哈夫肯终于戴上了厚实的口罩，自从迈尼斯入院后，他的脸再也没浮现过笑容。他采用叔叔的抗鼠疫血清的治疗方法，想挽留住迈尼斯的性命。然而，迈尼斯的病情越来越重，他就像一块从山顶滚落到崖畔的石头，其中大半个身子已经滑过去了，坠落深渊已成必然。

迈尼斯染病仅仅一周，耗尽气血，闭上了那双满含忧郁之色的眼睛。这是一个微微回暖的冬日，哈尔滨的天空，异样晴朗。哈夫肯亲自为迈尼斯的尸体罩上了白单。那块白单虽然尺幅有限，但在哈夫肯眼里，它是无边无际的。因为那是一片留在他心中的，永远也走不出的茫茫雪原。

贺威在俄国铁路医院挣扎了一周后，也向着永恒的黑夜去了。护士在清理他的病床时，也在枕头底下发现了一页纸。她很奇怪，这页纸，竟与先前死去的纪永和留下的那页纸一模一样！她吓坏了，以为鬼魂出现了。贺威的亲属有言在先，如果患者身亡，他的遗物，一概不要，由医院代为焚毁。护士赶紧把这页按着手印的纸，丢进垃圾桶，由打扫卫生的，再清理到锅炉房焚烧。

贺威死在一月十三日，恰逢星期五。忌讳这个日子的洋人，出门的都很少。哈尔滨看上去就像一个服毒的人，刚被灌过肠，大街小巷空空荡荡的，毫无生气。可这个日子对天来说，不是坏日子。因为再过两天，就是阴历十五了。尽管印在天上的是一轮冷月，但因为它月华满面，就给人激情四溢的感觉，看上去像是一面鼓。

不过这面鼓有块小小的阴影——想必鼓槌此时正击打在那儿，遮挡了那角光明吧。

十六　口　罩

为了赶制口罩，于晴秀已经好几天没有回家吃午饭了。

周耀祖怕她吃不好，这天特意差喜岁，送来一提匣刚出炉的杏仁酥饼和枣泥松糕。做口罩的几个女人，一见来了点心，也不客气，放下手中的活儿，纷纷把手伸向提匣。她们边吃边羡慕地说于晴秀好福气，嫁了周耀祖，吃穿不愁，尽是好享受。于晴秀故意蹙着眉，挑剔周耀祖做的杏仁酥饼将糖放多了，把酥饼的香气给压下去了；又说枣泥松糕太软了，不是越软的点心就越入口。那个在傅百川家浆洗房干活的胖嫂就逗她："那你是喜欢硬东西了？"

于晴秀看穿了胖嫂的坏心思，"哼"了一声，捶着腰说："风吗，我喜欢软的，软风吹着舒服；柴棒吗，我喜欢硬的，硬的柴棒抗烧啊！"

于晴秀的聪明，在傅家甸是出了名的，胖嫂知道跟她斗嘴不会占到便宜，转而戏弄喜岁，指着于晴秀的肚子问他："你猜猜，你娘肚子里的孩子是男的还是女的？"

喜岁干脆地说："不男不女。"

胖嫂大笑起来，说："咋会不男不女呢？"

喜岁认真地说:“小孩子还没下生,谁知道他是蹲着撒尿的还是站着撒尿的呀。”

胖嫂问:“你喜欢蹲着撒尿的?”

喜岁摇着头大声说:“我喜欢站着撒尿的!”

胖嫂因为不生养,没有小孩子,逗他说:“你娘要是再生一个站着撒尿的,你就不吃香了,把你送给俺咋样?”

喜岁把头摇得跟拨浪鼓似的,说:“你都那么老了,跟你过,我不干。”

屋子里飞起笑声。笑声一浪高过一浪,如一壶烧开了的水,满心沸腾着,可主人忘了把它挪下,被炉火依然燎着屁股的它,只能哗啦啦响个不休了。

吃了点心,又笑过了,女人们接着做口罩去了。她们每做好一只,就往纸箱丢一只,像放飞雪白的鸽子。只是这些鸽子都折了翅似的,飞不起来。

迈尼斯中了鼠疫,使哈尔滨的防疫形势发生了大逆转。无论官府还是百姓,无论洋人还是中国人,都信任伍博士了。

伍连德认为,除了染疫的患者需要隔离,与鼠疫患者有密切接触的人,也需要隔离观察。病房紧缺,为解燃眉之急,伍连德拜会了东清铁路公司总办霍尔瓦特先生,向他租借闲置不用的空车厢,改造成观察室。与此同时,北京来增援的医护人员陆续抵达哈尔滨。不过为了确保东三省全境的安全,伍连德将派来的医护人员又分派到长春几名。长春是哈尔滨南下最大的站,把那里的鼠疫防控好,可保奉天和关内的安全。他想,对傅家甸的中医进行简单的培训后,一样能担起防疫重任。

伍连德正式接手了哈尔滨防疫局,并迅速设立了检疫所、隔离所、诊病所、庇寒所、防疫执行处、消毒所等。

佩戴口罩，在伍连德看来，是目前最行之有效的防疫办法。可是现在口罩奇缺。傅百川便利用他的绸缎庄，在原有的缝纫机的基础上，又添置了两台，高价雇佣几个缝纫手艺好的女人，大批量加工口罩。

于晴秀不像胖嫂她们，是奔钱来的。她是奔人来的。本来有孕在身，周耀祖不让她来的。可是那天她听人说，自鼠疫起，傅百川由于拿出一部分资金用于疫病院的租用，再加上中药铺免费为大家熬药和傅家烧锅降价卖酒，他的生意一落千丈，说是连他那疯癫的老婆都看出来了，穿着绣花鞋，拎着算盘，在傅百川的中药铺、绸缎庄、烧锅之间串来串去，每到一处，都将算盘扔在柜台上，气呼呼地打算盘，然后跟所有的伙计翻白眼。于晴秀对傅百川，说不出的尊敬。他张罗的事，她要是袖手旁观，会于心不安，于是说服周耀祖，放下点心铺子的活儿，不请自来了。她早晨出来，晚上回去，午饭傅百川会打发人送过来。

女人们缝制的口罩，每到中午和黄昏，就会有防疫局的人将其取走，及时分发到住户。她们累得腰酸背疼、头晕眼花的时候，喜欢开个玩笑，提提神。

这边喜岁刚走，又一个提着提匣的人来了。

傅百川拎来了一提匣好吃的：冰糖肘子、五香豆干、烧饼，还有桃干和杏脯。

他带来的吃的漂亮，他自己也够漂亮的。

傅百川穿深灰的及膝棉袍，棉袍外再罩一件半身的黑缎子对襟棉马甲，戴圆筒黑毡帽，穿船形黑棉鞋，这身行头，将他高大的不胖不瘦的身形，衬托得更为飘逸俊朗。他放下提匣，向大家道着辛苦，然后嘱咐不要太赶活儿，累了就歇一会儿。说完，特意看了眼于晴秀。

于晴秀见傅百川把目光落在自己身上，而且那目光跟她第一次看见的电灯光似的，直晃人，心里有点慌，赶紧把目光转移到提匣身上，淡淡笑着，说："这么好的菜，要是喝上一碗你家的烧酒，那就更美了！"

傅百川说："那我回头让伙计送壶烧酒过来。"

于晴秀故作俏皮地抓起一块杏脯，说："自打我有了孩子，我们家耀祖就不让我沾酒了，再馋也得忍到明年春天了。"说完，甜蜜地"咳——"了一声，把杏脯送到嘴里，尝了尝，赞叹着："酸甜酸甜的，好吃。"

胖嫂说："我就不信，喝烧酒会伤了你肚里的孩子！我估摸着，你喝了酒，对他还有好处呢。没准儿他一下生，就会造酒。傅家烧锅没了秦八碗，正缺好手儿呢。他要是做了傅家烧锅的师傅，你后半辈子就不用烤点心了，跟着吃香的喝辣的吧！"

提到秦八碗，不但傅百川难过，于晴秀也难过了。可是看不出眉眼高低的胖嫂，还继续说着："这个伍钦差，也真是的，秦八碗他娘得的又不是鼠疫，你让他回了乡，把他娘和他爹并了骨，他哪会死呢！他害了秦八碗不说，连王春申也给害了！我听说啊，不叫那晚上埋完秦八碗心里难受得慌，王春申就喝不了那么多酒。不喝那么多酒，就不会上吴二家的当！这下好，吴二家的见人就说王春申把她给糟蹋了。你说就她那样，灰呛呛的，还斜眼，连我胖嫂都不如，要不是黑天，哪个爷们儿乐意糟蹋她呀。看来老话说得好呀，眼斜心不正！"

王春申的事情，于晴秀听周耀祖说了。吴二家的确实把王春申给死死缠住了，她已经搬到秦八碗家，把自家的房子封上，说是开春时卖掉。王春申虽然抗拒她，仍然住在马厩，可是他被吴二家的逼得每天都得上门。一是继英在她手里，二是家中仓房金兰留下的粮食,被她以女主人的身份,全给搬走了。王春申为了那口饭,也得回去。

胖嫂说起话,是不容人插话的。于晴秀和傅百川深有同感,忍不住相视一笑。这一笑,让于晴秀有和傅百川说了悄悄话的感觉,耳热心跳的,为了掩饰这慌乱,她接着做口罩去了。

傅百川得到那个会意的笑,已很知足。他说,北洋医学堂的医生正在他的中药铺,给中医做鼠疫预防的培训,他得过去看看。

傅百川走后,胖嫂长叹一声说:"出来做口罩可真好,来钱,嘴上又亏不着,跟过年似的!只是这活儿再有两天就完了,怪舍不得的呢。"

于晴秀说:"也不知咱做的口罩,人家爱不爱戴?"

"我看够呛!"胖嫂说,"没见刚才傅大掌柜的来,也没戴口罩吗?"

"就是。"于晴秀说,"我试了,戴上它喘气是有点费劲。我带着孩子,真怕戴了它,鼠疫防着了,却给孩子憋着了,那样孩子下生后还不得爱生闷气呀。"

胖嫂说:"不是说了吗,要是不出门,在家不用戴这玩意儿。我一看这口罩就想笑,你说咱的嘴又不是门,干吗非要吊个帘子?"

于晴秀扑哧一声笑了,说:"估摸着牙和舌头要打仗,挂上帘子遮羞呗。"

胖嫂啧啧着,说:"男人跟你过一辈子,真是亏不着!你长得受看,男人有眼福;会做点心,男人有口福;会说有意思的话,男人又有耳福!"

于晴秀说:"那你是说喜岁他爹是掉进福堆儿了?"

“是啊——”胖嫂叹息了一声，说：“喜岁他爹是蔫人有蔫福！可是傅大掌柜呢，有钱有势，有才有貌的，却没摊上个好老婆，回到家得不到女人身上的热乎气，这就叫没福气呀。”

于晴秀不再搭话，她怕胖嫂会没完没了。

傅家甸两万多人，短短一周时间，几乎人人都有口罩了。这种白纱布的口罩，十二层厚，中间遮住口鼻的地方宽大，两边渐次狭窄，直到过渡到两根细带，在脑后一系，就能严严实实地遮着大半张脸。大冬天的，男人们戴着棉帽，女人扎着头巾，再武装上口罩，街里一走，即便熟人相遇，也往往认不出来。

女人们做完口罩，彻底收工时，是一个干冷的午后。冬日的太阳总是气短，才三点多钟，就一副活不起的样子，摇摇欲坠了。玻璃窗上丢魂的霜花，又闪闪烁烁地现身了。大家收拾好东西，准备着回家的时候，绸缎庄的门开了，苏秀兰提着个算盘进来了。她穿一双黑地红花的绣花鞋，绿地红蓝格的棉袄，深灰的棉裤，扎一块驼色围巾，大花的棉手套，看上去让人眼花缭乱的。

天冷，再加上屋子里一下子冒出好几个女人，苏秀兰激灵了一下，自言自语道：“该杀的，啥时背着我填房，填了这许多？一、二、三、四——”当她数到“四”时，眼泪哗哗流下来，开始用算盘追打屋里的女人。

胖嫂怕苏秀兰伤着于晴秀肚里的孩子，奋力护着于晴秀，让她先走，然后笑着对苏秀兰说：“就俺们这模样，你好好瞧瞧吧，俺比猪还胖，那个比猴还瘦，再那个眼睛小得跟条缝儿似的，傅大掌柜哪看得上俺们哪。俺们是他雇来干活的。”她指着那几个要出门的女人说：“这不，活儿都干完了，就要回家了，往后不来了。”

苏秀兰扭了一下脖子，指了指于晴秀，打着哆嗦，说："这个好看——"

胖嫂说："这个好看不假，可人家有主儿了呀。你不记得了吗？她家开着点心铺子，她男人叫周耀祖，她在道台府帮厨，道台老爷都爱吃她做的点心呢。"

苏秀兰像是想起了什么似的，"呀——"地叫了一声，不过，她的目光始终没有离开于晴秀，她一出门，她就追出去了。胖嫂不放心，只得跟着，先送于晴秀回家。

夕阳落得灿烂时，流溢的金光给人一种清新光艳的感觉，有如剥新鲜蜜橘时，四溅的汁液，带着股说不出的芬芳。而如果它被大气中肮脏的烟霭裹挟着，夕阳透射出的光影，就是浊黄的，好像流出了大鼻涕。于晴秀她们一出屋子，夕阳甩来的，就是落得不随心时，鼻涕似的余晖。

虽然有胖嫂护送着，但走在前面的于晴秀，想着苏秀兰紧跟其后，还是脊背发凉。偏偏这个时候，又有运尸的马车朝城外驶去，于晴秀更觉阴森，也不知这地狱般的日子，何时是个头。她走得气喘吁吁的，到了家门口，棉袄的后背和腋窝，已被汗水溻透了。

于晴秀到了家门口，回头谢过胖嫂，看了眼苏秀兰。她僵直地戳在那儿，呆呆地看着点心铺子。于晴秀推开门的一瞬，听见胖嫂对苏秀兰说："看见了吧，这是她的家，她男人在家里等她呢。"苏秀兰"呃"了一声，发出一声怪笑。

惊魂未定的于晴秀，一进点心铺子，又被里面的情景吓了一跳。先前立在屋子中央的半人高的柜台，被抬到窗根下了；烤点心的铁炉，拆卸后也被移到了墙角。地上摆着一口新锅，两个新盆，其中的一个盆，又插着新添的勺子和铲子。

周耀祖正蹲在地上盘炉子，见着于晴秀，他苦笑一声，说："对不住，也没跟你商量，这都是爹的主意。咱做小的，就得顺着老人哇。"

事情起因于那些被隔离在租借来的火车车厢里的人。

由于各个隔离所的人不断增加，伙房和伙夫有限，这两天免费供给他们的饭食，紧张起来。被隔离在火车上的人，不能准点吃上饭，饥肠辘辘的人们怨声不断。周济听说后，对周耀祖说，没有傅家甸，就没有周家。傅家甸有难，周家不能坐视不管。他让周耀祖将点心铺子改做伙房，周家老少齐上阵，为隔离在火车上的人做饭。

周耀祖并不想把点心铺子改成伙房，可是父亲发话了，他不能不从。老爷子嫌一个灶不够用，让他再盘个炉子。地上的炊具，就是周济带着喜岁，刚从杂货铺买回来的。

于晴秀摘下围巾，拍打着身上的浮灰，说："被隔离的人也怪可怜的，有家不能回，怕得上病又心焦，咱出点力应该。只是这柴米油盐，也咱家出吗？一两个礼拜还行，要是鼠疫拖拉半年，咱家的点心铺子就得被吃黄！"

"那些钱官府出，这节骨眼儿，咱家出力就不错了。"周耀祖用瓦刀敲着炉壁，说，"就算咱给肚里的孩子积德了。"

周耀祖的后半句话，恰好被推门而至的喜岁听到了，他抽着鼻涕对于晴秀说："娘，等你生完了，我想再回到娘的肚子里去。"

于晴秀怜爱地看了喜岁一眼，轻轻抚摸着自己的肚子，说："傻孩子，这地方，只要出来了，就回不去了。"

"喜岁，怎么又想回娘的肚子里了？"周耀祖问，"外面不好吗？"

"一点儿也不好。"喜岁伤感地说，"天冷，闹鼠疫，又不能出去卖报，还不如回到娘的肚子里呢，又暖和，又能天天睡大觉。”

周耀祖叹口气，说：“明天开始，你跟爹去给火车上的人送饭，就有意思了。”

于晴秀说：“可别带喜岁去，你和爹去没事。大人知道怎么预防，小孩子不懂，万一传染上，那就糟了。”

“我领着他，你就放心吧。”周耀祖开玩笑说，“我把两个口罩摞在一起，给喜岁戴上！”

喜岁没有戴上两个口罩，可是三天后，周家真的来了个戴着两个口罩的人，他就是扛着行李卷的周耀庭。喜岁一见叔叔回来了，连忙报告给爹爹。

原来，伍连德依据近几天长春和奉天陆续出现的疫情，为防止鼠疫快速蔓延，上奏朝廷，停售了京奉铁路二三等车票，南满铁路也停驶了。与此同时，朝廷派陆军镇守山海关，阻止入关的客货车辆，哈尔滨更是严阵以待。即便如此，染疫之人未见减少，死亡的阴影笼罩着每一个人。伍连德做出了封城的决定，并请求军队的支援。现在一千多名陆军，正从长春开拔至哈尔滨。由天津过来的几十名防疫人员，也在路上了。滨江官立女子小学堂和几家旅馆，已经腾出，可这些还不够安置他们的，于是防疫局又临时征用了一些住所，周耀庭所在的禁烟所就在其列。封城期间，妓馆茶园一律关闭，周耀庭没可去的地方，只能回家。

周耀庭已经听说父亲把点心铺子改造成了伙房，他进屋后放下行李，摘下口罩，就急急地去伙房找周耀祖，说：“哥，你说傅家甸又不是咱老周家的，上边有官府，下边有防疫局，鼠疫又不是没人管，咱出这个风头干啥吗！去给火车上的人送饭，多危险，万一传染上鼠疫，后悔可就晚了！你跟爹说说，别给他们送饭了!”

周耀祖正在给隔离在火车上的人炒黄豆芽,他瞄了一眼周耀庭,说:“你要是害怕,就去别处住。”

“要封城了,从长春调来的上千的兵,就快到了。我们禁烟所的房子被征用了,我去哪儿呀,不就得回家吗?”周耀庭哭丧着脸说。

“你还认这个家呀!”周耀祖用锅铲使劲翻炒着豆芽,终于忍不住说,“你连根豆芽都不如!豆芽的芽儿,都知道自己是豆子生出来的,跟豆子脸贴着脸;你呢,石头缝儿里蹦出来的,娘死了都不回来送!”

周耀庭不吭气了,他从裤兜摸出口罩,先戴上一只,再戴上第二只,到街上去了。他一出门,喜岁就欢呼雀跃地说:“这下好玩儿了,咱傅家甸来了兵了!”

十七　封　城

一千六百多名陆军,就像一千六百多个绵密的针脚,把傅家甸这个原本敞开的大布袋,死死缝起来了。两万多人口被装在这个布袋里,不得露头了。

封城后的傅家甸被划分为四个区。区与区之间,是以居民佩戴在左臂的证章颜色来区分的:白、红、黄、蓝四色。白色一区,红色二区,黄色三区,蓝色四区。老百姓嫌数字冰冷,还是依照颜色,私底下把这四个区叫做:白区、红区、黄区和蓝区。

分到红色证章的人最高兴,他们说这火焰般的颜色喜气,能祛除晦气;领到黄色证章的人,心里也是安慰的,因为那是富贵色;而拿到蓝色和白色证章的人,都吊着脸。他们说蓝色是天空的颜色,这不预示着自己快要升天了吗?白色呢,是苍茫色,吊孝才用的。看见白色证章的人,就仿佛看见了招魂牌,脸色"唰"地变白了。

不仅傅家甸的居民,就连镇守各区的士兵,也得按自己所执勤的区,佩戴证章。同一个区的人,可以在本区内自由行动,要想去外区,必须申请特别准证,方可通行。那些脚野的汉子,对此极为不满。他们在街上嚷嚷,说是老鼠传播鼠疫,可以四处游走；人却要像鸡一样，被圈进笼子，世上哪有这么防瘟疫的？

喜岁家那一带，被划归为白区。周耀祖瞥了一眼白色证章，不满地说："这些做章的，咋不把白色换成别的色儿？绿色和紫色不是很好吗？"

于晴秀宽慰他说："白色多亮堂呀，银子是白花花的，大米是白花花的，砂糖是白花花的，雪花也是白花花的。"

周耀祖哼了一声，说："你咋不说眼泪是白花花的，梦是白花花的？"

未等于晴秀反驳，喜岁插言道："太阳光是白花花的！"

于晴秀美滋滋地说："就是，太阳光多吉祥呀，白的东西都是好的。"

喜岁帮衬完母亲，见掌勺的父亲跟自己吹胡子瞪眼睛的，像被惹急了的猫，赶紧又说："哦，我想起来了，大鼻涕是白花花的呀——"

于晴秀用勺把轻轻敲了一下喜岁的脑壳，嗔怪道："现在就两面三刀，大了准不是好东西！"

蹲在灶下剥洋葱剥得直淌眼泪的周济，对儿媳说："不是我这当爷爷的吹牛，我这孙子，在傅家甸可是数一数二的！心眼儿好，还灵光！"

喜岁得到表扬，快活地打起了口哨。周耀祖说他打得不好听，喜岁便将他："那爹打个给我听听？"周耀祖晃了晃脑袋，嘬起嘴，"嘘嘘——"了两声，听上去像是大人把小孩子撒尿发出的声，喜岁被逗得嘻嘻直乐，说："爹，听你打口哨，我就想找尿罐。"

周家人都笑了。在外面执勤的士兵听到这热烈的笑声，受到感染，也跟着笑了两声。一个在白区里穿行的老汉听见士兵笑，"哼"了一声，说："看见傅家甸死人，你就这么高兴呀？敢情死的不是你家人，什么德行！”士兵受到奚落，立刻板起脸。

被隔离在火车车厢的，已近千人。那黑黢黢的一节连着一节的“瓦罐车”，横在粮台一带的铁路线上，大概有六十节，远远一望，就像一个爬向傅家甸的怪物。粮台是傅家甸的城边了，所以喜岁跟着爹爹挑着担子送饭，要穿过黄区。他们有防疫局签的特别通行证，畅行无阻。

瓦罐车每节隔离着二十人左右。男人与女人是分开的，而孩子跟着女人。车厢的火炉是临时加上的，所以每节车厢的上方，都开了一个洞，探出一截烟囱。周家做的饭食，供给两节相挨着的车厢，一节住的是女人和孩子，另一节是男人。

每节车厢，都配备了一名防疫员。由于人手紧缺，除了中医，一些警察和救火队员，通过简单培训，也成了防疫员。周耀祖家送饭的那两节车厢的防疫员，就有一个是救火员。防疫员要定时给被隔离的人测量体温，逐一登记，还要对车厢进行每日消毒。如果发现有人发烧，要及时上报，由专门的防疫车，给拉到疫病院。所以留在火车上的，基本都是体温正常者。他们身体无恙，胃口奇佳，一到饭时，就嚷着饿了，让防疫员赶快把车厢门打开。喜岁快到粮台时，远远就会看见那些人袖手站在车厢边，眼巴巴地等着饭来。

防疫员站在车厢底下，一律穿着白服，戴着白帽和白口罩，只有眼睛露在外面。如果不从高矮胖瘦来看出不同，你会觉得他们是同胎生的，一个模样。

每节车厢门的下面，都搭着一块三阶的木梯，供人上下。喜岁没有坐过火车，他很想上去瞧瞧里面什么样，可防疫员不允许他登车。

周耀祖担子里装的是焖饭或是炒菜，喜岁挎的篮子里，往往盛的窝头。他们把它们交给防疫员,由他分发下去。通常情况下,饭桶还没落地呢,车厢里的人就七嘴八舌地嚷开了:今儿吃什么呀?有没有肉呀?这些被隔离的人,在家里可能糊弄一口就行,可是这时候,却是挑肥拣瘦了。他们不是嫌白菜熬过头了,就是嫌豆芽炒得太硬。嫌白菜太烂的大多是青年人,嫌豆芽太硬的是牙口不好的老年人。十冬腊月的,怕饭食凉了,于晴秀特意给铁桶和篮子罩上毛毡,即便这样,到了粮台,窝头和菜,往往只有点温乎气了。有人责备周耀祖走得慢,还有人抱怨周家做完菜,一定是把其中的肉先挑着吃了,菜半凉了,这才往这来。其实呢,周耀祖和喜岁怕饭食凉了,每次都是疾行,到了粮台,累得腿脚发软,汗水把棉袄都濡湿了。每逢受到责难,周耀祖都要哀叹一声:“真是好心不得好报。”喜岁则冲他们吼:“瞎说不怕烂嘴吗?”火车上的人不是说:“老鸹才烂嘴呢。”就是笑嘻嘻地要求他:“你给报个灯名吧,闷死了!”喜岁“呸”一声,气咻咻地说:“报灯名,报灯名,我报个鬼灯让你们提!”车厢里的人就乐开花了。

那些隔离在火车上的孩子,认识喜岁的,总要朝他要求点什么。他们说是嘴苦,请喜岁带点糖球儿来;还说呆在里面太憋闷,求喜岁拿个话本,让识字多的大人给念念,听个故事;又说不能出去玩耍,腿都软了,让喜岁拿来弹弓,再捡一包石子,这样他们可以站在车厢边打弹弓,让飞出的石子当自己的腿,撒撒欢。喜岁几乎是有求必应,不过,他带来的东西,不能直接交给他们,要通过防疫员递送。

这边的女人和孩子吃上了,紧邻的那节车厢的男人就会叫嚷:快点,饿昏了!这些被隔离的男人,怕在火车上被冻着,又怕衣服搁在家里失窃了,穿得里三层外三层的,就像拧劲儿后下了油锅的麻花，一个个曲里拐弯的，臃肿不堪。他们在车厢里挪动几步，都显踉跄，看上去也就没一个瘦子了。为了归拢这些衣服，男人们的腰间，都扎着绳子。绳子五花八门，有的是又细又长的麻绳，有的是又粗又糙的草绳，还有的是碎布头连缀起来的布绳。布绳的颜色若是多了几样，给人的感觉就像束着条彩虹了。在这灰暗之地，那一圈明媚，分外惹眼。

男人们呆的那节车厢，有几个是从齐齐哈尔过来做工的。火车一进哈尔滨，恰逢封城，他们直接就被载到隔离区了。除了他们，大多的还是傅家甸人，周耀祖也都认识。防疫员给他们分发饭食时，男人们若是发现菜比较好，就摇头叹息，说是要能喝上一壶酒就好了。他们用筷子敲着碗对周耀祖说，好菜如同好婆娘，好酒如同好男人，不搭配在一起，不生辉。周耀祖同情地笑笑，说："等解除了隔离，出来喝吧。"

男人们除了抱怨没酒，还抱怨夜里不能搂着自己的婆娘睡。说是看着天上的月亮白白嫩嫩的，直想把它捣下来，当婆娘给搂着。周耀祖就说："嗬，你们要是把月亮给搂着了，谁还敢夜里出门呀，单靠星星那点亮儿，非得走几步就撞墙不可！"

知道周家把点心铺子改造成了伙房，而为他们义务送饭的男人，有表示佩服的，也有说风凉话的。有人就说周济半辈子坐在钱桌子前，算是白坐了。说是官府下拨的防鼠疫的银子，小河淌水似的，哗啦啦流，他家不截留，别人也是个捞！他们怂恿周耀祖多朝防疫局要点钱，这样可以宰鸡杀鱼，吃得更好些。周耀祖便逗他们，你们在这儿一不做工，二又搂不上自己的婆娘，力气没处使，吃那么好干啥？男人们就故意你推我搡着，说是力气没处使，可以摔跤玩呀。

周耀祖和喜岁来送饭，开始时会因个别人的无端埋怨而心生不快；离开的时候，卸下了重担的他们，心境却是明朗的。

傅家甸还有一些人，跟喜岁和周耀祖一样，可以在几个区间自由穿行，比如王春申和周耀庭。

王春申听说周家将点心铺子改成伙房了，很感动，他想，自己也该为傅家甸出点力。因为有马车，他可以加入消毒队和抬埋队。消毒比抬埋要安全，王春申也怕死，他最初去的是消毒队。可是黑马一闻消毒水的气味，就跟人患了伤风了似的，“吭吭”直咳，王春申很心疼，就转入了抬埋队。凡是疫毙之人，由抬埋队负责，将尸体统一运到坟场。

封城后在街巷中运行的马车，都与防疫有关了。那些带篷的，是运送病人的疫车，去的是疫病院；不带篷的，运送的是隔离之人，去的是疑似病院或是粮台的火车，这样的马车通常是四轮的。消毒车和运送尸体的马车呢，也是不带篷的，不过它们是两个轮子的。王春申把漂亮的车篷卸下，将平板的车体加宽，因为有的时候，要并排运送两口棺材出城。王春申参加了抬埋队后，吴二家的就不允许他回家了，说万一他传染上鼠疫，全家还不得跟着遭殃？王春申也懒得回去，毕竟他在抬埋队，有吃有住的，还用不着看吴二家的冷脸子。

王春申每回去坟场，都要打量一下那些没有深埋的棺材，想找到金兰和继宝。可是，除了厚薄有所差别，所有的棺材都是一个模样，棺盖钉着，他无法判断躺在里面的是什么人。所以他看见所有的棺材，都忍不住要落泪。

周耀祖碰见过王春申两次，他认不出王春申，但认得出黑马。王春申跟抬埋队的其他人一样，穿着统一发放的长袍，戴着狗皮帽子，捂着厚实的大口罩。王春申知道自己干的活儿危险，所以周耀祖看着黑马朝他奔来时，王春申总是远远地摆手，示意他不要靠近。他们会隔着三五米远，大声说上几句。周耀祖问他真的要跟吴二家的过下去吗，王春申说：“傅家甸人，谁不知道我把她糟蹋了，不要咋办？”周耀祖说：“她又不是黄花大闺女，什么糟蹋不糟蹋的！”周耀祖告诫王春申，不能再在女人身上犯糊涂了，不然这辈子就没指望跟个喜欢的女人在一起了。王春申仰天长叹，说：“就我这张苦瓜脸，摊不上像你那样的好女人的！”周耀祖嘴上说：“她不就是会做几样点心吗？”心里却是美滋滋的。的确，傅家甸的男人羡慕他，多半因为于晴秀。不过，周耀祖有时觉得于晴秀跟自己在一起的时候不快活，因为她常常看着看着他，会无缘无故地叹口气，眼神黯淡下去。而且，她没怀上孩子时喜欢喝酒，喝上酒后爱到街上溜达，不能自持地见着谁跟谁说话。他想，她内心不孤独的话，是不会这样的。周耀祖还留意了，于晴秀爱在他面前，有意无意地提起傅百川，说起他时，她通常低着头，不让你看到她的眼神。尤其这次，她身子不便，还要去绸缎庄加工口罩，周耀祖明白，于晴秀的心里，是有傅百川的影子的。不过周耀祖不害怕，因为于晴秀肚里有他的孩子，而苏秀兰又是傅百川一生都不能抛弃的女人。两个不自由的人，又怎么可能在一起呢！

周耀祖眼见着黑马瘦了，肚子塌了，鬃毛的颜色暗淡了，他嘱咐王春申，悠着点役使它。黑马要是被累死，鼠疫后他还怎么出去揽活儿？王春申说：“它能量大着呢，我懂它！”说完，还跟黑马贴了贴脸。一身素白的王春申与黑马站在一起，就像两个幽灵。

出入傅家甸的各个路口，甚至是冰河通道，都有士兵把守，傅家甸与外界彻底隔绝了。城区被划归四个区后，走出家门的人反而多了。因为封城后还开张的店铺，跟闹饥荒时粥里的米粒似的，屈指可数。防疫局为了保障人们的生活必需品的供给，在每个区，都设立了柴米处，居民可以不花钱领到吃的和用的东西。人们左臂戴着证章，脸上戴着口罩，拉着爬犁，或是挑着担子，去取柴米。柴米发放处，一派热闹。男人们在家里太压抑了，碰到一堆儿，就要摘掉口罩，抽上一袋烟，隔着几丈远，开几句玩笑；女人们相遇了，则嘀咕几声谁死了，谁又被隔离了等等。她们听说，赶在封城前，一些害了咳嗽的人，怕被抓到疫病院，纷纷逃走了。女人们议论最多的，也就是这些人的去处了。有人说他们躲到田家烧锅去了，还有的说躲避到天主堂了，更有甚者，说是这些人在松花江上凿了冰窟窿跳进去，由水路逃走了。

傅家甸鼠疫初起时，引来了两个贩烟土的。他们假扮乞丐，将烟土藏在掏空的打狗棒里，瞄上了那些被鼠疫折磨得精神快要崩溃的人。人们买了大烟，在家偷偷吸食，缓解紧张感。周耀庭是怎么看出这两个乞丐有诈呢？一是他们直着腰走路，不像真正的乞丐佝偻着腰，低人一等地不敢抬头看人；还有，他们提着的打狗棒，又粗又匀称，一看就是经过打造的；最明显的一点，他们名曰讨饭的，可是从别人家出来，手里拿的不是馍馍，而是钱。有天早晨，周耀庭径直去了他们租住在牲畜屠宰厂后身的住处，将打狗棒一搜，烟土果然哗啦啦落了下来；再将禁烟所的牌子一亮，假乞丐的腿就软了，他们扑通给他跪下，求他不要把他们送到牢里，说是家里穷，上有老下有小，万一他们出了事，一家人就没法活了。周耀庭说可以放他们一条生路，只是卖烟土所得的钱要没收，余下的烟土也要没收。这两个人心疼得直咬牙，说钱可以给你，剩下的烟土还是归我们吧。周耀庭冷笑一声说，那你们就吃牢饭去吧。因为他已把这烟土的去处打算好了，鼠疫过后，将它拿到妓馆，哪个老鸨不赏他点银子花花？那两个贩烟的见周耀庭横草不过，知道碰到了狠的，为了逃命，只能听从。如果不是他们磕头乞求，周耀庭怕是连他们回老家沟帮子的盘缠，也不会给留下的。

因为暗中缴获烟土而大赚了一笔，周耀庭非常神气。有了闲钱，妓馆和茶园不开，他也不怕，因为可以暗地把女人往禁烟所叫。谁知道这个伍博士，竟然封了城，他的住所被征用了，断了他的逍遥梦。周耀庭不喜欢和家人住一起，他觉得父亲和哥哥，跟喜岁一样，没有长大。看着他们每天起早贪黑地为被隔离的人做饭送饭，忙得不亦乐乎，他在心里直骂他们蠢货。幸好父亲不去送饭，只在家里忙活，不然他是不敢和他睡一个屋子的。周济故意吓他，常常夜半从炕上坐起，捶着胸，大声咳嗽一番，把他扰醒。心惊肉跳的他，下半夜也就睡不实了。所以周耀庭回家不过一个礼拜，他的刀条脸，像是被谁用瓦刀又削了几刀，只有一巴掌宽了。

鼠疫中生意没有太受影响的，就是药房了。人们凡有不适，会依据以往对付疾病的经验，自行买药。即便封城了，各区的药房大都如常开着。药房是禁烟所查验毒品的重点场所，因为店家经常趁卖药的当儿，把烟土、吗啡等卖给瘾君子。

周耀庭这天戴着两个口罩，在黄区中漫无目的地晃荡的时候，听见背后有人叫他。回头一看，是祥义号酱油的老板顾维慈。他穿着蓝缎子长袍，脖子上绕着一圈硕大的紫檀木佛珠，戴着驼色呢毡帽。大概多日没刮脸的缘故，他看上去很老相。

“耀庭，我正撒目你呢，想跟你说个事儿——”顾维慈迎着周耀庭走过来。

周耀庭见顾维慈没戴口罩，后退了一步，顾维慈便知趣地站住了，说："你去普济药房看看吧，保证能逮着你要的东西。"

普济药房是加藤信夫开的，这个药房不大，平素顾客寥寥。如果说加藤信夫开在傅家甸的酱油厂，是一匹所向无敌的骏马的话，普济药房就是一头艰难爬坡的驴子，显得窘迫。不过最近因为鼠疫的缘故，此店大量购进石碳酸等消毒品，生意回暖。周耀庭知道顾维慈憎恨加藤信夫，巴不得那家药房出事。可他其实是不愿意捅这个马蜂窝的。因为万一搜出东西，等于把麻烦也搜出来了，要上报官府，还得与日本领事馆照会，搞不好就扎脚。

周耀庭立在那儿，一动不动，没说去，也没说不去，只是微微点了点头，表示他知道这件事了。

顾维慈见他犹豫，便把手伸向裤兜，摸出一件用红绸子包裹的东西，说："这里有件稀罕物，你不想看看？"

周耀庭向前挪了小半步，问："是啥？"

"你看看就知道了。"顾维慈说着，人未动，胳膊却长长地伸过去。

顾维慈伸出的胳膊跟渔竿似的，那红绸子包裹的东西则是鲜亮的诱饵，周耀庭果然慢吞吞地靠过来，咬钩了。

周耀庭展开红绸子一看，是一件拳头般大的龟形银盒！银龟四足抓地，昂首向天，短尾如一弯下弦月，龟背的斑纹则如一带四溅的水珠，晶莹闪亮。这银龟看上去憨然可爱，活灵活现，好像你把它放到地上，它就能摇摆着行走。

"这是我娘留下来的银龟，够漂亮吧？这东西越放越值钱。"顾维慈说。

周耀庭瞪大了眼睛，热辣辣地问："我要是查封了普济药房，它就归我了？"

“那是当然了。现在鼠疫闹得这么凶，谁得了银龟，谁就能长寿。有这吉物护佑着，不戴口罩你也不会得病的。”顾维慈说完，收回胳膊，把银龟揣回兜里。

周耀庭问：“到时你怎么给我呢？”

顾维慈说：“这一封城，你住的白区我也去不了。不过，我天天打普济药房门口过，只要发现它的大门贴上封条了，我立马就到这儿给你送银龟，一言为定！”说着，用右脚踏了踏地。

周耀庭也用右脚踏了踏地，说：“行，就这儿！”

普济药房的店员是对夫妻，日本人。男人很矮，比柜台高不了多少，黑脸，小眼睛，蒜头鼻子，喜欢吼着说话，脾气很大；他的女人呢，高大丰腴，白白嫩嫩，细眉细眼，说话慢声细语。传说这个女人，是加藤信夫相好的，他不许她生养，因而这对夫妻没有孩子。

封城的缘故吧，周耀庭走进普济药房时，里面一个顾客都没有。站在柜台后面的日本女人，见有人进来，殷勤地招呼着，颔首问他需要什么药？

周耀庭回了句：“看看。”开始察看柜台里的药品。

日本女人觉得来者不善，仔细打量周耀庭，认出他是禁烟所的，倒吸一口冷气，连忙把柜台里的几盒药往出撤，这倒省了周耀庭辨认了，他一把抓住她的手，将药盒夺下。

原来是吗啡！看来顾维慈说的没错。

周耀庭正要对几盒吗啡做药品标识登记，日本女人忽然冲出柜台，把店门锁闭，噔噔跑到周耀庭面前，张开双臂，紧紧抱住他。这一抱不要紧，周耀庭的银龟梦就此断送了。因为封城后，他就没尝过女人的滋味了，而他想得慌。

日本女人把周耀庭带到柜台旁侧的一间小屋，帮他摘掉口罩。当她发现他戴着两个口罩时，扑哧一声笑了。周耀庭知道她是在嘲笑自己，恼怒地抽了她一巴掌，日本女人嘤嘤哭了。她哭的样子格外动人，周耀庭兴奋极了。他扑向她，感觉她就是一只刚摘下的苹果，汁液饱满，散发着甜香之气。周耀庭尽兴地啃着这苹果，耳畔回荡着享用时漾起的美妙回音，觉得赶赴了一场盛宴。

周耀庭撒开日本女人时，眼前闪现出那只银色的影子。他的身体痛快了，心却不痛快了。他闷闷地穿上裤子，还没来得及扎裤腰带，小屋面向街道的那扇裹着棉毡的门，突然开了。跑进屋的是一白一黑两团活物，白的是翻滚的寒气，黑的是矮个的日本男人。日本女人一见她男人回来，做出委屈状，抚掌大哭，说是周耀庭查出吗啡后威胁她，要把药店封了，如果不想被封，就得陪他睡觉，她是被强奸的。

未等周耀庭辩解，日本男人一拳打过来。这家伙蛮力十足，一拳就打掉了他的一颗门牙。周耀庭口鼻窜血，气得七窍生烟，正欲还击，日本男人飞起一脚，将他踢倒在地，扯下周耀庭的裤腰带，骑着他，绑住他的双手。日本男人起身后，周耀庭鲤鱼打挺地伸着腰，靠着腿部力量，快要支撑着站起来的时候，被日本男人发现，他飞起一脚，再把他踹回地上，并取来一条绑腿，将周耀庭的脚也捆上，然后拖他到药房，将柜台上的那几盒吗啡，投入墙角的火炉。听着药瓶与烈火相遇后，发出的爆竹般的炸裂声，周耀庭感觉天崩地裂，恨不能撞墙死了。

日本男人不罢休，他喝了一壶茶后，看着吗啡已被炉火吞噬，就像看着他纵容的罪犯顺利逃脱了，轻松起身，打开店门，把周耀庭当垃圾一样扔出去。于是，黄区中那些拉着爬犁、挑着担子去柴米处的人，在路过普济药房时，看见门口倒着一个捆着手脚、露着半截惨白的腰、缩成一团的男人，一声声凄厉地喊着：

"老天！冤枉啊——老天，冤枉啊——"

十八　灶　神

寒风和雪花，虽然都是冬天的常客，但它们很少纠结在一起出现。寒风是独行侠，说来就来，说去就去。它来时手里总是握着无形的刀，出其不意地刮人的脸，这时候街上的行人，高昂着头颈走路的不见了，人人都成了缩头乌龟；雪花呢，别看它外表冷，内里却是温润的。无论是细如齑粉的小雪，还是妖娆如梨花的大雪，掠过人的脸，只是轻轻抚摸一下，一派亲昵的姿态。人们以此认定寒风是天庭的魔鬼，而雪花则是天使。不过，有的时候，天使被魔鬼劫持了，也会堕落，比如祭灶那天的雪。

腊月二十三是阴历小年，祭灶的日子。若是往年，一大清早，人们就欢天喜地忙吃食了，烀肉，炸丸子，剁饺子馅。好像不端上饭桌七碟八碗的，就怠慢了灶王爷似的。

灶王爷又叫灶君，传说是玉皇大帝派到人间的火神，掌管饮食。民以食为天，老百姓都很在意这个节日。有人说灶神姓苏，名吉利；也有的说姓张，骑着马挎着枪。大多人认为灶君是男的，但也有人说是女的。不过傅家甸家家户户贴的灶神，都是男人的形态。而这灶神，多半是从徐义德的铺子买的。灶神看上去喜气洋洋的，戴五彩元宝形帽子，披朱红的袍子，不过这袍子不是一体的红，它宽大的袖子是明黄色的，好像双手从黄金洞伸出来。灶神的眼眉和胡子黑漆漆的，只不过眼眉像柳叶一样弯弯着，而胡子则威风地翘翘着。灶神的脚下，是大团大团的火焰。火焰红黄相间，非常悦目。在灶神的旁侧，一左一右立着两个捧着罐子的随侍。他们手捧的罐子，一曰"善罐"，一曰"恶罐"。传说灶王爷把主人家一年做的好事坏事分别装在罐子里，升天的日子，报告给玉皇大帝。怕灶神把坏事带到天庭，怪罪下来，祭灶的这天，主妇们都要在家备上又甜又黏的食物，如元宵、麦芽糖、猪血糕、黏豆包等，塞灶神的嘴，粘他的牙，让他难以开口讲话。那些讲究的人家，还要扎一个纸马，作为灶神的骑乘，再为这马备下草料和黄豆，入夜升灶王爷时，把它们一并烧了。

供奉给灶神的食物，最终还是被人享用了。男人们喝烧酒吃猪血糕，女人们蘸着白砂糖吃黏豆包，小孩子则抢麦芽糖吃。不过，有时麦芽糖粘着小孩的豁牙，甜立刻就变成了苦。所以祭灶的这天晚上，若是谁家传来了小孩子的哭声，十有八九是被麦芽糖害得牙疼了。

祭灶的这天，哈尔滨的寒风和雪花一起来了。大概玉皇大帝知道这里闹着鼠疫，怕灶神将瘟疫带回天庭，因而设置了一道通天的路障，风雪交加。清晨时雪花一来，寒风就追命鬼似的，呜呜叫着跟来了。雪花被寒风鞭打得粉身碎骨，变成了一颗颗尖利的白牙，咬着人的脸和手。那些起早抱柴生火的人，一出门被风雪刮着脸，自然要骂上几句。他们担心这样的鬼天气，灶王爷不好上路。

因为封城，傅家甸的肉铺、卤味店、糖果铺、果品店等都关门了，所以祭灶这天的锅灶，不似往年那般油汪汪的，饭桌上的杯盘碗盏也少了许多。但一般的人家，在仓房里还存着麦芽糖和黏豆包，要想封灶神的嘴，让他“上天言好事”，是不成问题的了。

自从周耀庭被投进牢里，周家人都愁眉苦脸的。周济在伙房忙着忙着，就要叹口气，骂几句周耀庭，说他丢人现眼，早知如此，他七八岁时，就该给他净身，送到宫里做太监。周耀祖便说，那样傅家甸不就有两个翟役生了吗，别以为进宫就能学好，是混蛋的，怎么着也是混蛋！喜岁听到爷爷和爹爹骂叔叔时，捎带上了翟役生，联想起奶奶的死，就很解气。不过，于晴秀对翟役生是同情的，说他即便有万般不是，终归是个可怜的人。周耀祖“呸”一声，说：“他有什么好可怜的？不缺胳膊不少腿，能靠自己的力气吃饭，可他不！白吃白拿人家的，下三烂！”

骂归骂，落难的毕竟是周家的人，他们还是心疼周耀庭的。黄区的人谁不知道，周耀庭差不多是光着屁股，被日本男人给绑在外面冻了一个钟头，手脚冻伤了，才被巡警给带走的。

“娘的，说是强奸，我就不信！耀庭那么怕死，一天戴俩口罩，怎么这节骨眼儿会去沾那娘们儿，一准是她勾引的！”周济气得直咳嗽。

“就是，那个娘们儿，是加藤信夫养的骚货，哪里是良家妇女！她的话能信吗？”周耀祖说，“就是真把她给强奸的话，她男人也不该把耀庭的手脚给绑了，扔到外面吧？这是故意杀人呀！要说治罪，那日本狗男人也该治罪！”

周济因周耀庭的事情，怀念起了义和团，说是当年他们和清军在哈尔滨合围俄国人，袭击了中东铁路制砖厂，把俄国人在田家烧锅的老巢给捣了，俄国铁路护路队的八个步兵连和十二个骑兵连，受到重创，损失惨重。要不是他们及时增兵，哈尔滨就会被义和团拿下了。那样，什么俄国人、日本人，统统滚蛋吧！

他们抱怨的时候，喜岁做了一个骑马蹲裆的姿势，攥紧双拳，高举着说：“我会拳，我要把那些长舌头的和短舌头的都赶走！”

傅家甸人，以俄语和日语发音的不同，判断说俄语的俄国人舌头长，而说日语的日本人舌头短。

周济“咳”了一声，苦笑道：“你要是有那个能耐，就用不着扯着嗓子卖报了！”

周耀祖和于晴秀从爹爹的话中，听出了老人家对喜岁的忧虑，他们对望了一眼，其神色之无奈，就像看着一炉烤得火候欠佳的点心。

做餐食生意的人家，对送灶神格外重视，周家也不例外。贴了一年的灶王爷神像，被烟熏火燎得褪了色。灶神的胡子依旧黑，但失去了光泽；朱红的袍子变得暗红，明黄色的袖子也成了浅黄色的了。喜岁最喜欢做的事情，就是在灶神升天的时刻，把灶神的随侍捧着的“恶罐”，用母亲的缝衣针，一针针地刺破。说是罐子漏了风，坏事也就跑没影了，玉皇大帝一桩周家的坏事也逮不着。于晴秀就笑，说是恶罐里要真有事儿，也都是他惹的。喜岁便使劲眨巴着眼回忆自己一年来做过的坏事，仔细思谋，还真有几桩，比如用弹弓打死过麻雀，再比如卖豆腐的老高头在翟役生掏他鸡鸡时，总是叫好，喜岁来气，有次趁他不备，抓了一把土撒到豆腐上，将整板豆腐糟蹋了，气得老高头胡子都翘起来了。

喜岁每每用缝衣针刺完“恶罐”，还会噘起嘴，“叭叭”地亲吻“善罐”，对家人说：“我猜这一年咱家做的好事，罐子里都盛不下了，灶王爷升天时可别晃荡善罐呀，万一好事洒了，咱家可就不合算了。”为此，喜岁常常从旧报纸上裁下一块纸，抹上糨糊，封住善罐的口。有一年，周耀祖发现，喜岁糊在善罐口的那张纸，是一个寻物的启事，说是有人在江沿丢了一只篮子，内有凉帽一顶，短衫一件，酒壶一个，铜碗两只，香烟半盒。周耀祖大笑，说是玉皇大帝看到这启事，肯定不悦，难不成天上的列位神仙把这东西偷走了？赶紧将报纸揭下。喜岁有点窘，自此不再糊报纸，因为那上面的字，就跟满天繁星一样，他看着眼熟，但叫上名的没几个。万一再把药物广告贴上去，玉皇大帝还不得以为咒他害病呀。

于晴秀入夜送灶王爷时，喜岁乐意帮忙。喜岁最喜欢烧灶神的坐骑，因为这时候，坐骑需要的干草和豆子也得烧掉，喜岁惦记着吃那些豆子。纸马和干草灰飞烟灭时，他会从温热的灰烬中，扒拉出豆子，扔进嘴里咀嚼着。半熟不熟的豆子最好吃了，不软不硬的，又香又甜，还有点微微的腥，比开河的鱼还要鲜香。

小年的早晨，于晴秀烧了一锅水，拆洗被褥。这是每个主妇除了扫尘外，年前必忙的事情。她想，周耀庭在牢里，不如先拆他的，洗干净后，将被褥给他卷起，省得落灰。于晴秀拆周耀庭的褥子时，觉得褥子不柔软，以为棉花板结了，还想着拿到弹棉花的地方给它松软松软呢。谁料扯掉褥单，从裸露的棉絮中，竟然发现了花花绿绿的钱！周耀庭把钱絮在了棉花里。而她拆枕套时，枕瓤里又掉下一包包用油纸包裹的烟土。一旁的周济看了，气得面色铁青。他大骂周耀庭，说他在禁烟所却私藏烟土，可见那些钱来路不正，坐牢罪有应得！于晴秀怎么也想不到自己好心做活，却惹了麻烦，她怕周耀庭出牢后说钱少了，再怪罪她这个当嫂子的，赶紧把褥单又铺回去，原封不动地缝好。那些烟土，则被周济一股脑儿投到火炉烧了。火炉猛吸了一场大烟，钻出烟囱的烟，也就带着股不同寻常的香气，以致上门来派发鼠疫宣传单的巡警,开门后先说了句:“锅里煮着什么肉啊,连你家烟囱冒出的烟都那么香!”

周济正在气头上,他用手捶着灶台说:“煮什么肉,王母娘娘的肉!”

巡警没有想到一句恭维话,却遭到奚落,没好气儿地说:“连王母娘娘的肉都敢煮,不怕遭殃吗!”

送灶神的日子,于晴秀忌讳听到不吉利的话,连忙给来人端茶,说:“又是风又是雪的,多辛苦呀,快坐下来喝碗热茶暖暖身子吧。”

巡警说:“不客气,还有好多家没送呢。”丢下宣传单,走了。

浅粉色的宣传单上印着几行高粱米粒般大的黑字,是日常生活提示,例如喝开水,勤洗手,吃熟食,出门戴口罩,不准随地便溺,户外的厕所要垫石灰等等。还没等于晴秀把宣传单看完,另一个穿着白衣服的人登门了。封城后,防疫员每日都要上门,询问居民的健康状况,逐一登记,看看有无异常。这人一进门跟往常一样,扯着嗓子问:“有没有不舒服的?”

“没有——”喜岁代家人回答。

“我听说了,瓦罐车上吃你们家饭的人,都吃服帖了!昨晚你家管饭的一节车厢,有七八个人解除隔离,他们还不愿意下火车呢,说是在那儿吃得香睡得美,怪享福的。”防疫员说话时,口腔成了风箱,将口罩吹得一鼓一鼓的。

周济对周耀祖说:“出来了好几个人,今天就不用送那么多饭了吧?”

防疫员说:“我听说又进去了好几个!”

周济说:“这么个隔离法,啥时是个头啊。”

于晴秀在一旁说:“过了狗年,到了猪年,就太平了。”

周济说："再有六七天，狗年就过去了。早知狗年这么不安生，过年那时候，家家挂一个打狗棒就好了。"

防疫员笑了。他见周耀祖在灶上忙活，问："今儿小年，给他们送什么好吃的？"

周耀祖说："豆芽炒粉条，还有猪肉白菜蒸饺。"

防疫员啧啧叫着，说："这么好的饭菜，我都想去瓦罐车上呆着了，省着还得挨家挨户查病。今儿嘎巴嘎巴冷，不出门又不行，遭了血罪！"

周耀祖说："瓦罐车一个屁大的地方，住着那么多人，吃喝拉撒都在上面，臭也臭死了，要让我在那儿呆着，就是见天儿山珍海味也不干，怕把腿呆瘸了！"

防疫员睫毛上挂着的霜雪，进门的一瞬就融化了，他一边揉着湿漉漉的眼睛，一边说："周大哥说得也是。万一呆在里面，再传染上鼠疫，就亏大发了！瓦罐车上有解除隔离的，可也有发病的，被送进疫病院啦。不说别的，昨天和前天，又死了几十号人！所以啊，今天得好好送灶王爷，让他保佑咱别断了灶火，活着就好！"防疫员说完，出了周家。

本来于晴秀想着晚上简单送一下灶王爷就是了，防疫员的话，让她觉得祭灶不能因鼠疫而马虎了，还得跟往年一样庄重，因而打发喜岁去仓房取来一只闲置的竹筐，把它拆了，给灶王爷编骑乘。用竹篾将马编好后，再糊上纸。喜欢红马的糊红纸，喜欢白马的就糊白纸。周耀祖本来忙得不可开交，见喜岁不帮自己剁白菜，而帮母亲编起了马，发着牢骚："一个灶王爷，看不见摸不着的，用不着那么恭敬着！"

于晴秀说："为了咱家的灶火，不能凑合！"

喜岁也说："灶王爷是神仙，咱对他好，他今年上天多说点好话，明年咱家就会要啥有啥！想要做饭，灶神就把柴给抱来了；想要喝酒，灶神就去烧锅给打回来了；想点灯了，灶神就把灯给点亮了；想睡觉了，灶神给铺好了被子；想撒尿了，灶神就把尿罐给咱端来了！”

周耀祖被喜岁逗得哈哈大笑，说：“灶神要有那么大能耐，你娘明年生孩子时，就让他当接生婆吧，我提早给他煮好红皮鸡蛋，好好犒劳他！”

于晴秀故意板起脸，说喜岁：“灶神只管灶上的事情，你让他管那么多，别的神仙干啥去？”

喜岁瞪大眼睛，说：“别的神仙跟我学《报灯名》呗！”

于晴秀又说周耀祖：“你让个男的给我接生，什么意思吗！”

周耀祖哈哈笑着，说：“我是想让灶王爷看看人间的仙女啊。”

恭维的话，心性再高的人，听着也受用。于晴秀抿着嘴笑了。

于晴秀编这匹马，花了好几个钟头，直到下午三点多，天傍黑了，才算完工。喜岁喜欢白马，于晴秀给马糊的便是白纸。灶神的骑乘有了，还得为他备下干草和豆子。于晴秀这才想起，家里只有豆子，没有干草。

“没有干草，带着豆子不一样上路吗？”周耀祖说，“闹着鼠疫，没必要给他弄个四眼齐！”

喜岁扯着母亲的衣角，趴在她耳边悄声说：“娘，晚上升灶王爷时，我能弄回干草。”

于晴秀怜爱地揪了下喜岁的耳垂儿，会心会意地笑了。

喜岁跟爹爹挑着担子，去粮台送饭了。雪下午时本来停了，可日暮时分，它又来了，大概想接灶神回天庭吧。街巷的雪，已经没过脚踝了。寒风闹腾了一个白天,大概累了,听不见它呜呜叫了。雪花摆脱了寒风的吹打,肌肤不受侵蚀,也就下一朵是一朵了。

白区的疑似病院,原先是一所学堂。周耀祖和喜岁路过那里时,发现门口停着辆带篷的四轮马车,看来又要有人被送入疫病院了,周耀祖不由叹了口气。马车在雪地划出两道凹陷的车辙,喜岁和周耀祖,一人踩着一条车辙,因为这比蹚着雪走路,要省力得多。

喜岁和爹爹出发时,天只是微微泛灰,那种灰因为有莹白的雪花点缀着,整个天空看上去像是蒙着一层质地厚重的丝绒,给人华贵之感。可是到达粮台,天已黑了。这就是腊月天,它由灰转黑的速度,几乎是一眨眼的工夫。他们一放下担子,就听见车厢传来争吵声。车厢门不像以往到了饭时大开着,它仅仅拉开了一道巴掌宽的缝隙。想必天太冷了,人们怕热气溜出来。车厢的马灯已经点燃了,因而这道缝隙流光溢彩的,像一把出鞘的剑,直刺夜空。

防疫员不在下面,估计上面又起了纷争。隔离在这儿的人,由于来自不同的人家,脾性不同,作息时间也不同,所以摩擦不断。谁呼噜打得响,影响了其他人的睡眠;谁的屁放得臭,让人恶心得慌了;谁挨着炉子睡的次数多了,谁铺下的干草比别人厚了,谁擤鼻涕擤到别人身上了,甚至谁踩着了别人的枕头,都是纷争的由头。一片纷纷攘攘的说情声中,只听防疫员扯着嗓子大喊:“你们这帮娘们儿,真是头发长,见识短!这是啥时期,还敢留它!要是不把它放了,你们谁也别想过好小年,我喊来防疫车,统统把你们拉进疫病院!”防疫员的话音刚落,一个孩子大哭起来。喜岁正纳闷着,只见车厢的那道闪光的缝隙,忽然伸出一双大手,这双手竟然放飞了一只乌鸦!

原来,先前卫生员来清理马桶时,车厢门被打开的一瞬,刚好有一群乌鸦飞过。刚刚被送来隔离的一个叫盖碗的孩子,起了顽皮,将一块干粮撇向鸦群,竟引得一只乌鸦钻入车厢。盖碗和其他两个孩子,眼疾手快地将它逮住了。孩子们在里面闷得慌,有乌鸦相伴,兴高采烈的,抱在怀里不撒手,防疫员怎么动员都没用,他只好夺过来,强行把它放了。

防疫员下来,将纷争的原委说给周耀祖,周耀祖埋怨他:"你也是,乌鸦又不是老鼠,有什么好怕的。让他们养两天,玩玩再放嘛!"

防疫员"哼"了一声,说周耀祖无知,乌鸦其实比老鼠还危险,因为它们喜欢在坟地上飞,如今的坟场,埋的差不多都是鼠疫死的。天寒地冻,墓穴挖不动,听说有不少棺材明面摆着,万一乌鸦钻进去,啄了尸体,染上鼠疫,再传染给人,麻烦就大了。

周耀祖说:"谁说鼠疫可以这么传染?"

防疫员说:"我琢磨的。"

周耀祖不无嘲讽地说:"你个救火的,可真会琢磨!"

防疫员不高兴了,说:"救火的怎么了?我可是经过北洋医学堂的医生培训的!"

他们斗嘴的时候,谁也没注意到,喜岁已经越过踏板,跳进车厢,给灶神的骑乘弄干草去了。喜岁听住在里面的人说,他们睡的铺,褥子底下垫着防寒隔潮的干草。

喜岁没有想到,车厢不过就是一间矮矮的黑屋子,连他家的仓房都不如。他一上来,那些盘腿坐在火炉旁聊天的,躺在铺上等饭的,蹲着整理东西的女人,都兴奋地站起来,围聚过来。熟悉喜岁的,要么让他唱段戏解解闷,要么让他翻个跟斗活泛活泛她们的眼睛。还有一个泼辣的，故意学着翟役生，张牙舞爪地扑过来，说是过小年了，要开开荤，掏他的鸡鸡吃，把喜岁吓得缩着脖子，捂紧了裤裆，直往车厢角躲。女人们笑得个个龇着大牙，看上去像是在给牙粉做广告。

盖碗先前倚靠着车厢的板壁在哭，见到喜岁，他擦干眼泪，问他也住进来吗。喜岁说："我给灶王爷弄点干草就下去。"盖碗失望了，嘴一撇，又哭起来。听说喜岁要给灶王爷的马弄干草，那个要掏他鸡鸡的高颧骨女人放下他，奔到自己铺前，把她当枕头的半捆干草扔给喜岁，说："灶王爷的马，可得好生伺候着！"

喜岁怕她又要扑过来，得了干草，赶紧拎着下车了。

防疫员已经听见车厢里的一群女人戏弄喜岁的欢叫声了，他一下来，防疫员顾不得提着饭桶上去，老鹰捉小鸡似的，一把抓住喜岁，气急地说："真是胆大包天啊，不经我允许就敢上火车，连口罩都不戴！上了火车，你就给我在这隔离吧，要是没事，七天以后再回家！"

喜岁说："我才上了屁大的工夫，怕啥？再说了，里面那些大娘婶子，个个比我娘欢实，又要我唱戏又要掏我鸡鸡的，哪有病！"

周耀祖虽然也生气喜岁偷着进了车厢，但他也不愿意儿子过小年被隔离在这儿，便对防疫员说："要想隔离他，等过了今晚，升了灶门爷，明儿过来也不迟！"

防疫员无奈地摇摇头，发着牢骚："娘的，看人还不如救火呢，真闹心！"提着饭桶上车厢了。

周耀祖和喜岁回家的时候，雪已停了。往年这个时刻，放爆竹的，挂灯笼的，升灶王爷的，将傅家甸的夜晚弄得有声有色的，可今年却看不到一盏灯笼，也听不见爆竹声。只是炊烟一如既往地旺盛，闻得见浓郁的柴草气息。

周耀祖埋怨喜岁不该为了干草，就窜进车厢，那多危险呀。

喜岁说："爹，给灶王爷的马弄吃的，他不会让我得病的。"

周耀祖说："灶王爷要真有那么大的本事，就不会死这么多人了。"

这天晚上，周耀祖执意不让于晴秀送灶神。他领着喜岁，在门前烧了灶王爷的神像，烧了纸糊的白马、干草以及豆子。那片洁白的雪地，被烧出一块澡盆般大的乌黑的印痕，看上去像被捅了个大窟窿。喜岁如往年一样，把灰烬中烧得半熟的豆子扒拉出来吃了。

送完灶神，周耀祖对喜岁说，灶王爷升天了，伙房没人管了，万一来了贼，丢了东西，他们就没法给火车上的人送饭了，他动员喜岁跟自己这段日子睡在伙房，等除夕请回灶神，再回炕上睡。喜岁不明白周耀祖的真实想法，欢欢喜喜地说："在这儿睡更好，省得听喜珠磨牙。"于是，爷儿俩把闲置在墙角的柜台放倒当板铺，抱来行李，铺开睡了。

喜岁和周耀祖这一躺下，再也没有起来。第二天一大早，周济像往常一样来到伙房，发现儿子和孙子竟然睡在这里，连忙问这是怎么回事。他们只是哼哼，没有回话。周济知道情况不妙，凑近一看，他们打着寒战，呼哧呼哧直喘粗气。喜岁半闭着眼，周耀祖则大睁着眼。周耀祖见着父亲，艰难地扬起右手，颤抖着指了指门。周济明白，儿子这是让他把门反锁上，不让于晴秀和喜珠进来。

周济慌得手脚哆嗦，好不容易才把伙房门反锁上。他瘫软在地上，捧着脸，悲凉地哭诉："老天爷呀！你叫走一代人不行，还想三代一起叫啊——"

两天以后，喜岁死在疫病院。又两天后，周耀祖和周济也死了。而喜岁踏上的那节车厢里的人，包括盖碗，一共死了九个。这是封城之后，最大的一波死亡。

带着喜珠被隔离在白区疑似病院的于晴秀，并不知晓周家三代人已经去了另一个世界。腊月二十八的夜半，她忽然梦见喜岁。那是春天，风是暖的，窗前有燕子在叫。她正在点心铺子的面案上忙着，喜岁忽然一阵风似的飘进来。他上穿蓝缎子衣服，下穿黑色马裤，足蹬锃亮的马靴，手里拈着一张灶神像，一进门就直奔灶台，快活地将它贴到墙上，对于晴秀说："娘，给我留着缝衣针，我跟爷爷奶奶和爹爹说好了，往后过小年的时候，我还回家，帮娘把恶罐扎破了再走。"喜岁说完，飘然而出。于晴秀追到外面，发现他已骑在一匹白马上了。喜岁勒紧缰绳后，白马不是向前方的路奔去，而是纵身一跃，四蹄腾空，带着喜岁，一直飞向白云之中。

于晴秀从梦中惊醒后，明白周家人这是把她和喜珠抛弃了，她的泪珠滚滚而下。泪珠明明是水，可于晴秀却觉得，今夜的泪珠是火焰，因为它们烫着了她的脸。

十九　分　糖

谢尼科娃的女儿娜塔莎，就读于八年制的盖涅罗佐娃女校。傅家甸封城后，尤其是迈尼斯死后，俄国人不敢掉以轻心，他们关闭了所属区的学校和剧场。饭店、商店、旅馆、妓馆、茶园、杂货店、理发店甚至银行，也多半歇业。谢尼科娃的父亲卢什科维奇以为女儿没有演出，娜塔莎不用上学，就有人为他弹琴唱歌、烹茶烤点心了。可她们每天照样出门，谢尼科娃说是去教堂为鼠疫患者做募捐，娜塔莎则说去滑冰。

卢什科维奇虽然七十八岁了，但他心明眼亮。他知道，谢尼科娃和娜塔莎出门，绝不像她们说的那么单纯，都跟她们想见的男人有关。娜塔莎要见的是彼洛夫，而谢尼科娃想见的，是霍夫曼兄弟。只是她钟情于他们中的哪一个，卢什科维奇还有点糊涂。

在新城区霍尔瓦特大街开钟表修理店的高迪·霍夫曼，卢什科维奇虽然没有见过他，但从谢尼科娃对他的描述中，这个修表匠已经是自己的老熟人了。高迪喜欢吃什么，喜欢做什么，喜欢穿什么，甚至喜欢说什么话，他都清楚。

高迪·霍夫曼是从西伯利亚的兵营逃过来的。因为是犹太人，高迪十四岁就被迫应征入伍，在远东做骑兵，服了二十五年兵役，饱受折磨。在当兵的第二十六个年头，看不到曙光的高迪，在一个冬天的夜晚，骑着一匹战马，穿过苍茫的西伯利亚森林和草原，历时半月，越过边界，逃到中国。出逃途中，战马饿死，高迪只能徒步跋涉。他虽成功出逃，但因食物匮乏，加之天寒，他的双脚严重冻伤，脚趾全部烂掉，不得不依赖拐杖生活。

高迪来到哈尔滨时，中东铁路刚刚开筑，由于身残，他做不了力气活儿，就在一家表行给人修表，这门手艺，还是做钟表匠的父亲在他幼年时传授给他的。新城区初具规模后，他倾其所有，又在华俄道胜银行贷了一部分款，在霍尔瓦特大街开了属于自己的钟表修理店。由于行动不便，高迪就住在表店后身一间小小的偏厦子里。后来，高迪的弟弟奥尔来到哈尔滨，这个乐团的小提琴手，把偏厦子推掉，在原址建起了一座尖顶的二层小楼。由于占地不大，这座米黄色的小楼，可以说是整个哈尔滨最纤细精巧的建筑。在炎夏，它看上去像是一支诱人的奶油雪糕；而在冬天，则如一只刚烤出炉的被剥了皮的黄瓤红薯，可爱极了。霍夫曼兄弟，就住在这里。

高迪不爱出门，日常生活基本由奥尔打理。奥尔三十多岁，中等个，微瘦，鬈发，肤色白皙。他生着一张轮廓分明的脸，宽而突起的额头，浓眉，深邃忧郁的大眼睛，高挺的鼻子，微翘的下巴和稍稍凹陷的双颊。奥尔的脸，就像一幅风光无限的丹青画，要奇峰有奇峰，要峡谷有峡谷，要深幽的湖就有深幽的湖。奥尔往舞台一站，拉起琴来，眼睛顺着，长长的睫毛会像湖水上的倒影一样摇曳着，满头的鬈发如一带妖娆的云悄然飞舞，台下看演出的女孩子，多半要丢魂。

卢什科维奇最初见到奥尔，是在自家门口。那是初夏，奥尔穿一套浅灰的西装，戴白色礼帽，手拈一份报纸，向他打听犹太宗教祈祷所的旧址。这个祈祷所,最早就在卢什科维奇家所在的沙曼街上,后来才迁至的炮队街。卢什科维奇把一座红砖的矮楼指点给他,心里还想,这个小伙子太像画报中描绘的希腊美神了。半个月后,他外出买面包回家,发现这个美神竟然坐在自家的客厅里,与谢尼科娃畅谈着。从女儿清亮的目光中,卢什科维奇看出了她发自内心的愉悦。而女儿和女婿雅思卢金在一起的时候,眼睛却是雾蒙蒙的。

这些年来,奥尔逐渐成了家中的常客。他喜欢给谢尼科娃的亲人带礼物,送给卢什科维奇的手杖和礼帽呀,送给娜塔莎的头饰和花伞呀。而他送给谢尼科娃的,永远是花儿。他不送礼物给雅思卢金,两人即便碰见,不过客气地打声招呼。卢什科维奇一直不解的是,奥尔来时,他们常常谈论的人,却是他的哥哥高迪。奥尔走时,谢尼科娃往往会让他带些她在傅家甸买的点心给高迪。而卢什科维奇与女儿聊天时,谢尼科娃不经意说出的名字,不是奥尔,也是高迪。有一回卢什科维奇问女儿,霍夫曼兄弟为什么都不结婚。谢尼科娃说,奥尔身边的女人多,一个在花丛中站惯了的男人,是不会恋着一朵花的。高迪呢,他是一个站在星河中的男人,凡俗女子哪配得上他!这就让卢什科维奇纳闷了,一个当过逃兵的人,又是个瘸子,哪有那么大的魅力?难道他比奥尔还英俊?卢什科维奇好奇,有两次特意乘了马车,来到霍尔瓦特大街,找到那家钟表修理店,想看看高迪什么模样,不过两次他都没进去。第一次是因为忘了带块坏表过来,没由头进去;第二次是临到门口突然想到,万一撞见女儿怎么办。在他想来,谢尼科娃不管钟情于霍夫曼兄弟中的哪一个,都是纯洁的。因为她不像女婿雅思卢金,是为了情欲而胡来。

娜塔莎十五岁了。她十一二岁时,卢什科维奇就发现,礼拜天的早晨，娜塔莎会朝谢尼科娃要零用钱，说是在外面玩到中午时，肚子害饿，要买点吃的。可是每次她下午回来，一进门就直奔厨房，见着食物就狼吞虎咽，根本不像在外面吃过了。卢什科维奇悄悄跟踪了几次，发现娜塔莎每个礼拜天都要去中国大街，把谢尼科娃给她的钱，投到卖艺的哑巴彼洛夫脚下的罐子里。娜塔莎施舍完钱，不像别人转身就走，她会踮着脚，在彼洛夫所在的那条街上来来回回地走，听他拉琴。此时的彼洛夫是一枝摇曳的花，娜塔莎则是一只绕着他飞的蝴蝶。

彼洛夫是鞋匠罗扎耶夫收养的孤儿，他的亲生父母在哪儿，做什么的，无人知晓。彼洛夫的不明来历，使他更像一位天神。彼洛夫与奥尔长得很像，清秀俊美，也以琴为生。不同的是，奥尔的舞台在气派的剧场，有华丽的灯光为伴；彼洛夫的舞台在流动的大街上，他的灯光是太阳。

知道雅思卢金生活放纵，卢什科维奇是不反对谢尼科娃与霍夫曼兄弟接近的；而对蓓蕾初开的娜塔莎，他却不愿意她的心灵世界，过早地滴上彼洛夫这样的寒露。所以有时候，娜塔莎礼拜天出门，他就要求同去。他先领着娜塔莎去中国大街，投到彼洛夫罐子里一点零钱，然后完成使命似的，带着她离开。那时他能感觉到，他牵在手里的娜塔莎的手，是那么的沉重，因为她暗暗地做着挣脱。卢什科维奇这时就会心疼，觉得自己是个粗暴的牧羊人，正把一只贪恋着青草地的小羊，生拉硬拽地拖走。入冬以来，卢什科维奇风湿病发作，行动不便，礼拜天的时候，就不能陪娜塔莎出去了。现在鼠疫流行，娜塔莎不用去女校了，可她每天依旧出门，卢什科维奇担忧极了。因为他听说，傅家甸那里，有的是一家子一家子地死人，疫情最重的几户人家的房屋，已被焚烧了。而埠头区，也不断有人感染鼠疫被隔离。新城区的公墓,最近埋葬的,多是鼠疫患者。卢什科维奇想让娜塔莎留在家里,无计可施,只好把这两年他发现的娜塔莎礼拜天出门的真实目的,说给谢尼科娃。

谢尼科娃哪想得到,娜塔莎出门,竟然是为了一个卖艺的哑巴。她一直以为娜塔莎正在贪玩的年龄,一到礼拜天才会像出笼的鸟一样,满世界疯跑。

谢尼科娃在父亲跟她谈完的当夜,来到娜塔莎的屋子,对女儿说,有一件有意义的事情,希望她能参与,从明天开始,就不要去滑冰了。

娜塔莎瞪大眼睛,好奇地问是什么事。

谢尼科娃说:“分糖。”

娜塔莎不解地问:“给谁分糖?”

“给教徒。”谢尼科娃说。

哈尔滨教堂的牧师,最近都在为鼠疫患者做募捐,谢尼科娃也参与其中。她在埠头区和新城区的几座教堂,清唱巴赫的弥撒曲,号召大家捐款。由于她出现在教堂,慕名而来的教徒很多。牧师垂立在祭坛前,谢尼科娃则站在圣像下歌唱,她的旁边,摆着一个特制的募捐箱。它是彩绘玻璃制成的,一尺多高,六角形,玻璃接缝用铜条焊接,看上去像六条冲天的金龙。每块玻璃,都描绘着一段圣经故事,马槽中诞生的圣婴,背负十字架受难的耶稣等等。弥撒结束,教徒们缓缓走向募捐箱,将钱投入其中,谢尼科娃会对每一个教徒的善举,颔首言谢。

谢尼科娃想,如果娜塔莎扮成天使,站在募捐箱旁,手提糖果篮,让每一个捐款者都能领到一颗糖,在风雪中归家,该多美好啊。这个突然生出的想法,还与陈雪卿有关。

雅思卢金背后究竟有多少女人,谢尼科娃并不很清楚。只要他身上带回的香水气息变了，就说明他又换女人了。不过，不管他怎么折腾，有两种香水味儿，在雅思卢金身上是经常出现的。一种是混合着香脂气息的香水味，有点浑浊；一种类似于炸猪油的气息，浓烈馥郁。这两种香气的主人，谢尼科娃都找到了。她不是刻意去寻的，而是不经意碰到的。香气有点浑浊的是日本女人美智子，因为她除了喷香水，脸上还涂脂粉，几种香气纠缠在一起，怎能清爽呢？另一种香气来自在中国大街马迭尔旅馆旁开面包房的尼娜。尼娜身高马大，红通通的脸，大嗓门儿，力大无穷。她常常当着客人的面，单手举起店里的铁椅子，说是谁敢坐上去，她连那个人也能一并举着。当然，没谁敢坐在上面。别的女人的乳房，是身体的一个部分，虽然突出，但感觉根基还在体内；尼娜的乳房呢，硕大无朋得仿佛离了体，看上去像是一双跑出私人领地的肥美的兔子，暴露在一览无余的沙地上，特别抢眼。她用的香水，跟她的性格一样，热情奔放。雅思卢金身上带着尼娜的气息回家时，常常软得像摊泥，晚饭一过，不等星星出来，就打瞌睡了。

谢尼科娃不喜欢美智子，她讨厌浑浊的香水味，更不喜欢美智子那张木偶似的白脸。相反，尼娜她倒是不反感，所以佣人买面包时，她总打发她去尼娜的面包房，分量足不说，尼娜每天只烤够老主顾消费的，不到黄昏就售罄，没有隔夜的，很新鲜。

除了美智子和尼娜的气味，雅思卢金也带回其他的香水味，从那俗气劣质的气味上，谢尼科娃判断得出，他这是去了妓院。一闻到这样的味儿，如果是夏天，谢尼科娃会走向楼下的花园，坐到夜露起来；如果是冬天，她会开一瓶酒，偎在壁炉旁，一直喝到炉火熄灭。

雅思卢金对感兴趣的女人，可以说是无往而不胜。但有一个女人，他虽然垂涎三尺，却始终不能得手，这个人就是陈雪卿。

陈雪卿是谢尼科娃所见的中国女人中，气质最为出色的。她穿戴不俗，兴趣高雅，谢尼科娃不止一次在剧院和影院碰见她。不过，她们之间从不说话。谢尼科娃感觉，陈雪卿看她的目光是冷的。她对待雅思卢金，想必也如此。雅思卢金最不爱吃糖果了，但为了接近陈雪卿，他常去她的铺子买糖果。每次回来，他拎在手上的东西是甜的，脸却是苦的，看来陈雪卿没给过他好脸子。不过，雅思卢金在追求女人上，永远不屈不挠。他不气馁，每周照常去陈雪卿的店。家里糖果多得吃不掉，他就让娜塔莎带到女校，分给同学。

从今春开始吧，谢尼科娃发现雅思卢金不去买糖了。他虽然不见陈雪卿，但却比以前爱谈论她了。他说陈雪卿背后的男人是个红胡子，这人拉了十几号人，有个匪绺，手中有武器，专门打劫俄国人。他们在松花江上劫过俄国人的货轮，破坏过一面坡那一带的铁轨。雅思卢金发誓，只要这胡子出现在哈尔滨，一定让他人头落地！雅思卢金为陈雪卿惋惜，说是这么标致的一个女人，为什么要跟个居无定所、生死无定的人，而且还为那人生了孩子？

陈雪卿牵在手上的男孩，有七八岁了。他随母亲的姓，叫陈水。陈水虽然五官生得不错，但他单细，脸色青黄，看上去像是营养不良，没有精气神儿。也许是糖果吃多的缘故吧，他一口坏牙。陈水不爱说话，看人无精打采的。陈雪卿怕陈水受人欺负，平素不让他单独出门，他整日呆在糖果店里，百无聊赖，常常捡一堆石子，用它击打店门。所以你要是去陈雪卿的糖果店，开门前若听到笃笃的声音，千万别推门，否则会被飞来的石子击中。

十天前，雅思卢金打着口哨，轻快地踏进家门，兴高采烈地告诉谢尼科娃，陈雪卿的那个红胡子男人，死在帽儿山了！雅思卢金说，因为鼠疫，傅家甸交通隔绝，铁路中断，烧柴紧缺，这个红胡子想趁机捞上一笔，雇佣了七台马车，准备往哈尔滨运煤。他带着匪绺的人，在帽儿山附近挖煤时，被中东铁路护路队的人给逮着了。按照三年前霍尔瓦特与杜学瀛签订的《吉林省铁路煤矿合同》，铁路沿线三十华里的煤矿归俄方所有，中方不得开采。匪绺的人与护路队遭逢的时刻，激烈交火，互有伤亡。陈雪卿的男人，被层层包围。他被俘的一瞬，突然从后脖领子里掏出一把短枪，自杀了。雅思卢金说，这红胡子聪明，知道被逮住也是个死，不如自行了结！雅思卢金有点不平，觉得他死得太痛快了。听他的语气，最好能押解到哈尔滨，由他亲自毙掉，这才解气。看来，雅思卢金没少在陈雪卿的男人身上花心思。他一定以为，这个强悍的对手消失了，他就会俘获陈雪卿。而凭谢尼科娃的直觉，陈雪卿的光芒，是为某个人而生的，这个人消失后，她也许就光芒不再了。

最初是奥尔把陈雪卿走街串巷分糖的消息带给谢尼科娃的。

奥尔其实也喜欢陈雪卿，知道她爱看演出，便常去糖果店给她送票。陈雪卿不拒绝演出票，但她拒绝奥尔向她发出的一起喝杯咖啡的邀请。奥尔对谢尼科娃说，看来陈雪卿反感俄国人。奥尔好奇，他仔细打听，得知陈雪卿钟情的那个男人，与她是一个村庄的，最早是个采参人。中东铁路的修筑要经过那个村庄，所有的村民被逐出家园，他赖以为生的山林被划归铁路附属地后，便不能自由进山采参了。他由此憎恨俄国人，自立山头，当上了匪首。陈雪卿来到哈尔滨后，他因为爱她，常来看她，并帮她开了糖果店，陈雪卿为他悄悄生了儿子。

陈雪卿的男人智勇双全，神出鬼没，如果不是被中东铁路护路队盯上，他仍然会游荡在山林间。交火时，这个匪绺的人仅仅逃出五个，剩下的非死即伤。当胡匪的，冬天大都穿着对襟棉袄，外边披着皮大氅，为的是露出腰带，拔取腰带上的枪方便。一般的匪首，除了腰上别一支枪，在后脖领子里也会掖支短枪，以备不测。他们戴的狗皮帽子，前短后长，既防风雪，又能藏武器。陈雪卿的男人，就是看自己被重重包围了，走投无路之际，拔出后脖领子里的短枪而自杀的。

陈水他爹出事后，陈雪卿走出店门，穿雪青色裘皮大衣，黑色直筒皮靴，高绾发髻，挎着一只色彩艳丽的篮子，里面装满糖果，挨门挨户地分糖。鼠疫中，有漂亮女人上门送糖，人们都很高兴。不过陈雪卿只到中国住家的门口。熟悉她的人，在抓过糖的一瞬，往往会问她，你要嫁人了？陈雪卿摇摇头，微微一笑，说快过年了，店里的糖果囤得太多了，所以分给大家吃。不熟悉她的人，以为她是教会派来做慈善的，怕捐钱，抓过糖，赶紧关上门。

奥尔是在来谢尼科娃家的路上，碰见分糖的陈雪卿的。陈雪卿看见奥尔，微微一笑，出人意料地说想跟他喝杯咖啡。喜出望外的奥尔，把她带到中国大街的马迭尔旅馆。鼠疫中还能喝上咖啡的地方，唯有此家最好了。奥尔坐在临窗的桌前，不敢多看对面的陈雪卿，而是把目光转向窗外。他怕自己热辣辣的目光，会烫着陈雪卿，她就不会再来跟自己喝咖啡了。而窗外清冷的中国大街，却需要这如火的目光。

陈雪卿喝完咖啡，谢过奥尔，挎起糖果篮，起身告辞了。陈雪卿走后，奥尔盯着她坐过的那把椅子，想着以后还会有这样的日子一起喝咖啡，无比陶醉。不过他不明白陈雪卿为什么要分糖，难道她不想开糖果店了？

谢尼科娃虽然也猜不透陈雪卿为什么分糖，但她的行为，令人动心。陈雪卿也成了鼠疫以来，埠头区出现的一道最美的风景。谢尼科娃想，在教堂唱弥撒曲时，娜塔莎要是为前来捐款的人也分上一颗糖，该是多么温暖的事情。

娜塔莎快乐地答应了母亲的请求。

卢什科维奇一颗高悬的心终于放了下来，他主动出了买糖果的钱。家中的佣人跑了五家糖果店，总算找到一家还开张的。那些包在透明玻璃纸里的糖球，五颜六色的，鲜润明媚，好像彩虹在离开雨季前，把精魂埋藏在糖里了。

哈尔滨的教堂越来越多，但谢尼科娃最喜欢的，仍然是圣尼古拉教堂。新城区比埠头区地势高出许多，而圣尼古拉教堂又正好在新城区入口处，所以一路行来，这座教堂是由仰望，渐渐变得平视，在视觉上与人拉近了距离，达成了和谐，让人有走进家园的感觉。

圣尼古拉教堂不像其他教堂，多是砖木结构的，它是纯木质的，而且没有用一颗铁钉。这样没有枷锁的教堂，让人觉得它是柔软的，可以化作云彩。它通体的黄绿色和穹顶覆盖的六角形鱼鳞铁，在漫漫长冬中，就像一棵被阳光照耀着的冬青树，散发着勃勃生机。它的外观，也是与众不同的。教堂的主体看上去像个浪漫的露营帐篷，其上笔直地竖起一座不等边的六角形尖楼，尖楼上有一个洋葱头形的黑白铁皮相交错的装饰物，再上才是教堂标志的十字架。而与它连成一体的北面的钟楼，上面错落端坐着三个洋葱头形装饰物，每个顶端也都竖着十字架。别的教堂的十字架，给谢尼科娃的感觉是庄严神圣的，而圣尼古拉教堂的十字架，却让她觉得朴素灵动，感觉它们就是几只鸽子，随时可以飞向天空。

每当谢尼科娃置身于圣尼古拉教堂,看着周围斑斓的壁画,唱起弥撒曲,就有生出翅膀的感觉,心开阔极了,身体也轻极了。现在又有娜塔莎扮成天使,手提篮子站在她身旁,为捐款的教徒献上糖果,她更觉得自己是在云霄之上了。她想,站在五光十色的舞台上,在乐队的伴奏下演绎人生的悲喜,不如站在教堂的祭坛前,在教徒们虔诚的默祷声中清唱圣歌,更能体会人生的欢欣与悲苦。因为这个时刻,欢欣和悲苦仿佛长了翅膀,要飞翔。

腊月二十七,分光了店里糖果的陈雪卿,吃过晚饭后,把店铺打扫得干干净净,然后领着陈水,去探望翟芳桂。

纪永和与贺威死于鼠疫后,翟芳桂获得了真正的自由,成了粮栈的主人。翟芳桂每天早晨起来的第一件事,就是打开门,在两棵榆树下,各撒上一把米,快活地等待乌鸦来啄食。粮栈的老牌匾也被换了下来,她别出心裁地用一盏走马灯做粮栈的招幌。这盏走马灯的四面玻璃上,写的都是"芳桂粮栈",只不过字体不同而已。每面玻璃上,分别勾勒着高粱、谷子、玉米和麦穗的图案。不过因为纪永和死于鼠疫,即便粮栈开张着,也没人来。

陈雪卿牵着陈水走进粮栈时,翟芳桂大吃一惊。不是吃惊她上门,而是吃惊她的脸。陈雪卿穿着崭新的红靴子,雪青色裘皮大衣,她的脸从来没有这么明净过。明净得像什么呢?如一轮满月,蓄满了光明。那种无与伦比的安详之光,似乎告诉着人们,她不会惧怕从明天开始,那光明将一点点地亏下去。

陈雪卿落座后,见翟芳桂打量自己的红靴子,笑了笑,说:"我知道,你今年的靴子是绿色的。"

翟芳桂明白了，陈雪卿的红靴子，是罗扎耶夫做的，可是还有三天才过年呢，她怎么提早穿上了？

陈雪卿对翟芳桂说，这个年，她有急事要出去一下，今晚就出发。现在火车不通，她已雇佣好马车出城。她说带着陈水走不方便，想让她帮着照看一段时日。还有，鼠疫一起，贼也起来了，她怕自家的糖果店遭贼，拜托她每天早晨去看一下。说完，掏出两样东西递给翟芳桂。一样是她家的钥匙，一样是一小袋糖，说是翟芳桂去罗扎耶夫的鞋铺时，帮她作为年礼送给他。

翟芳桂听说了陈雪卿分糖的事情，也知道她不分糖给洋人。她能把糖留给罗扎耶夫，而且年年穿他做的鞋子，看来她对罗扎耶夫是不反感的。翟芳桂猜测，陈雪卿此次出城，是为了那个胡匪男人。翟芳桂并不知晓他已死了。

陈雪卿走前，俯身亲了亲陈水，然后起身对翟芳桂说："他晚上要是尿炕，可别骂他啊。"

翟芳桂说："怎么会，他还是个孩子。"

陈雪卿又说："他最近肚子闹蛔虫，不爱吃饭。他要是挑食，你别揍他啊。"

翟芳桂用手抚弄了一下陈水的头发，怜爱地说："我心疼还心疼不过来呢，怎舍得揍他？你也知道，我没有孩子，见着小孩子稀罕得要死。"

陈雪卿这才放心地走出粮栈。她出了门后，打了个深深的寒战，指着在冷风中微微旋转的通明的走马灯招幌，说："陈水要是淘气，用弹弓打碎它，你教训他时，拍他屁股，别打脑袋啊。"

翟芳桂终于忍不住，"扑哧"一声笑了，说："放心吧，他在我这儿屈不着！"

陈雪卿离开的当夜，陈水认生，闹到半夜才睡着。可孩子毕竟是孩子,早晨起来,翟芳桂让他抓着谷子去喂落在榆树上的乌鸦,当陈水看见谷子像金光般散开的一瞬,乌鸦一哄而下抢啄谷子,他咯咯乐了。陈水为了多看一会儿乌鸦,回身朝翟芳桂又要了一把谷子撒出去。

遵照陈雪卿的嘱托,吃过早饭,翟芳桂领着陈水回家,看看是否安然。

这天的太阳异常明亮,是冬日里难得一见的晴日。风不大,再加上阳光朗照,感觉不那么冷了。翟芳桂到了陈雪卿的糖果店时,发现门居然没上锁,大吃一惊。她想可能陈雪卿走时匆忙,忘记了。她推开店门,轻轻走进去。

陈雪卿僵直地躺在糖果店的地上,她穿着胸口绣着一双乌鸦的宝蓝色织锦缎子旗袍,一双平底黑皮鞋,一派春天的装束,好像一个去花园剪花的美少妇,为姹紫嫣红的花朵所陶醉,睡在花丛中了。

翟芳桂看着陈雪卿那张灰暗的脸,哭出声来。因为那张脸昨日还那么灿烂,今天却是一丝光明也不见了。她不明白,一个女人的光明,何以消失得这么快。

二十　焚　尸

周家祖孙三代之死，让伍连德看到了防疫形势的严峻。瓦罐车被隔离的人越来越多，而确诊的鼠疫患者，在各处病房，也是人满为患。傅家甸封城后，疫情并没有像他期待的那样落潮，而是呈涨潮之势。每天晚上他拿到新的一天的疫情统计时，心情都格外沉重。死亡数字由原来每日的四五十人，猛然攀升至八九十人，有一天竟然达到了一百八十人！这样的数字，让他觉得人间真的潜伏着魔鬼了，因为他该做的都做了。如果说病毒是敌人的话，那么这个敌人之所以难对付，在于它总是比人类先行一步，与它过招，已经是一种被动了。

傅家甸最初的鼠疫患者，出现在三铺炕客栈。令人吃惊的是，与几位鼠疫死亡患者都有密切接触的王春申，竟好像被神灵护佑了，安然无恙。而另一位姓刘的中医，一直在重症鼠疫病房工作，他不习惯戴口罩，没采取任何防护措施，却也无事，刘中医笑称自己龇着好几颗龅牙，地狱的小鬼以为他是混迹人间的同类，忽视了他。此时对防控鼠疫有点绝望的伍连德，从王春申和刘中医的个案中，希冀人体能出现自然免疫力，打败鼠疫。

还有两天就是除夕了，伍连德心事重重地跟林家瑞一起，乘马车到各个隔离区检查防疫情况。看着傅家甸清冷的街市，尤其是看着店铺窗顶探出的那些没有烟火气的烟囱，伍连德压抑极了。他想如果防疫失控，这座城将沦为死城，自己也许来不及看上天津的妻儿一眼，就会成为第二个迈尼斯。想到这儿，他不禁打了个寒战。他下令焚毁的几家疫情严重的店铺，房屋的空架子还在。当时怕火势失控，一边焚屋，消防队一边洒水，滴水成冰，因而黑黢黢的屋檐下，悬垂着一串串冰溜儿。这些冰溜儿错落有致地排布着，晶莹剔透，宛如竖琴的弦，等着阳光或风，拨动心弦。傅家甸人告诉伍连德，这样的冰溜儿，以往只在初春出现。那时屋顶的积雪融化了，雪水顺着屋檐喜泪似的滴答下来。它们流到黄昏时分，随着寒气上升，柔软的身体骤然变得僵硬，被吊在半空，化作冰溜儿，看上去就像屋檐垂下的刘海儿。

伍连德走下马车，在地上捡起一根长长的木杆，打落了一座屋檐下的冰溜儿。它们坠地的一瞬，发出清脆的碎裂声。他不想看这非季节性的冰溜儿，他要等着看傅家甸人迎来春天、阳光融化了积雪所凝结成的冰溜儿。

伍连德准备去粮台时，在北三道街的街口，碰上驾着马车从郊外运尸回来的王春申。伍连德唤车夫停一下，跟林家瑞下了马车，和王春申聊起来。

伍连德指着黑马，用生涩的中国话说："漂亮——"

王春申听后梗着脖子，不无得意地说："伍大人，它是道台府出来的，不俊能行么。当年它进那里，就跟给皇上选进宫的妃子一样，得一关一关地过。要不是因为它是黑色儿的，现在道台老爷出门，就是它给驾辕啊。"

伍连德问："于大人——知道它？"

王春申摇着头说："这是最早的道台老爷在时选中的马，于大人可不认识它。”

伍连德再问王春申话时，说的就是洋文了，估计那是复杂的话。林家瑞把它翻译过来，说：“伍医官问你，今天这是第几趟运尸？”

王春申说：“第二趟了。”

伍连德声音颤抖地问运了几个人。

王春申耸了一下肩，说：“伍大人，我一趟拉俩，两趟共拉了四个人。其中有个女人怀着孩子，要是把她肚里的也算上，那我送走的起码是五口人啊！”

伍连德听到有孕妇死了，心里一抽，用英文说了句：“我的上帝！”

偏偏王春申把这句英文当做中文“埋旮旯”给听了，以为伍连德不许孕妇入坟场，建议埋在旮旯，他生气了，说：“伍大人，那女人带着没下生的孩子死了，多可怜哪。可不能把她当成死猫烂狗，随便埋在旮旯，那可对不住人家。”

林家瑞赶紧解释：“伍医官说的不是这个意思。”

王春申“咳”了一声，说：“那还中。”

林家瑞同情地看着王春申，说：“每天拉死人，是不是连饭都吃不下去？”

王春申摇了摇头，说自从加入了抬埋队，每天从坟场回来，还特别能吃呢。为什么呢？因为天天送死人出城，看着坟场的棺材排成溜儿，想着自己万一有一天也排在那里，就再也不能吃饭了。不拼命吃东西，好像都不知道自己还活着。

王春申的话，让伍连德的心更为沉重。持续的死亡，已经把人的精神快压垮了。他不明白为什么王春申说坟场的棺材排成溜儿了，那里不是专门有负责埋葬的人吗？他让林家瑞问问这是怎么回事。王春申说，地冻得太实了，不好刨坑，棺材也就不能入土，就那么明面摆着了。他的回答让伍连德蹙起眉头，他改变主意，不去粮台了，立刻去坟场。

马车出了城，驶上了通往坟场的路。那是一条蜿蜒的土路，路上的积雪被马车碾压得平平展展的，像生铁一样，在阳光下泛着刺目的光。路两侧是大片大片的庄稼地，虽然上面覆盖着积雪，但还是能看出一道道凸起的垄台和凹陷的垄沟。这肥沃的土地，能产出畅销世界的大豆。伍连德想，也许这庄稼地的主人，有的已被鼠疫劫走了，再也种不了庄稼了。他的眼睛湿了。

伍连德到达坟场，被眼前的情景惊出了一身冷汗。一望无际的坟场上，果然摆着一长溜儿的棺材，足足有一两里地的样子，一个挨着一个，看上去像码在大地的多米诺骨牌。这样令人绝望的骨牌，要想推倒，绝非易事。伍连德迎着刺骨的寒风，绕着这条长龙似的棺材溜儿走下去，发现很多棺材都是廉价的棺木，草草钉上，缝隙很大，有的死者的胳膊和腿，就从缝隙中探出来。在棺材中间，还有用草席裹着的尸体。草席被狂风吹散了，死者的脸就暴露在天光下。

鼠疫杆菌可以在寒冷的室外存活很久，这个杂乱无章的巨大的坟场，摆放着两三千具的棺材和尸体，这是多么可怕的一个传染源呀。虽说在人群中，肺鼠疫可以直接通过飞沫传播，可是，如果出没在坟场的老鼠，接触到这些尸体，流窜到城区，鼠疫照样会蔓延，他所做的一切努力，都将付之东流。这些裸露的棺木和尸首，无疑是巨大的毒瘤，必须切掉。可是该怎么下手，伍连德一时犯了难。

坟场旁有个冒烟的窝棚，伍连德走过去，见里面有三个面色黑红的人，穿黑棉袄，黑棉裤，胸前吊着白口罩，正围聚在一团烤火，嗑瓜子。伍连德问他们是做什么的，他们说是官府雇佣来的，负责埋葬。林家瑞知道伍连德接下来要说什么，赶紧代问："为什么棺材明面摆着，不挖坑深埋？"一个肥头大耳的人站起来，出了窝棚，拎起地上的铁镐，说："大人，您看着——"他抡起铁镐，朝大地刨了起来。这人力气很大，可几镐头下去，土地只是擦破了点皮，溅起星星点点的黑土。再往下刨，它坚如钢铁，难破其真身。那人把镐头扔给伍连德，说："大人不信试试，俺们也想让他们入土，可是天寒地冻的，挖不动坑呀，只有等明年开化再埋了。"

明年春天再埋？以哈尔滨回暖的时间来推断，起码还要三个月。到了那时，这里恐怕尸横遍野了，伍连德心如刀绞。

又一挂运尸的马车过来了。那三个人听见辘辘车声，把口罩戴上，迎上前去。他们所能做的，不过是把尸体从马车上抬下来，归拢到一处，继续码着多米诺骨牌。他们说，由于棺木有限，已经有两个礼拜了，很多死人连口棺材都混不上，直接裹着草席来了。伍连德望着那不断延伸的尸体队伍，泪水直往心里流，他已经想好了一个除患的办法，不过怕吓着林家瑞，没有即刻说出口，而是让他乘马车回城，把于道台和傅家甸县衙的陈知县请来，他有要事，要在坟场与他们商量。

两个小时后，于道台和陈知县来了。伍连德让他们戴好口罩，上了各自的马车，先绕着坟场转了一圈，然后停下来，问他们看了这些裸露的棺木和尸体，作何感想。于驷兴没有想到坟场的情景如此凄凉，他面有愠色地指责陈知县，说是道台府给县衙的安置死者的经费，如数下拨，可为什么棺材不能入土，而且还有那么多人只是裹着草席？这不是愧对死者吗？

陈知县哭丧着脸说："于大人有所不知。棺材铺日夜赶制棺材，可死的人越来越多，棺材料子紧缺，供不上啊，只能让他们裹草席了！要是死三个五个的，坑再怎么难挖，咱就是用手指头也给他们挠出个坑呀。可现在死的人多，人手又不足，只能先这么撂着，等开春了，再给他们下葬。”

于驷兴仍是气愤难平。本来他心情就不好，他已经得知，由于防疫不力，他这个道台即将被革职，由吉林交涉使郭宗熙暂兼，自己去向难料。他一肚子委屈，因为他已经尽力而为了。看着黎民百姓受难，他也心痛，可又束手无策！而前一段，长春清剿同盟会的一个秘密活动场所，在搜查中，从一份资料中发现，傅家甸居然有三个人加入其中，一个是玻璃厂的老板，上个月患鼠疫而亡；一个是滨江第一小学堂教国文的老师，现正在疑似病院被隔离；还有一个他怎么也想不到的人，就是徐义德。于驷兴曾经去过他的铺子，喜欢他卖的灯笼、香烛和门神，这样的店铺，户外即使寒风凛冽，里面也春意融融。这样一个人被抓起来，他也难过。警察搜查徐义德的住处时，竟发现他把一面龙旗，搭在洗脚盆上，当擦脚布用。反清的同盟会成员深入到社会各个阶层，官府浑然不觉，这也是他于驷兴的失职。于驷兴不知道，这样的成员，哈尔滨还有多少。他感觉苍茫大地下，有地火在悄悄燃烧。

伍连德把这个坟场的危险性说与于道台和陈知县后，道出了他的想法：焚尸！只有这样，才能彻底消灭这个传染源。

陈知县叫了声：“我的娘啊——”于驷兴则叫了声：“老天爷——”显然，他们都觉得这是个令人发指的举动。

伍连德说，事不宜迟，要尽快做出决断，否则封城后所做的一切努力，都将前功尽弃。

于驷兴思忖片刻，仰天长叹一声，说如果焚尸果真能消退鼠疫，把人渡出险境，只好冒天下之大不韪，让死者受委屈了。

陈知县听于驷兴这样说，也点了点头，说："唉，你们怎么说怎么是吧。"

伍连德口述电文，让林家瑞记录，立即回去发报给施肇基，请求朝廷准予焚尸。伍连德在电文上签上字，于驷兴和陈知县也都签上字。于驷兴签完字的一瞬，望着西沉的太阳，仿佛看见了一个告别的句号，泪水滚滚而下。

施肇基收到伍连德请求焚尸的电报，呆坐良久。他知道不是必要，伍连德是不会下这个决心的。他每天收到的疫情报告，说明鼠疫仍然猖獗。施肇基明白伍连德这样做，一定是有科学依据的，但此事却令他难下决心。一是焚尸有悖人伦，二是就要到年关了，鼠疫已经让当地百姓陷于水深火热之中，焚尸再引起更大的恐慌甚至敌意，恐对防疫不利。就在他举棋不定的时候，吉林巡抚廖仲恺也电请焚尸，看来此事刻不容缓，施肇基便去找那桐商议。那桐一听伍连德要把几千具尸体焚烧掉，震怒，说伍连德到哈尔滨一个多月了，防疫动静不小，可收效甚微。言下之意，是不是用人有误？施肇基便把哈尔滨的官绅也在电报上签名和廖仲恺的电请说与那桐，指出为了整个东三省的安全，焚尸大概别无选择了。那桐被说服了一些，他无奈地对施肇基说，焚尸是个惊天动地的事，外务部也不能做主，要请求摄政王裁决方可。

第二天就是除夕了。施肇基无心过年，早餐他仅仅喝了杯茶，吃了块点心。他穿好朝服，乘马车出家门时，因没睡好，腿脚发软，被门槛绊了一下，险些摔倒。他似乎预感到，今日上朝，向摄政王载沣奏请此事，恐生周折。果然，当他在朝上说出伍连德要求焚尸时，众臣哗然，一片斥责之声。一向宽厚的载沣见此，微微叹气，把此折放下，同情地看着施肇基，说是择期再议。

施肇基垂头丧气回到外务部，给伍连德拟电文，打算告知结果。可是，他下笔艰难，不知该如何把这失望的消息告诉给他。想想伍连德是自己举荐担起东三省防疫重任的，再想想这个内慧的才俊，虽然生活在海外，但他骨子里流淌着中国血，如果不是防疫所迫，他是不会做出焚尸的决定的。施肇基想，无论如何，再去争取一次，如果能得恩准，哪怕焚尸后鼠疫仍难控制，他宁可丢掉乌纱帽，也不能放弃这线生机。主意已定，施肇基把草拟的电文作为陈年旧历，反扣在桌上，走出外务部。一直等候在外的车夫以为施大人该回家守岁了，谁知他踏上马车后吩咐："快，去摄政王府上。"

天色暗淡了，城里大多的人家，已经在门首挂起了红灯，爆竹声不绝于耳，空气中弥漫着幽微的硫磺味。摄政王府张灯结彩，戏班子正在唱戏，一派祥和之气。门房说摄政王正在听戏，不能禀告。施肇基只好塞上银子通融，门房这才放他进门，让他在客厅等候。施肇基把一壶热茶等凉了，丝竹之声才止息。

载沣给戏班子的人赏完钱，听说施肇基已等候多时，明白他为什么这个时候求见，连忙来到客厅。施肇基屈膝给摄政王行礼时，载沣叫了声："施大人请起！"将他扶起，直言上午朝野中的大臣们对焚尸众口一词反对，他无法准奏。

施肇基说："我信任伍博士。黎民生死，恐系此举。圣上多年在海外，喜好天文，当知科学之重要。若能开风气之先，下旨焚尸，脱百姓于苦海，保社稷江山无虞，会流芳百世！"

"可是施大人，大过年的，我怎能下旨焚尸，做大逆不道之事？"摄政王显然不高兴了，"若真要焚尸，你以外务部的名义核准吧。"在载沣看来，这已经是他能做的最大让步了。

施肇基说:“若以外务部名义核准,恐怕伍博士也不敢焚尸。”

摄政王问为什么。

施肇基说:“焚尸亘古未有,反对者不在少数。若以外务部名义电告,恐怕没有震慑力。”

载沣看着忧心如焚、一脸倦容的施肇基,用手抚了抚那壶已经冰凉的茶,踱到窗前,踌躇良久,背对着施肇基,缓缓地说:“准奏,焚尸吧——”

施肇基第一次听到,摄政王的声音是颤抖的。好像惊雷过后,留在空中的回音。他的眼睛湿了,连忙叩头谢恩。

苦等两天,伍连德没有得到施肇基的回音,有点绝望了。除夕的早晨,他对林家瑞说除非施肇基回电,否则不许任何人进来打扰,说完换上白服,进了实验室。林家瑞很纳闷,因为目下已经没有可做的实验了,他把自己关在屋子里干什么?整整一个上午,实验室无声无息的,正午时分,林家瑞再也坐不住了,推开了实验室的门。

伍连德知道是林家瑞进来了,他没有回头,而是背对着他,吩咐林家瑞立即差人采买火油,准备焚尸,林家瑞吓得脸都白了,哆嗦着说:“圣上要是不准奏,擅自焚尸可是掉脑袋的事儿啊!”

伍连德突然回过头来。林家瑞发现,伍连德的脸色微微泛红,眼里噙满热泪,整张脸光洁鲜润得如同初升的太阳,带着股与黑暗永诀的气势。他声音颤抖地对林家瑞说:“如果明天还没消息,这把火一定得烧起来!”

林家瑞哽咽地说:“我这就叫人去买火油。”

已是除夕的傍晚了,焚尸之事仍是杳无音讯。伍连德正在察看从日本人开的商店购回的火油时，于驷兴差人到防疫局，恭请伍连德去道台府守岁。盛情难却，伍连德同林家瑞一起去了。走前他嘱咐防疫局的人，若是施大人回复电报，一定快马去道台府报信。

还没到道台府，伍连德就看见了官道大门悬挂着的两盏红灯笼。它们看上去就像夜的心脏，勃勃跳动着。于驷兴戴着带花翎的官帽，长袍马褂，顶着寒风，迎候在门外，让伍连德好不感动。大门两侧的门柱贴了一副春联：天恩春浩荡，文治日光华。伍连德下了马车，拱手向于驷兴拜年，于驷兴也回着礼，引他们入府。

一到过年，道台府里最忙的，是厨子和杂役。厨子忙的是吃的，杀鸡宰羊，包冻饺子，做酱肘子、猪头闷子、狮子头等，还要水发燕窝、鲍鱼、海参等干货，此外，最重要的是蒸各种干粮，馒头、豆包、菜包等等，一缸缸地装满，冻在外面，正月里随吃随取。杂役呢，他们要给各屋扫尘，挂灯笼，在大堂搭彩棚，将天地桌摆上，上面放置香烛和各色吃食，供奉天地神。此外，由于过年要拜祭井神，年三十这天，得用尖底儿的柳罐封上水井，杂役们要打上百桶的水，将一溜儿水缸灌满备用。水井到了年初二，才能启封。

伍连德路过大堂时，发现两个杂役正搭彩棚。于驷兴解释说，鼠疫扰得人也没心思过年，很多年事都减省了，但彩棚是不能不搭的，因为天地神和列祖列宗，不管到了什么时候，都不能不供。

于驷兴把客人请到内宅。一进门，先看见堂内放置着一个花梨木的长条案，上面摆着一只花瓶，一盘苹果，一盘冻柿子。花瓶中插着带穗的如意，象征着“岁岁平安如意”；苹果和冻柿子上，也插着如意，不过没有花瓶中的大，取其果品的谐音，分别寓意着“平安如意”和“万事如意”。伍连德想，谁要是在他心中插一只如意就好了，鼠疫销声匿迹，他就会称心如意。

支在堂中央的红木四方桌上，水晶肘子和蒜泥皮冻等凉盘已摆上了。于驷兴引客人落座后，仆人送上了热气腾腾的茶。于驷兴说，膳房有一位来自京城的名厨，叫郑兴文，他做的飞龙和鳇鱼，袁世凯颇为赞赏。他到哈尔滨后，首创了两道名菜，一个是“加官授禄”，一个是“马上封侯”，深得施大人喜爱，这也成了道台府年夜饭的保留菜目，希望它们能带给他们吉祥。于驷兴还说，今夜特意请了商会的傅百川作陪，他会带来傅家烧锅的陈酿。

于驷兴见伍连德忧心忡忡的，宽慰他说：“星联兄，大过年的，朝廷哪能商议焚尸这不吉之事，我估摸着，初三后能给个信儿，那就算开恩了！你我都尽力了，听天由命吧！”

伍连德喝了口热茶。本来清香扑鼻的茶，入口后却是苦的。想想鼠疫像欺行霸市的无赖一样，死缠烂打着不走，伍连德哪有吃酒的兴致。他微微叹息着放下茶碗的一刻，傅百川拎着一篓酒来了，酒篓上贴着大红的“福”字。伍连德这才想起，大过年的来道台府，没有给于驷兴带点年礼，有失礼数。可是，如今商业凋敝，哪有办年礼的气氛？

伍连德对傅百川拱手相谢。自鼠疫起，这个商人对防疫局的支持是最大的，他雇佣人，免费做了上万只的口罩。封城后防疫人员紧缺，也是傅百川动员中医，积极参与防疫。伍连德在傅家烧锅见过傅百川精神失常的老婆，守岁的日子，他放下一家老小来陪自己，伍连德过意不去。

天越来越黑，年越来越近，那两道名菜热气腾腾地上来了。

于驷兴说，这两道菜，都与施大人有关。施道台离任时，正是那一年的春节前夕，说是圣上召他进京议事。施肇基不知此行祸福，忐忑不安。郑兴文为解老爷的忧虑，炒了一盘鹿肉，周围摆上一圈焯好的红色鸡冠；又煎了一盘马哈鱼，在中央摆上红烧的猴头菇。前一道菜因为有鹿肉和鸡冠，被命名为“加官授禄”，后一道菜因为有马哈鱼和猴头菇，取其食物的第一个字，命名为“马上封侯”。施道台听了郑兴文的解释后，心臆舒畅，大快朵颐，到京后果然得到喜报，升职到外务部。这两道讨口彩的菜，从此后就成了道台府年夜饭必备的佳肴。

作为医官的伍连德，对功名利禄是淡漠的，他此时唯一的祈望，就是朝廷准予焚尸。如果施肇基的回电让他失望，他也不会让备下的火油闲置的。主意已定，伍连德从容地拿起筷子品尝这两道菜，不过由于心里不是滋味，感觉它们也不是个滋味。伍连德落寞地放下筷子的时候，于驷兴和傅百川正在说于晴秀，他们哀叹她一夜之间失去了公公、丈夫和儿子。伍连德知道，这个点心做得远近闻名的孕妇，正在疑似病院接受隔离，目前体温正常，无异常症状。再过几天，如果她生命体征仍然平稳，就会回家了。可是，失去了顶梁柱的她，该怎样面对空荡荡的房屋？该怎样打发漆黑的长夜？

傅百川说：“我听说，过小年的时候，不是为了给灶王爷的白马带点草料，喜岁也不会上了瓦罐车，想起来真是让人心疼啊！以后我的铺子开张，谁还能给我放鞭炮呢。”

于驷兴见伍连德情绪低沉，连忙给傅百川使了个眼色，不让他谈伤感的话题。于驷兴端起酒盅，说：“今天能和星联兄诸位一起守岁，三生有幸！庚戌已去，辛亥既来。来来来，咱们用美酒，辞旧岁，为新岁接福！”

傅百川激情满怀地接着说:“狗年去猪年到,鼠疫去曙光来!”

傅家烧锅的酒一入口,伍连德再次体会到了那种热辣的芬芳。这烈火般的琼浆呛出了他的眼泪,他多想趁此哭上一场,释放这种如背负大山般的沉重压力啊。

他们干完一盅酒,第二盅刚刚斟满,还未举起,道台府的门房来报,说是防疫局来人,给伍钦差送来了外务部急电。说完,把卷成筒形的电文呈上。

伍连德接过电报时,双手颤抖。待他看完电文,喜极而泣。因为他明白,为了“圣旨,准伍连德所奏”这几个字,施肇基付出了怎样的努力。

于驷兴从伍连德的表情上,知道朝廷准奏了,他长吁一口气,悄悄走出内宅,去刚搭好的彩棚,叩谢天地神。他奉上的香刚燃了寸长,伍连德闪进来。他听仆人说于大人在拜祭天地神,也过来磕了个头。礼毕,伍连德和于驷兴一行,乘马车回到防疫局,连夜调集焚尸所需人力等。当于驷兴发现伍连德已经备下了火油时,他睁大眼睛,久久望着伍连德,一句话也说不出来。

时针指向辛亥年时,他们正在商议该邀请些什么人员来观看焚尸。当林家瑞提醒他们新岁已至时,伍连德直了直腰,凝神谛听,可是外面并没有传来一声爆竹。他觉得奇怪,问于驷兴这是怎么回事。于道台解释说,由于封城,人员不走动,为防走水,官府下令不许燃放爆竹。而无声无息的年,总让人觉得压抑。伍连德对于驷兴说,鞭炮的硫磺味不但能祛除病菌,还能鼓舞人的士气。建议大年初一,让全城的百姓都燃放鞭炮。于驷兴点头称赞,说是鞭炮能驱邪,冲晦气,他也不喜欢没有动静的年。于驷兴当即表示,由官府出资买鞭炮,明天就叫人分发到各户。

初一的早晨，太阳刚刚升起，一群穿黑衣戴白口罩的人就在坟场忙上了。他们要把那长龙般的棺材攒成堆儿，以利焚烧。这些人一直忙到中午，以一百个棺材为一堆，最终拆成二十二个堆。他们往棺材和尸体上淋火油的时候，一挂挂马车朝坟场驶来。来人有以伍连德为首的防疫局的人，于驷兴、陈知县这些官绅，还有一些国家驻哈尔滨的领事，以及傅百川等商人。

伍连德从衙役手中举起燃烧的火把，引燃第一堆棺材。只听“轰——”的一声，一簇簇火焰腾空而起。它们看上去就像一道道金色的笔画，在苍茫大地上，代火堆中的亡灵，书写着告别语。随着一堆堆棺材陆续被点燃，整个坟场火光冲天，浓烟滚滚，虽然每个人都戴着口罩，可还是闻得到刺鼻的焦煳味。先前在坟场上空飞翔的麻雀，一只都不见了，可是有几只乌鸦，却无所畏惧地飞来了。它们落在坟场上，身披黑衣，端端立着，好像要为这些无辜的死者，做最后的守灵人。

王春申驾驭着黑马来坟场送尸时，焚尸已经结束。也许是被火光和烟气给熏着了，今天的夕阳通红通红的。坟场里长龙般的棺材不见了，他的眼前是一堆堆还冒着丝丝缕缕热气的灰烬。王春申想起被扔在这里的继宝和金兰，连尸骨都没留下，不像他亲手埋掉的吴芬，还有座坟可以凭吊，忍不住蹲在地上，痛哭失声。负责埋葬的三个人听见哭声，从窝棚里出来，指着马车上的尸首说，这家伙走运，可以入土了。原来，那被大火舔舐过的土地，已经松软解冻，可以不费力地刨出坟坑。他们知道王春申为什么哭，也知道他哭的主要是继宝，便劝慰他说：“吴二家的还不老，你再跟她生个吧。”王春申听闻此言，想起赖上他的那个斜眼女人，无限悲凉，哭得更凶了。

初一的夜晚，鞭炮齐鸣，傅家甸好像复活了。伍连德在“噼啪噼啪”的爆竹声中，拿到了这天的疫情统计数字。死亡人数比前一日少了十五人，这是近半个月来，死亡数字的首次下降，奇迹终于出现了！伍连德激动万分，立刻拟电文给施肇基，报告这个令人振奋的消息。当他差人发完电报，已是初二的凌晨了。伍连德回到住处，头一挨着枕头，就进入了梦乡。他梦见自己回到了天津，黄淑琼带着长庚和长福来车站迎接他，他们似乎刚逛完庙会，长子长庚手里举着一只旋转着的彩色风车，次子长福提着盏小巧的鲤鱼灯。伍连德惦记着才六个月大的小儿子长明，问黄淑琼为什么没把他抱来，黄淑琼泪光闪闪地说：“长明做了长明灯里的灯油了。”

伍连德惊醒过来，回味着夫人梦里所说的话，觉得甚为不祥，一身冷汗。他把灯打开，踱到窗前。他多么渴望此时能出现一条天路，让他瞬间踏进天津的家门啊。

玻璃窗凝结着半窗莹白的霜花，那些锯齿形的霜花，看上去就像一颗颗闪亮的白牙。他想，长明该是长乳牙的时候了，他出了几颗牙了呢？

二十一　晚　空

傅家甸有很多从山东过来的人，他们保留着正月过“七”的习俗。

初七、十七和二十七，被称作“人日子”。传说初七是小孩的人日子，十七是青壮年的人日子，二十七是老年人的人日子。到了人日子，有吃面条的，也有吃小豆腐的。吃面条的，说是一年顺顺溜溜；吃小豆腐的，说是一年福气多多。不过，不管吃什么，逢七的夜晚，人们是不点灯的，为了让老鼠趁黑娶媳妇。老鼠娶上媳妇，有了戏耍的，没心思糟蹋粮食，人间就是丰年了。

如果不点灯，果真能让老鼠不威胁人类，伍连德情愿呆在黑暗中。

正月十七的早晨，伍连德吃面条的时候，想起刚刚死去的徐中医，心里难过，吃了半碗就撂下筷子。碗里剩下的面，看上去像一团乱麻。

徐中医是被防疫局雇佣的一个杂役给传染上鼠疫的，从发病到死去，只有三天时间。想想焚尸后，死亡人数虽然逐日下降，可就在自己眼皮子底下，还是有人死去，伍连德痛心不已。

死去的杂役的老婆，就是胖嫂，家住防疫局后身。她男人初九没的，从这天起，她头戴孝布，幽灵似的，天天到防疫局门前闹上一刻。她哭诉自己没孩子，现在男人没了，夜里没人搂，她就是盖两床棉被，仍觉着身上冷。她说要是知道她男人在防疫局也会得上鼠疫，给多少吊都不会让他来。前两天元宵节，她跺着脚，哭她男人再也看不上花灯了，估摸着她今儿来防疫局，就得哭她男人再也吃不上面了。想到这儿，伍连德叹了口气。

比起胖嫂的闹，更可怕的是焚尸后，一些傅家甸人看待伍连德的眼神。大多死者的亲属都理解伍连德这个举动，但也有敌意的，骂他是杀人狂。因为在他们心目中，死去的人并不是真正死了，他们还能转世。可一旦被烧成灰，就是彻底死了，没有灵魂，连牛马都做不成了。他们看到伍医官的马车过来，就像见到刽子手，飞快逃回家；避不及的，投过来的目光也都冷冷的。

伍连德来哈尔滨还不到两个月，鬓角就有了白发。他住处的西墙上，挂着一面胡桃木圆镜。朝阳总是透过西窗，在清晨给镜子涂满金光。在伍连德眼里，那样的朝阳就是一把黄熟了的麦子，而镜子是收归它们的粮仓。前天早晨，他站在镜前，发现金光里有丝丝缕缕的银光闪烁，定睛一看，原来那是自己的白发。

这几天最令人瞩目的事情，就是俄国女演员谢尼科娃因鼠疫而谢世的消息。她的死在哈尔滨引起的震动，不亚于迈尼斯之死。伍连德从道台府所存的旧报纸中，看到了她的照片。她似笑非笑的模样，带着几分傲慢，几分喜悦，几分矜持，几分忧郁，非常迷人。可以想见，她站在舞台上，唱起歌来，该是多么富有感染力。与她前后死的，还有她的女儿娜塔莎，以及乐团的一个叫奥尔的小提琴手。他们是在教堂为鼠疫患者募集善款时感染鼠疫的。伍连德听说，谢尼科娃很喜欢于晴秀做的点心，几乎每个礼拜,都要乘着王春申的马车来买点心。

谢尼科娃是在埠头区的教堂染上病的,看来鼠疫期间做弥撒,是危险的。上帝在聆听赞美诗的时候,过于飘然,打起了盹儿,不顾人间生死了。伍连德下令,对哈尔滨所有的教堂和寺庙进行检查,暂停一切宗教活动。

伍连德的马车到达防疫局时,胖嫂刚走。门房告诉他,胖嫂今天来,哭她男人再也吃不上面了,看来伍连德猜得没错。不过门房说,这女人不会再来闹了,因为傅百川为了劝她回家,给了她钱。她得了好处,擤了把鼻涕,骂了句这大冷的天要把她的骨头冻酥了,回家了。

伍连德心底一热。他知道因为这场鼠疫,傅百川的生意,多半走向穷途末路了;剩下的,除了傅家烧锅,也都半死不活的,可他却一如既往地支持防疫,大事小事,总能看到他的身影。

伍连德今天要主持防疫局的例行通告会。参加的人员有于驷兴、陈知县,以及防疫局下属各个部门的负责人。会议开始,人们议论的还是谢尼科娃之死。有人说上帝相中了她的嗓子,让她去天堂唱歌了;有人说死去的小提琴手是她相好的,她走时带着女儿又带着情人,一点儿也不亏;还有人幸灾乐祸地说,俄国人不是自称防疫做得好吗?这下好,死一个惊天动地的人物,顶得上死一百个人了!这时卫生警察队的队长,突然吞吞吐吐地向伍连德汇报,傅家甸的天主堂,其实也有问题,可他们不敢进去检查。鼠疫发生后,傅家甸屡有失踪之人,据知情者透露,这些人是去天主堂避难了。前段时间,到了晚上,他们夜巡时,常听见天主堂的院子里,传来镐头和铁锹刨地的声音,像是在偷偷埋人。看来里面的疫情很严重了。伍连德一听,大惊,他没有想到,傅家甸还有个防疫死角。

伍连德有点恼火，他质问卫生警察队的队长，既然早就知情，为什么现在才报？此人满面流汗地看着于驷兴，欲言又止。

于驷兴清了清嗓子，苦着脸对伍连德解释，天主堂收容避难之人的事情，在伍连德接手哈尔滨防疫时，他就有耳闻。可是，他不好干涉教堂事务。因教而生的惨案，他听得多了，朝廷对此事都头疼，万一去那儿查验，惹起争端，酿成大祸，岂不因小失大。于驷兴的意思是，反正这座教堂现在对外是封闭的，无人进出，万一那儿的疫情不堪收拾，大不了让他们集体消亡。

伍连德闻听此言，一身冷汗。此时他该埋怨的，不仅是他们，还有自己。因为封城后，他在无意识中，把教堂当做了尘世的净土，忽视了对它们的防控。

伍连德即刻结束通告会，带着一干人马火速赶往天主堂。

这座天主堂在城边。如果说傅家甸的形态像个四仰八叉躺着的人的话，那么天主堂就是这个人脚腕上挂着的一串铃铛，虽然拴在傅家甸的脚上，可又延伸出去，有相对的独立性。鼠疫前，这里常有钟声传出。从外观看，教堂规模不大，主体是砖木结构的祈祷场，只不过比普通民居长些，也高些；每一座长方形窗口的顶端，都有半月形的木装饰。教堂的右侧是凸起的钟楼，由于钟楼开了拱形的窗，更像是一个四处冒烟的烟囱。教堂的入口在左侧，门墙的形态很像中国寺庙的山门，一高两低，呈坡形，大门在中间，一左一右是两个小门。人字形的门额上，分别竖立着十字架。这座教堂看上去简洁流畅，给人一种亲切感。与其他教堂所不同的是，它还有一人多高的围墙环绕着。

伍连德一到教堂门口，便明白了为什么会有人来此避难，因为那里挂着一块“天主堂养病院”的牌子。伍连德吩咐那些没戴口罩的人，赶紧都戴上。

大门紧闭，他们敲了许久，守门人才将门打开，他的身后，站着一个举着十字架的面容清癯的牧师。他眼睑发红，微微咳嗽，伍连德一眼看出，这个牧师感染了鼠疫。教堂里正在做弥撒，低沉的诵经声中，夹杂着阵阵咳嗽。

牧师是法国人，伍连德用法语对他说，他是东三省鼠疫防疫总医官，现在要对教堂进行疫病检查和消毒，若有患病者，一律送入隔离病院，不能留在教堂，希望他能积极配合。

牧师冷漠地看着伍连德，嘴唇微微颤抖，一言不发。

伍连德见他沉默，于是语气放得和缓一些，问有多少人在此避难。

牧师目光直直地盯着伍连德，傲慢地回了句："主会拯救我们的。"然后转身，令守门人闭门。

于驷兴看着大门关上了，知道伍连德交涉未果，他说："我就说嘛，这些牧师没有好惹的，我看还是请法国领事出面吧。"

伍连德想，如果法国领事能够斡旋，使教堂的人接受防疫检查，当然再好不过了。

伍连德亲自去法国领事馆恭请领事，陈明利害，领事虽然不很情愿，但大疫当头，不好不来。

这次大门敲开后，出现在他们面前的，是另一位牧师。法国领事对他说，本国的迈尼斯医生因鼠疫殉职，已经证明了伍博士对鼠疫的判断和防控是正确有效的，各国侨民现在都听从伍博士指挥，希望教会也能够支持他。可这位牧师与前一位一样，态度坚决地说，世俗权力不能干预教会，只有教廷才能指挥他们，而且，他们有万能的主，不需要医生。

法国领事无奈地向伍连德摊开双手，摇了摇头，表示已经尽力了。

伍连德没有退却，他想既然教堂在中国领地上，鼠疫当头，他身为东三省防疫总医官，有权力对威胁其他人健康安全的场所进行排查。既然无法通融，只能强行进入。伍连德命令防疫局，即刻接管天主堂，若由此引起恶果，由他一人承担。

于驷兴在这个瞬间，好像看到了俄军兵临城下的一刻，求死不能的寿山将军命令手下卫士，举枪射杀自己的情景。他没有想到，这个模样斯文的医官，骨子里也是那么刚烈，这令他无比惭愧。

伍连德带领防疫局的人冲进教堂后，才发现里面的情形，比他料想的还要糟糕。这个小小的教堂，竟然聚集着三百多人，有的是教徒，有的则是怕死于鼠疫的百姓，来此避难的。由于最初的人来时，已有感染鼠疫的，再加上教堂没采取任何防疫措施，人们混居在一起，其疫情之重，令人瞠目结舌。除了已经悄悄埋掉的几十具尸体，新近死去二十多人，就装在棺材里，明晃晃地摆在院中，成了城中的一块坟场！而且，这些还活着的人，经过检查，大约有百分之八十的人都感染了鼠疫，他们却还支撑着坐在一起，唱诗诵经，祈求上帝能怜惜他们，让他们摆脱鼠疫的折磨。防疫局的工作人员，一直忙到晚上，才把这三百多人，按确诊的和疑似的，分别送到几所病院隔离，其中就包括一直在做反抗的三位牧师。

伍连德悲痛至极。因为他心里清楚，在没有更有效的药物对已确诊的鼠疫患者进行治疗的时候，被发现的这三百多人，将有多半死去。他错过了挽救更多生命的机会。

伍连德下令，将院子中停放的二十多口棺材，拉到郊外的公共坟场焚烧。鉴于其中大部分疫毙者是教徒，焚烧时，在棺材前插上了十字架。此外，防疫局还对天主堂进行彻底消毒。处理完这一切，天色渐明。伍连德乘着马车，在回驻地的路上，听着好听的马蹄声，看着东方那汪鲜润得如同奶油的晨曦，想着又将有一批人作别黎明，涕泪沾襟。

防疫局那些生活在傅家甸的人，没有想到在天主堂竟然看到翟役生。他怀抱一只肮脏丑陋的黄猫，脑后的辫子仍然吊着。他不像从前那么胖了，瘦得脸颊塌陷，眼角堆积着皱纹，眼袋像灯笼花一样垂吊着，看上去形销骨立。虽然翟役生面容清癯，但他是教堂中极少数的没有出现鼠疫症状而被送到瓦罐车上隔离的人。人们无论问他什么，他都只字不答。只是在他要登上马车去粮台的时候，他问了句："外面死了多少人了？"

翟役生虽然面容大变，可声音仍跟从前一样，颤巍巍的，女里女气。人们告诉他，已经死了好几千人了。翟役生的眼睛亮了，抽了一下唇角，挤出一个笑，用右手摩挲着怀中的黄猫，知足地对它说："我怎么说来着——"踏上马车。翟役生抚弄黄猫的时候，熟悉他的人发现，他那随意拿取傅家甸人吃食的大手，原先胖乎乎的，每根手指都圆润得如一杆通明的白蜡，可现在它们失去了水分，跟鹰爪一样，瘦骨嶙峋的。

负责教堂消毒的人气愤地说："瞧这混蛋，听到死的人多了时的那高兴劲儿，他巴不得咱傅家甸人死绝了，想着这世上就留下他一个。呸！"

这人说得没错。翟役生自打躲入天主堂，就盼望着傅家甸人死光了，盼望着哈尔滨成为死城，盼望着鼠疫快速蔓延，长驱入关，让紫禁城也沦为死城。当人类灭绝的时候，他会敲响钟楼的钟，振臂欢呼。金兰没死前，他对这世界还有个念想，金兰没了，他更加憎恨这个世界。翟役生每天都要爬上钟楼，眺望傅家甸。当他发现街市中几乎没有行人，运尸的马车忙碌不停的时候，他开心极了。为了避免染上鼠疫，他自愿当起了炉工，每天呆在炉畔烧火，晚上就和黄猫蜷缩在炉边睡觉，他从来不进教堂祈祷。他每天领到的圣餐，多半分给了黄猫。他持续消瘦，黄猫却依然精神。他最愉悦的，就是夜半听到镐头和铁锹掘地的声音，因为这意味着又有人死了。而如果死去的是个男人，他更是欣喜若狂！心想老天爷让你没了气，你那曾经活蹦乱跳的玩意儿，不也成了死物？跟我手里泥捏的东西，又有什么分别呢！

看着疫情越来越严重，天主堂的粮食开始紧缺，死去的人无法埋葬，教堂里做弥撒的人咳嗽成一片，他真想喝上一碗傅家烧锅的酒！可是，大年初一的晚上，他却听到傅家甸传来热烈的爆竹声，爆竹声来自四面八方，可见有许多人家在燃放爆竹。他失望地想：难道人们缓过来了？

翟役生在天主堂，想到最多的人，不是妹妹翟芳桂，而是金兰和秦八碗。一想金兰，他就要定睛打量黄猫的眼睛。如果说那双猫眼是幽深的湖的话，那么金兰的目光就是漂浮在湖面的水草，还在水面荡漾。而想起秦八碗，他则咬牙切齿的，因为他长得太像在宫里欺压自己的李太监了！就是这个李太监，为了讨好太监总管，给他们逗趣，让翟役生捉老鼠，当猫。也是这个李太监，不过因为他看上的宫女，与翟役生更为知己，就心生嫉妒，设下圈套，打断了翟役生的右腿。翟役生被逐出宫，就是因为这个心狠手辣的家伙！那座雕梁画栋、歌舞升平的宫殿，在翟役生眼里，就是一个巨大的牢笼！他在宫里时，每每看着落在宫墙上的麻雀，心想自己要是麻雀就好了，宫墙就不会成为自己的藩篱，想飞就飞了；看着飞舞在御花园里的蝴蝶，他又想自己是蝴蝶就好了，喜欢哪个宫女，就去抚弄她的香腮，没人说你轻贱了她；看着门槛下匍匐的蚂蚁，他又想自己是蚂蚁就好了，恨谁，悄悄爬到他身上，掐他的肉！

翟役生不希望教堂被接管，不希望有人发现他们，不希望任何人得到拯救。可是，他的梦破灭了。当他站在钟楼上，看见教堂大门打开，牧师没有抵挡住这群戴着口罩的人，他绝望得差点从钟楼跳下来。不过，当他得知傅家甸已死了几千人的时候，又满怀希望了。在去粮台的路上，尽管天色已昏，他还是认出了赶着马车、拉着棺材朝郊外而去的王春申。他想他一定是没营生可做，手头紧了，才干起了运尸的行当。看着黑马疲累得失去了往日的威风，看着王春申耷拉着脑袋，他抱着黄猫的手，因激动而微微颤抖。

翟役生入宫后，做的是最下等的活儿，倾倒和洗刷马桶。一天上百个马桶刷下来，累得他头晕眼花的。虽然饿得慌，可是看着饭菜，却吃不下去。因而头两年，他瘦得跟灯笼杆似的。太监等级分明，最高的是二品顶戴，其后是三品花翎都领侍。然后是九堂总管，再下面是太监首领，再再下面才是翟役生这类众多的小太监。大太监们锦衣玉食，呼风唤雨，作威作福；而上千的小太监，只能给人当牛做马。翟役生进宫第二年，渐渐悟到要想出人头地，就得慢慢熬，巴结比他高的太监。由于他听话，第三年上，得到了俏活儿，做了御花园的花匠。在花花草草中，翟役生过了一段快乐时光。

有一天天气晴朗，翟役生给花园的月季剪枝，忽然看见花间跑过一只老鼠，他眼疾手快，纵身一扑，活捉了老鼠！这一幕恰好被五品太监首领李太监撞见，他啧啧称奇，说是翟役生竟有这本事，实在没料到！从此后李太监让翟役生练习徒手捉鼠，说是将来表演给太监总管看。可是老鼠神出鬼没，他又没有猫的嗅觉，哪能那么巧相遇？李太监琢磨了一番，把他调到一处常闹老鼠的膳房做杂役。

宫里大大小小的膳房有几十处，分八个等级，翟役生去的是为杂役提供膳食的膳房。御膳房里山珍海味、干鲜果品一应俱全，餐具非金即银；而他所在的膳房，与普通百姓家的并无差别，最好的餐具也不过是锡制的。翟役生在这里，除了干活，还得练耳练手，老鼠一出动，他就飞身而上。开始常常扑空，练的次数多了，十拿九稳了。

李太监见翟役生捕鼠本领过硬了，就让人捉了几只活鼠，放到笼中饲养，带他去见太监总管，当场做捕鼠表演，果然把太监总管哄得直乐，直嚷翟役生的前世一准是猫！说是如果不是老鼠看了让人恶心得慌，一定让老佛爷也开开眼！从此以后，只要太监总管起了兴，想看翟役生捕鼠了，李太监就提着鼠笼，带着他去表演。他匍匐在地捕鼠的时候，太监总管坐在红木椅子上，跷着脚，喝着茶，吃着干果。他捉到老鼠，看的人会像听戏听到高潮时，大叫一声"好"；而他失手时，太监总管就骂他"该打"。翟役生倍觉屈辱，因为他都不如四处游窜的老鼠自由。

李太监的献媚之举，果然博得了太监总管的欢心，他的品位很快升至四品。翟役生没有想到，自己不经意间，竟沦落为李太监手中的捕鼠器。李太监提升了，翟役生就在他面前念叨，说是如果自己还在案上干粗活的话，一天到晚拎着菜刀，一不留神切断手指，就没法捕鼠了。李太监心领神会，这样，翟役生成了八品太监，管理两处低等膳房。

宫里有品位的太监，三品四品的且不说，就是五品七品甚至九品的太监，有点势力的，都习惯着找个宫女，作为自己的"菜户"——也就是相好的。他们虽然没有实质的男女之情，但彼此间有个照应，一时成风。李太监欲结为菜户的那个宫女，翟役生也喜欢。她叫水莲,有一双含情的杏眼,秀美的鼻子,肤色白里透粉,总是一副怯生生的样子。翟役生喜欢她,除了她的模样和性情可爱,还因为她跟自己一样,喜欢出汗。每次看到水莲,都能看见她鼻尖上的汗珠。好像她知道自己的鼻子生得好,故意沁出汗珠,锦上添花。

翟役生忙完一天的活儿,喜欢溜到小花园的回廊下。因为水莲服侍的主子爱在夏秋之际,坐在回廊下望夜空。月亮好的时候,翟役生能看见水莲鼻尖的汗珠一闪一闪的。他很奇怪,那些汗珠并没有因为太阳的抽身而消失,而是像镌刻在她鼻尖上的水晶莲花似的,长开不败,让他无比心动。太监们跟宫女说话,大多的主子是不计较的。有时她还会打趣翟役生,问水莲是不是他的菜户?水莲那时就会叫一声:"谁做他的菜户呀——"翟役生从这娇嗔的声音中,还是听出了水莲对自己的好感,但接下来,水莲主子的话,又会把翟役生推下万丈深渊,她叹息着说:"是啊,你跟了他,连个后人都不会有了。"翟役生一想自己在女人面前,终归是个废物,就败兴而去。

水莲很有意思,翟役生远着她,她反倒趋前;李太监缠着她,她却不放在心上。李太监看在眼里,对翟役生心生憎恨,总找他的茬儿。小的不是骂他一顿,大的不是则动用刑罚。翟役生的腿,就是他设计,将一个翡翠鼻烟壶,故意掉在翟役生每天必经之路上,等翟役生捡着后,李太监派人当场捉住他,诬赖他是偷的,活活打折他的腿。从此后,一到阴天下雨,翟役生的伤腿老是疼。

李太监觉得翟役生没用处了,就以他腿脚不利落为借口,给了他些银两,打发他还家。因为太监总管迷恋上了另一种游戏:斗鸡。不是鸡与鸡斗,而是让小太监趴在地上,伸出脑袋当鸡,跟公鸡斗！人没尖利的喙，所以总是公鸡占上风。公鸡把小太监的脑门啄得青一块紫一块的，太监总管就哈哈乐着，说小太监一脑门子的乌云！

翟役生出了宫，回到老家，得知父母双亡，妹妹流落他乡，真想投河自尽了。想到妹妹还需要他，他不能死，于是就去长春的姑姑家寻她。可他怎么也料不到，姑姑去世后，妹妹居然被卖到哈尔滨，成了青云书馆的香芝兰！虽然翟役生找到她时，她已被纪永和赎了身，但翟役生还是痛心不已！他听说那个狗男人，背地还逼着妹妹干老本行，翟役生不止一次动了杀他的念头！翟役生对生活彻底绝望了，他认定这世界就是坏人的天下，好人永远没有舒心日子过。想活下去，就轻贱这个世界吧！他以一副无赖的姿态混迹傅家甸时，没想到竟如鱼得水，怕他的人还真不少。每每酒足饭饱、更深人静之时，他总想，早知如此，何苦入宫，自己是个全和人，还能讨个老婆，有个续香火的。可是再一想，傅家甸人不大与他计较，多半是可怜他没有男人的根，翟役生又气馁了。翟役生渐渐喜欢上了金兰，因为只有她，待他才那么的真切！每当他的手触摸着她光滑的肌肤，金兰的眼里闪现出幸福和感恩的神色时，他才有丝丝缕缕做男人的感觉。

每到初春，翟役生看到屋檐滴水了，看到青草上悬垂的晨露了，他就会联想起鼻尖上挂着汗珠的水莲。翟役生出宫前，水莲泪涟涟地送他一副镂空的兰花图案的银质指甲套，说这是她主子赏她的。鼠疫初起时，翟役生为了多买几口棺材，把银指套和他离宫前从御膳房偷取的一只青花云龙纹碗，都送入了公济当。翟役生怎么也没想到，他囤积的棺材和锁在木箱的体己，譬如假胡子、景泰蓝鼻烟壶、他第一次相遇水莲时穿的鞋子、金兰送他的鹿皮烟口袋等等，一股脑儿成了灰了。他想赎当，也没本钱了。所幸徐义德为他捏的命根，不但幸存下来，而且在烈火中还了真身似的，又坚挺，又有光泽。它与那只黄猫一样，成了他须臾不能离身的宝贝。

翟役生在隔离车厢，意外地碰到了摆卦摊的张瞎子。别看他眼睛看不着，知道的事情却从不比别人少。他一听翟役生的声音，就颤着声说："你还活着哇——"

翟役生说："不光我活着，金兰留下的黄猫也活着呢。"蜷伏在他脚畔的黄猫，像是回应他的话似的，喵喵叫了两声。

张瞎子凄凉地叹了口气，说："什么黄猫白猫的，在我眼里都是黑的哇。"

翟役生反应过来，说："就是，在你眼里，这世上的白种人、黄种人，都是黑人啊！蓝眼珠、黄眼珠，都是黑眼珠啊。天和地，也从来没有白过啊。"翟役生说着说着，忽然动起情来，泪汪汪地说："你眼里的黑，才是这世上真正的色儿啊。什么红呀绿呀粉呀黄呀的，哪一样如黑的长久呢！"

张瞎子得意地"哼"了一声。

翟役生接下来向张瞎子打听一些人的生死。当他听说秦八碗为他娘殉葬了，快意地拍了一下大腿，痛快地说："我估摸着吗，长成他那样的，不会有好下场！"在他的意识中，李太监仿佛也跟着死了。当张瞎子告诉他，胖嫂的男人，为了赚几个钱，去防疫局干活，也传染上鼠疫死了时，翟役生叫了声："活该！"因为有回他坐在街边的榆树下有滋有味地啃猪蹄，胖嫂的男人见了，当众嘲笑他："你以为你啃个猪蹄就美了呀？我跟你说吧，没在女人身上痛快过的男人，就算没尝过这世上最美味的东西！"翟役生也不客气，讥讽他："你痛快了又怎的？连个娃崽也没痛快出来！"从此后他们结了怨，碰见了连招呼都不打了。他死，翟役生自然解恨。不过，当他听说喜岁死了，想起他那张可爱的脸，想起掏他的鸡鸡时那探秘似的乐趣，翟役生又快活不起来了。

翟役生问张瞎子："你掐算掐算，傅家甸还得死多少人？"

张瞎子翻着瞎眼说："该死的留不下，该留的死不了。"

翟役生轻蔑地笑了一声，心想，这样算命，傻瓜都会。

一周后，翟役生和张瞎子先后解除了隔离。被圈了一夜的鸡，清晨出笼的一瞬，最喜欢张开翅膀，咯咯叫几声。人也一样。凡是从粮台的瓦罐车下来的，都习惯伸伸胳膊蹽蹽腿。由于在车厢里难见天日，他们看着太阳都不习惯了，个个觑着眼睛。

翟役生出来后，又回到天主堂。那些分送到疫病院和隔离病区的三百多人，只有四十多人活下来。三位牧师，也死了两个。教堂里没有诵经的声音了，翟役生仍旧烧炉子。他还像以前一样，喜欢跑到钟楼上眺望傅家甸。当他发现运尸的马车几乎不见了踪影，街市的行人又多起来的时候，他沮丧极了。晚上，他搂着黄猫蜷缩在炉畔打盹的时候，耳畔常常回荡着教徒们唱诗的声音："如果你是魔鬼，请快点出去；如果你是圣灵，请常驻此地。主啊，你的大爱，燃亮晚空星际；主啊，你的仁慈，燃亮晚空星际。"翟役生一想起"晚空"二字，就会颤抖一下，身体先是冷，继之是逐渐泛起的暖，好像冰河乍裂时，投射到活水上的那一丛阳光，催下他心底的泪水。他不喜欢自己流泪，因为在他眼里，这个混账世界是不值得流泪的。每每眼泪滚滚而下时，他会"啪——"地给自己一巴掌。

三月一日子夜，每日疫情报告出来了，死亡人数自鼠疫发生后，第一次显示为零！伍连德落泪了，于驷兴也落泪了。因为在此之前，他们心底清楚，如果疫情再控制不住，为确保哈尔滨和整个东三省的安全，朝廷可能会听从一些老臣的建议，下令放弃傅家甸，把它彻底封存起来，让这里的人自消自灭。到了那时，这里就会成为一座只有乌鸦盘旋的城了！

死亡数字后面的那个零，无疑是一轮旭日，给伍连德晦暗已久的心带来了光明。于驷兴格外高兴，他邀伍连德去道台府，说是除夕傅百川带去的烧酒，还剩多半篓呢，今夜要一醉方休。伍连德痛快地答应了。给施肇基发完每日疫情电报，伍连德与于驷兴一起，乘马车去道台府。他们路过周耀祖家的点心铺子时，见里面灯火微明，一个女人忙碌的身影，从窗里隐隐透出来。于驷兴叫车夫停一下，打发他进去看看，是不是于晴秀做着点心呢？车夫进去后，很快捧着一包点心出来了。车夫还没回到马车这儿，点心的香气已飘过来了，是杏仁酥饼的味道。车夫喜滋滋地对于驷兴说："老爷可真有口福，酥饼刚出炉，还热乎着呢！"于驷兴对伍连德说，用于晴秀做的点心下酒，比用郑兴文做的菜下酒，还要美妙。说完，咂了咂嘴。

于驷兴以前喜欢于晴秀做的点心，喜欢她的诗文，现在他又多了一样喜欢，喜欢她失去亲人后，那份超然和活力，你从她深夜烤点心上完全看得出来。封城以后，为了减轻监狱的防疫压力，官府择其罪轻者，提前释放了一批人，于驷兴趁此让周耀庭获得了自由。于驷兴想，且不论周耀庭是否强奸了普济药房的日本女人，单就周济一家为防疫所做的巨大牺牲，哪怕周耀庭不是个善主儿，把他押在牢里，都于心不忍。

于晴秀的点心和傅家烧锅的酒，把墨一样的黑夜，一点点地洇白了。于驷兴和伍连德在书房里，推杯换盏至黎明，方才歇息。于驷兴躺下后，听见窗外有鸟叫，他披衣起来，只见蔷薇的花枝上，落着一群毛茸茸的麻雀。它们踏着花枝，令花枝摇曳，也令撒在花枝上的晨光摇曳。这群麻雀,看上去就像一丛早开的蔷薇花。

二十二 回 春

昏睡了半年的冬天，到了清明的日子，终于打了个长长的呵欠，醒来了。屋顶的积雪开始融化了，那一条条悬垂在屋檐下的冰溜儿，虽然长短不一，粗细不等，但都是螺旋状的，而且一样的透明。如果说屋檐是一个人的嘴唇的话，那么冰溜儿就是闪光的白牙。不过这时节它们在嘴上还是亏的，向阳坡的草芽才冒出来，榆树的枝条也刚刚变得柔软，它们只好咀嚼风了。好在风很好吃了，不再干冷生涩，而是柔软温煦。

自从疫情死亡报告显示为零后，傅家甸不再有因鼠疫而亡的人。到了三月下旬，连疑似病例也没有了，伍连德下令解除了对傅家甸的隔离。从天津来增援的医护人员和从长春调过来的陆军，完成了防疫使命，先后撤离哈尔滨。路障清除了，各处的柴米处取消了，红区白区蓝区黄区又成了一个区了。如果问这个连成一体的区是什么颜色的，该是绿色吧，因为春天隐隐发声了，当它的叫声连成一片时，傅家甸就是满眼的绿了。

起死回生的傅家甸，街市又有人气了。商户门前探出的烟囱，渐次飘出烟火气。朝廷对伍连德扑灭了东北鼠疫甚感欣慰，准备在奉天召开万国鼠疫研究会议。

伍连德四月初奔赴奉天开会的时候，得到了夫人黄淑琼捎来的家书，他们的幼子长明，因误食不干净的牛奶而夭折，看来自己那天所梦不虚，长明确实做了长明灯里的灯油了。他颤抖着折起家书，想着有一种光明，在他推开家门的一瞬，再也看不到了，潸然泪下。

清明节的这天，傅家甸郊外的坟场上，火光闪烁，纸灰飘飞，哭声阵阵。那些失去亲人的幸存者，买了还魂粗纸，去祭奠亲人。由于焚尸，死去的人没有自己的坟，这样的死者就给人一种失踪的感觉，好像他们一不留神，又会蹦出来。所以大家围聚在一起烧纸时，微风拂动衣襟了，额头被纸灰擦着了，火燎着手指了，都被认作是死者来认亲人的举动。

“还扯我的衣襟呀，到了那儿，有比我好的，再说一个吧。我又不能生，你何苦还恋着呢。”说这话的是胖嫂，她男人死了后，她一天天瘦下去，好像她身上的油，都被她男人暗中抽走了。

“你想烧坏我的手，不让我赶马车了？那可不中哇，我还得靠它吃饭呢。你在那儿好好照看着继宝，我在这儿给你好好养着继英。”这是王春申说给金兰的话。

于晴秀也带着喜珠过来烧纸。不过她不像别人似的跪着烧，她肚子大得蹲都蹲不下，只能站着，手执长杆，拨弄着被火光舔舐的纸钱。别的女人哭哭啼啼，于晴秀却异常平静，只是在烧完纸的一刻，望着漫天离地轻飞的纸灰，她说了句：“冬天下白雪，春天倒下起黑雪了。”

人们在坟场哭够了，搭帮结伙回城的路上，就不那么哀切了。种地的和种地的并肩走着，讨论着今年是多种点大豆好呢，还是多种点高粱；卖布的和开裁缝铺的走在一起，猜测着今年哪种花色的布，会受女人的喜欢。更多的人，谈论的还是刚刚过去的鼠疫，说是伍连德正在开万国鼠疫大会，现在他成了英雄，他去奉天，施肇基特别叮嘱道台府的名厨郑兴文随行。他们还说俄国人和日本人最会送空头人情，分别在自己经营的中东铁路和南满铁路上，做出了让伍连德终身免费乘车的决定，他又怎么可能常坐火车呢！人们从这一系列动向来推断，朝廷会给伍连德加官晋爵，只是一个医官能得到什么职位，他们绞尽脑汁，也猜不出来。

胖嫂和于晴秀走在一起。于晴秀对她说，自己的点心铺子还要开下去，店里正缺人手，要是她不嫌弃，就跟她一起干好了，钱上亏不了她。还有，她没孩子，就把喜珠过继给她，反正自己肚里还有一个。

胖嫂没有想到自己一瞬间捧到了金碗，还得到了梦寐以求的孩子，喜极而泣，竟“扑通”一下跪倒在于晴秀面前，给她磕头，说于晴秀是活菩萨。她跪的时候，也没注意脚下，竟跪到一坨牛屎上。于晴秀打趣她：“真真是一朵鲜花插在了牛粪上，快起来吧。”

胖嫂乐了，喜珠却哭了，她不愿意给胖嫂当闺女。她指着娘的肚子说她偏心，为什么不送那个孩子，偏要把她送人？于晴秀笑了，说肚里的孩子还没下生，怎好在他不明不白的时候就送了人？喜珠跺着脚发狠说，要是敢把她送人，她就跳冰窟窿，把自己喂鱼吃！胖嫂听了，赶紧说喜珠只给她当干闺女就行，不用过继给她。喜珠擦干眼泪，撇着嘴，似乎是连干娘都不愿认她。

怕于晴秀反悔吧，清明的下午，胖嫂把几件值钱的东西和换洗衣服打点好，挎着包袱来了。为了欢迎她，于晴秀沏了茶，特意烤了一炉蜜糖花生酥饼。也许是累着了，天刚黑下来，弯弯的上弦月才现出形影，于晴秀觉得肚子一阵绞痛，她知道这是要临产了，赶紧吩咐胖嫂烧锅热水。鼠疫中，傅家甸的接生婆死了两个，活下来的那个住得又远，于晴秀决定自己生。反正她生过两个孩子了，也不紧张，让胖嫂搭把手就是。除了烧水，于晴秀还让胖嫂准备好热毛巾，把剪刀在火上燎过消毒，预备着剪脐带。胖嫂因为没接过生，忙碌加上惊慌，满头大汗的。

锅里的水烧开的时候，于晴秀顺利生产了。婴儿"哇——"的一声哭出来的时候，胖嫂也跟着哭。因为她这辈子，最渴望的就是听到这样的啼哭。于晴秀让她剪脐带的时候，她哆嗦着，说那是一条肉，连着血脉，她下不了剪子。于晴秀虚弱地说："你下不了剪子，我和孩子就不得安生。"胖嫂这才把颤动着的脐带夹在剪口里，闭上眼睛，剪断了它。她提着沾染着血迹的剪刀，哭得更凶了。于晴秀问她生下的是小子还是闺女？胖嫂连忙擦干眼泪，去看婴儿。辨明性别后，她喜滋滋地回道："恭喜了，翟役生这个可怜鬼，又有鸡鸡可掏了。"于晴秀笑了，说："那就叫他喜岁吧。"

周耀庭出了监牢后，把行李又搬回了禁烟所。对于周家祖孙三代因送饭感染鼠疫而死，他是鄙视的。说是他们从一开始，就不该多管闲事。这世上，最金贵的是性命和银子，把这两样看好，才是聪明人。周耀庭除了憎恨普济药房的那对日本人，还憎恨顾维慈。他每天必做的两件事，一是去普济药房查货柜上有无违禁药品，逼得他们无法卖吗啡；还有就是每天去顾维慈的家里闹。他进门之后，不是说伤风了，将鼻涕擤在炕柜上；就是说胸太闷，大声咳嗽着，把痰吐在窗台的花盆里。顾维慈捧给他的茶，他不是嫌凉，就是嫌热，一壶壶地给泼掉。在他想来，顾维慈当时跟他一起去药房，自己就不会被日本女人勾引，也就无牢狱之灾。被周耀庭折腾得万般无奈的顾维慈，只好把那个龟形银盒拱手奉上，周耀庭这才放过他。

周耀庭想着人生难测，所以频频去妓馆寻欢，想着万一死了，也是个风流鬼。可他发现，姑娘们在他身下时，都闭着眼睛。他不明白这是怎么回事，难道她们嫌他从牢里出来？后来一个实心眼儿姑娘告诉他，他现在是个豁牙，他行事时，半张着嘴，面目扭曲，再加上缺失的门牙，实在滑稽，她们老想笑，因而都不敢抬眼看他。周耀庭无奈，只得镶牙。镶牙必须去埠头区找洋医，没想到镶一颗牙，赶得上去十次妓馆的价钱了，周耀庭心疼得直骂，说是真牙没花一文，假牙却要那么破费，这不合理。洋牙医倒是好脾气，他笑眯眯地说："那你就等着自己长牙吧。"

周耀庭算计来算计去，卖掉了顾维慈给他的银盒，又添了点钱，把那颗好的门牙也拔了，镶了一对金牙，心想这又显富贵，又把家当摆在了最安全的地方，两全其美。自打给嘴巴开了两扇金门后，妓馆的姑娘们，果然正眼看他了，她们还像小狗一样，伸出舌头舔那两颗金牙。从此后周耀庭走在街上，总是龇着门牙，嘴巴很少合拢了，人们都说他那神态，很像被鼠疫吓疯时的李黑子。

清明过后，最忙碌的就是暖风了。它们把哈尔滨披了一冬的冰雪铠甲除掉后，屋檐不再有冰溜儿，街巷也没有积雪了。接下来，暖风开始给天地改换颜色，把天吹蓝了，把榆树吹绿了。最奇妙的，是它把道台府和洋人小花园才有的花树，吹得五颜六色的，黄的蔷薇，紫的丁香，白的梨花，粉红的桃花，扑噜噜地绽放了。冬天的时候，人们总觉得灰白的天和寸草不生的大地衔接的样子，很像一个大囚笼，所有人都被生生地囚在笼中。可是现在天高了，大地一派欣欣向荣的气象，这个囚笼分明被烂漫的春光绽裂了。

傅家甸的商铺焕然一新，生机重现。卖布的，用鸡毛掸子掸掉布匹上的浮灰，将多姿多彩的布一匹匹竖起来；开杂货铺的，将锅碗瓢盆摆在店门前，阳光照得器皿闪闪发光，需要添置的人家，买了它们，还顺带着捎回了阳光；开馄饨铺的敞开店门，让鸡丝馄饨的香味，拉扯过路人的衣角。华乐大舞台又有了欢声笑语，在茶馆唱莲花落子的艺人，也渐渐有了捧场的。崩爆米花的汉子，蹲回到榆树下。磨刀磨剪子的、锯缸锯碗的、卖糖葫芦和针头线脑的，纷纷挑起担子，走街串巷地吆喝上了。

此时的傅家甸哪里生意最红火呢？当然是酒馆了。男人们呼朋唤友，庆贺大难不死。他们往往喝过一家不过瘾，要相邀着，去第二家。第二家仍觉不尽兴的话，再去第三家。三家酒馆喝下来，每个男人都成了神仙，在春风中笑呵呵地敞着怀，打着晃儿回家。如此喝酒，一时成风。好像一个男人没有连续喝上三家酒馆，就不是条汉子似的。

傅家甸大大小小的烧锅，因为狂欢的潮流，空前红火；而曾经酒客云集的傅家烧锅，却门庭冷落。鼠疫之后，傅家烧锅新推出的酒，客人尝了，都说与秦八碗在时酿的酒没法比，只是一味地辣，没有了馥郁的香气。虽然傅家烧锅不再得宠，但一些老主顾念着它的旧好，仍有登门的。可是自从七彩井受了污染的消息传开后，来傅家烧锅的酒客，寥寥无几了。

祸端是由翟役生引起的。

翟役生最初回到天主堂，是想在一个安宁之地，静候鼠疫卷土重来的佳音，可是他的理想破灭了。他正准备着离开，牧师也下了驱逐令。因为风儿变得和煦后，黄猫变得无法无天，它经常窜入祈祷场，蹬翻祭坛的烛台，还偷吃圣餐。牧师早就看不惯这只丑陋不堪的幽灵似的猫，勒令翟役生把它送走。翟役生说，除非他死了，否则不会和黄猫分离。

回到傅家甸街市中的翟役生，不再像以前似的，敢于伸出手去，随意抓取别人的东西了。好像人一消瘦，胆子也变小了。见到他的人，都跟不认识了似的，说："你咋变成这鬼样子了？"翟役生也不吭气。人们赏他吃的，他就吃；不待见他，他就饿着。他不给自己讨吃的，但如果黄猫断了顿，他还是豁出脸，朝店家要点食物。他白天在街市游荡，晚上就睡在关帝庙里。

不少人都知道，翟役生其实是有好去处的。傅家甸一解除隔离，翟芳桂就扯着那个叫陈水的男孩，来到天主堂，把鼠疫中所经历的一切讲给翟役生，请他去埠头区，欲把陈雪卿留下的糖果店给他经营。翟役生听说纪永和死了，"呸"了一口，叫了声"该死"。不过，他不愿意去糖果店。翟芳桂以为他嫌店小，说如果他喜欢粮栈，也可以给他，自己去糖果店。只是她舍不得粮栈门前的两棵榆树，舍不得那一早一晚飞来的乌鸦。翟役生这才把心底的话说出来，他不要糖果店，是因为不想好好活了。

翟芳桂瞪大眼睛，不明白他的话是什么意思，难道他想死吗？

老天没有把人间变成地狱，翟役生深深地失望。虽然傅家甸不见了捡破烂儿的李黑子，不见了在正阳大街摆钱桌子的周济，不见了采草药的张小前，不见了种地的吴二，不见了跟他一样喜欢在街市中游荡的喜岁，不见了他想起来就会心疼的金兰，不见了许多他曾熟悉的面孔，但毕竟活下来的人还是多数。看着男人们不惜当了家里值钱的物件，一家家酒馆地喝下去，看着他们逃脱鼠疫后的那份难言的快乐，他步履沉重得快要迈不动步了。他为此憎恨伍连德，如果没有他，鼠疫会使这里失去人语，大家统统死掉，那才叫真的众生平等呢。他听说，朝廷为了奖励伍连德，授予他二等双龙勋章，并任命他为外务部总医官。傅家甸的一些百姓，甚至传言伍连德是神仙下凡，说是再过年时，要把他的形象描画在彩纸上，当门神来贴，保佑家人无病无灾。

傅百川看到翟役生几乎沦落为乞丐了，就让他来傅家烧锅，翟役生没有推辞。一来秦八碗死了，他不怕来这里；二来他可以用得来的工钱，赎回他在公济当的心爱之物；三是傅家烧锅有他爱喝的烧酒。那烈火般的酒，会在无知无觉中，静悄悄地焚烧了他。他希望黄猫死在他前面，这样他就没有念想了。至于把它葬在哪里，他也想好了。黄猫不能和死去的白猫埋在一处，它们一直不和，恐怕到了另一世也会掐架；他想把它葬在三铺炕客栈，这样金兰的魂儿深夜游荡回家时，还能看到心爱之物。他想，只要有徐义德赐予的宝贝，和将来赎回的银质指甲套作为陪葬，自己就能闭上眼睛了。可是他没有料到，现在傅家烧锅的酒实难入口，指望着它毁掉自己，没那么容易了。

翟役生的活儿比较清闲，负责打水。烧锅和酒铺所需的水，都由他从七彩井里打出来。有的水用于酿酒，有的则用于清扫和做饭。一天的用水量，大抵十五六桶，多的时候，也不过二十桶。翟役生有充裕的时间，坐在井台望天。

有一天，翟役生打水的时候，由于弯腰幅度过大，他那须臾不离身的伙伴儿，竟然滑出裤兜，落入井中！翟役生傻眼了，他大张着嘴，目光直直的，一动不动地盯着水井，呆立良久，才回过神来，飞快地摇着辘轳把，将井绳全部放下，让水桶沉底，企图把命根子打捞上来。然而他连续打了二十多桶，累得头晕眼花了，上来的只是白花花的水，不见他的宝贝。翟役生瘫软地坐在井台上，哭了起来。傅家烧锅的人听说他为了一个假玩意儿哭，都笑，说那东西是泥捏的，请人再捏一条不就行了吗？翟役生哭咧咧地说，他跟它有了感情，是一体的了，非它莫属。再说了，徐义德被抓走后不是被押解到长春了吗？还上哪儿找他这样的巧手去？

翟役生失了根后，魂不守舍。他一天要打上百桶的水，企图把它捞上来。然而它好像已化作一条鱼，游到地层深处了，始终不见形影。烧锅用不了那么多水，翟役生就把它们泼在树下和花间。所以这个春天，傅家烧锅的后院，花木葱茏。

翟役生以为他这样打水，井水会急遽下降，直至干涸，他落下的根会露出头来，那样他会坐到一个大水桶里，让人摇到井下，将其捞起。可是七彩井的水越打越旺，不消反涨，翟役生绝望了。烧锅的人见他如此痴迷不悟，就开导他，说是井底有石头，那东西掉下去，估计早已摔成烂泥了，纵是找到，也不成形了，由它去算了；还有的说井神可能犯了什么大罪，被处以宫刑，也缺这玩意，所以将其纳入手中。井神要的东西，肯定牢牢在握，人力怎能撼动得了呢！在这样的说法中，井神也成了太监，这让翟役生很受用。还有一种说法，说有个仙女踏着彩虹下到凡界，一不留神，落入七彩井。她寂寞得慌，便讨了翟役生的宝贝相伴。这个说法最让翟役生不齿，谁这样说，他就呸谁一口。

傅家烧锅的酒本来就呈败相，翟役生把根落到七彩井里的事情一传出，更没人来买酒了。明明一个假玩意儿，可在人们的潜意识中，都跟翟役生一样，把它当真的看待了。说是一个太监的玩意儿掉进去，井水就被污染了，喝了傅家烧锅的酒，万一失去做男人的本领，伺候不好热炕头上的老婆，还不得被骂死呀！

翟役生寻根无果，又抱着黄猫回到街上。他一改刚出天主堂时的怯懦之态，又像从前一样，进了酒馆食肆，随意抓取店家的东西了。人家不给，他就抢。他破衣烂衫的，也不梳洗，那根吊在脑后的辫子，就像一根干枯毛糙的草绳。他吃饱了喝足了，喜欢去两处门口晒太阳：徐义德被封了的铺子和公济当。有的时候，他还当众脱下衣裳捉虱子，把虱子用指甲掐灭，骂："该死！"他的大拇指的指甲，因为成了虱子的屠场，血迹斑斑，看上去就像染了指甲。

翟芳桂听说哥哥流落街头时，正准备着和罗扎耶夫成亲。老罗头知道纪永和死了，几乎天天来粮栈，今天买斤大米，明天买斤黄豆，后天又买斤高粱米，数量不多，但没有一天落空的。他来时总是给她带礼物，苹果馅饼、香肠或是鞋子。翟芳桂明白他是向自己示爱呢。想想自己的前半辈子，净被无良男人糟蹋和摧残了，而她喜欢的徐义德，即便不出事，也不会娶她这种女人的。翟芳桂觉得跟罗扎耶夫过后半生也不错，至少，他熟悉和疼爱她的脚。

最近一段，翟芳桂在傅家甸声名鹊起。纪永和购进的大豆，鼠疫后确实价格飙升，哈尔滨的粮栈所囤的大豆，唯有她家的最多。开酱油厂的，最缺不了的就是大豆。加藤信夫和顾维慈，几乎同时找到她，要包圆儿她的大豆。加藤信夫是为了酱油厂持续发展，顾维慈是为了东山再起。虽然加藤信夫出的价儿比顾维慈的高出很多，但翟芳桂还是把所有的大豆，都卖给了顾维慈。顾维慈雇佣王春申的马车把大豆一车车地拉回来时，逢人就说，这世上的女人他见得多了，像翟芳桂这么讲义气的，没见过。翟芳桂许诺顾维慈，只要他的酱油品质好，她就把糖果店改换成酱油店，专卖他生产的酱油，不能让加藤信夫的酱油一统天下。

人们赞美翟芳桂的时候，有一个人却对她恨之入骨，她就是青云书馆的老鸨。那儿的姑娘们，羡慕死了当年这个青云书馆的头牌，说她命好，欺压她的男人死了不说，还留给她一座粮栈；她没有儿女，却白白捡了个儿子，外加一个糖果店；而现在，她又要嫁个开鞋铺的俄国人了，听说那个人又有手艺又忠厚。鼠疫对别人是灾难，对香芝兰却是福音，看来她前世积了大德。她们由此得出结论，女人的出路，还得是找个人家。老鸨原指望着鼠疫后大赚上一笔，毕竟爱玩的男人们憋了一个冬天了，可是青云书馆的姑娘们，因为香芝兰的事情，心灰意懒的，接客时没精打采，客人嫌她们死性，都去别家了，气得老鸨一天到晚跟姑娘们发脾气，恨不能把香芝兰捉回来，用皮鞭抽她一顿。

翟芳桂领着陈水，乘着马车来到傅家甸，在北三道街下车的一瞬，刚好碰着要去肉铺给于晴秀买猪蹄的胖嫂。翟芳桂跟胖嫂打招呼时，胖嫂简直认不出她来了：翟芳桂穿着一件粉红色梅花图案的织锦缎子袄罩，黑色直筒长裙，一双坡跟的圆头黑皮鞋，高高挽着发髻，发髻上插了支银簪子，手腕上戴着翠玉镯子。再看她的脸吧，粉白粉白的，好像谁把桃花的花瓣捣成了泥，敷到她面上了。她双眸闪亮，唇红齿白，笑意盈盈的，就像谁折来的一枝馥郁的牡丹，插在了傅家甸黯淡的街市中，把那一带都照亮了。翟芳桂让陈水叫胖嫂“婶婶”，陈水乖顺地喊了，胖嫂喜得快掉眼泪了。翟芳桂显然是为了哥哥来的，她跟胖嫂告别后，直奔徐义德的铺子去了。

胖嫂还没从翟芳桂挟来的春色中醒过神来，又一抹鲜润的颜色朝她袭来，这人竟是苏秀兰！她穿着散腿的蓝布裤子，黑色绣花鞋，翠绿的缎子衣裳。衣裳的领口和袖口，滚着银粉的流苏。她跟翟芳桂一样，挽着光亮的发髻，不过插的是金簪。胖嫂觉得她出奇的丰腴,出奇的鲜亮,很奇怪,定睛一看,才发现她腹部隆起了,原来是怀上了!天还没热起来,可苏秀兰却提着一把蚕丝团扇,无忧无虑地走着,自在得就像一只在阳光下歌唱的大肚蝈蝈,里里外外都是明亮的!看她的样子,这孩子秋天就该出生了,遗憾的是,她有一个傅秋了。不过,在胖嫂想来,苏秀兰这岁数了还能生养,不愁再要个傅春,弄个四季齐全。看来傅百川在鼠疫中,在这事儿上没冷着自己;而胖嫂原先以为,苏秀兰疯了,傅百川是不会碰她的了。

胖嫂感慨万千地提着两只猪蹄回点心铺子时,在茶园门口碰见了傅百川,他可不像苏秀兰那么滋润。他瘦了一圈,面色青黄,胡子拉碴,不过身上的灰布长衫还是那么讲究,没有一丝褶皱,一尘不染。胖嫂向他道喜时,他一脸尴尬,好像是做了见不得人的事情。

傅百川问胖嫂,于晴秀最近怎样,听说她生下的孩子,仍叫喜岁?

胖嫂告诉傅百川,那孩子确实叫喜岁,已经出满月了。可惜于晴秀的奶下不来,小家伙饿得嗷嗷直叫,太瘦,不好看,夜里还闹人。这不,她出来买两只猪蹄,打算给她发奶。

傅百川对胖嫂说,苏秀兰生傅夏时,也是下不来奶,后来一个老中医告诉他,吃老鸹通乳,他叫人打了两只,煮汤后喝了,还真管用。

胖嫂故意说:“她家里也没个男人了,谁给她打老鸹呀。”

胖嫂指望着傅百川说他来打,可他毫无反应,一头钻进茶园了。想起做口罩的那段日子,傅百川常拎着提匣送吃的,目光总在于晴秀身上打转儿,胖嫂便在心里哀叹:不是自己的男人,总归是靠不住哇。

回到点心铺子，胖嫂扔下猪蹄，没顾得上洗手，就急不可耐地去见于晴秀，告诉她苏秀兰怀孕了。

于晴秀正在给喜岁换褯子，她抬眼看了胖嫂一眼，平静地说："现今他的铺子没一个旺相的，傅家烧锅又走背字儿，有这个喜事，也能冲冲他的晦气，挺好。"

胖嫂见于晴秀无悲无喜的样子，有点失落，去灶房了。一锅奶白的猪蹄汤煮好，已是黄昏时分了。胖嫂盛了一碗，捧给于晴秀，自己拿出烟袋锅，坐在灶坑前抽烟解乏。正抽到兴头上，听见敲门声。她举着烟袋锅，起身用脚把门蹬开。门外无人，可是门口却放着两只乌鸦。胖嫂抬眼望去，看见了那个穿灰布长衫的高大瘦削的人的背影，她想，于晴秀到底还是有人疼的。

胖嫂捡起乌鸦，拎到灶房，拔毛，清理内脏，又煮了锅乌鸦汤。她端着热气腾腾的乌鸦汤进屋的时候，于晴秀正像小女孩一样，趴在窗前望月亮。她闻到了香气，回身问胖嫂："什么汤这么香？"

胖嫂怕她知道是乌鸦汤不敢喝，哄着她说："这是猪蹄子汤的另一种做法，加了香料，喝吧。"

于晴秀听话地喝了那碗汤，说："还从来没有喝过这么好的汤。"

第二天早晨，胖嫂把余下的乌鸦汤温了，让于晴秀喝下后，到了晚上，她的奶水果然旺了，泉涌一般，止都止不住。喜岁美滋滋地眯缝着眼睛裹奶，把小肚子吃得圆溜溜的。这晚他没有闹人，只是尿湿了褯子时，哭了几声。

胖嫂没有告诉于晴秀她喝的是乌鸦汤，怕她起了恶心，再把奶水憋回去，小喜岁就可怜了。

于晴秀奶水旺了以后，精神头也足了，她又做起了点心。一个春雨霏霏的午后,她烤了一炉松仁奶渣饼。因为点心的味道实在好,勾起了她的酒瘾,于晴秀搬出一篓存了好几年的傅家烧锅的烧酒,喝了个痛快。喝完酒,她眼神飘忽地出了家门。胖嫂见她没打伞,连忙撑着伞追出去。可是不管她怎么召唤,于晴秀就是不肯躲到伞下。

于晴秀不像以前似的,喝醉了以后,见着人爱打招呼。无论碰见谁,她都不说一句话。她漫无目的地走着,任雨水淋着,最后在一棵枝繁叶茂的榆树下停住脚步。她用手摇晃了一下榆树,榆树就把叶片上挂着的雨珠,尽情倾洒到她身上。别处下的是小雨,于晴秀在树下经历的却是暴雨。她感慨吟道:“万木皆春色,唯我枝头泪。”然后放声大哭。这是她失去亲人后,第一次敞开心扉地哭!

燕子来了,它们一来,哈尔滨又有婉转之音了。王春申仍像从前一样,早晨赶着马车,去埠头区和新城区揽活儿,晚上才回到傅家甸。他和黑马,都没有以前精神了。开化的时候,吴二家的就把秦八碗的房子卖掉,搬回原处,然后将她的房子和三铺炕客栈,用栅栏圈在一起,说是要在原址再盖一座客栈。吴二家的待继英不好,不让她吃饱,小小年纪,就让她烧火、剥豆子、揉面和洗衣。继英若是干得不遂她的心意,她就拳脚相加。王春申有天回家,正赶上吴二家的惩罚继英,气得他抓起马鞭,抽得她满地打滚。从这以后,吴二家的不敢打继英了,但对她依然没有好声气。

王春申曾以为,金兰死了,继英的亲爹会来认她。他也常常扯着继英上街,像是做失物招领似的,看哪个男人多看她几眼。然而,没谁对这个孱弱胆小的小丫头感兴趣。王春申想,这世上糊涂的事情多着去了,干吗非要弄清她的身世?一旦想通了,也就把继英当亲生的了。他怜惜继英，怕吴二家的翻腾出干草堆里的钱匣，把金娃窃为己有，王春申悄悄把金娃取出，用一块红绸子裹了，埋在马槽下，想着继英将来成家时，给她做陪嫁。

王春申仍然住在马厩。吴二家的以为她从秦八碗家搬出来，离王春申近了，他忍耐不住，会去她那儿睡。可是搬回一个月了，王春申除了上门吃饭，从不在那儿过夜。吴二家的没办法，只好涎着脸，夜深时来马厩找他。她一钻进他的被窝，王春申就溜，去干草堆上睡。吴二家的以为他这是鼠疫中运尸，给压抑得没那个能力了，于是去中药铺给他买补药。王春申想既有补药，不吃白不吃。可吃了后，难以安眠，只能半夜溜到妓馆寻欢。身体痛快了，却苦了腰间的钱袋，因为往往几天辛劳得来的工钱，“哗啦”一下就流光了。即便如此，他也发誓不碰吴二家的了。

这天晚上，王春申回来得早，于是约了卖豆腐的老高头一起喝酒。鼠疫后，家家酒馆的门槛，都散发着酒香。人们落座后，总要先淋一点酒到门槛上，祭奠那些不能再喝酒的人。

王春申和老高头坐定后，先往门槛上洒酒。王春申口中念叨的是秦八碗、周耀祖和张小前，老高头念叨的则是胖嫂的男人和李黑子。打点完已故人，他们这才心安理得地吃喝。因为要坐三家酒馆，他们在第一家时，只象征性地要了两碟小菜，两碗酒，垫个底儿。从第一家酒馆出来，到了天堂酒馆，他们才要了像样的菜，一盘凉拌猪耳朵，一碗鹿肉炖黄豆。菜好酒好，王春申都不想去第三家了。可老高头说：“别人都能喝三家，咱为啥不中？喝！”王春申便提议去傅家烧锅，反正那儿的烧酒味道坏了，喝上几口，走个过场，也算喝了三家。这时老高头说，傅家烧锅的酒兴许还会好起来的，因为他听说，苏秀兰最近天天去烧锅,指点师傅酿酒,说是她知晓秦八碗酿酒的秘方。

王春申说:“她是个疯子,她的话哪有准儿?”

老高头说:“倒也是哇。”

王春申和老高头前脚进了傅家烧锅,翟役生后脚进来了。他白天在外游荡,晚上回来,睡在井台旁的凉棚下。人们私下议论,他这是守着他的根呢。王春申听说,翟芳桂那天在徐义德的铺面前找到翟役生,告诉他自己要和罗扎耶夫成亲,请他参加典礼时,翟役生慢吞吞地起身,拔下翟芳桂发髻上的银簪子,说:“你想让我看你跟那怪物成亲,除非戳瞎我的眼睛!反正这个世界我也看够了。”翟芳桂只好扯着陈水,流着眼泪离开。

这个温柔的春夜,看着尘垢满面、衰朽不堪的翟役生,看着他怀抱的那只又老又丑又脏的黄猫,王春申百感交集,他动情地邀翟役生一起喝碗酒。翟役生愣了一下,后退一步,胆怯地看着王春申。王春申吩咐伙计倒酒,亲自把酒碗递给翟役生。翟役生左手抱猫,右手擎着酒碗,颤抖着和王春申碰了一下碗。虽然那酒失却了芳香,但他们都是一饮而尽!翟役生把酒碗放到柜台的一瞬,王春申在他肩膀上感慨地拍了一下。黄猫以为他要袭击自己的主人,愤怒地叫起来。王春申用手怜爱地抚弄了一下黄猫的毛发,眼睛湿了,说:“不认识我了?原来不是一家人吗?”

虽然谢尼科娃不在了,但王春申的马车,到了礼拜天,总要从她门前经过一下。他幻想着,谢尼科娃会笑吟吟地从那座漂亮的房子里走出来,穿过花圃,踏上马车,去教堂做礼拜。

五月下旬的一个礼拜天,王春申从那儿过时,看见雅思卢金和面包店的尼娜,正坐在花圃旁喝啤酒,享受着跟啤酒上雪白的泡沫一样怡人的春光。尼娜爆发出的笑声,惊得黑马“咴儿——咴儿——”直叫。王春申打听过了,谢尼科娃和娜塔莎死了后,卢什科维奇回俄国去了，而这家的女主人换成了尼娜。看着花圃旁热烈奔放的尼娜，王春申想起忧郁恬静的谢尼科娃，心里一阵刺痛。他不想在这儿多做停留，于是催促黑马快走。他离开的一瞬，在中国大街卖艺的哑巴彼洛夫悄然出现了。王春申很惊讶，因为这已经是他第三次在这儿碰见他了。难道他又来拉琴？王春申前两次逢着他，也是礼拜天，彼洛夫站在路边，面对着谢尼科娃家，深情地拉着琴。而这个时刻，他的脚下是没有乞讨罐的。王春申不知道，彼洛夫这是拉给谁听的。

这个礼拜天，王春申不想拉载任何客人，因为他感觉谢尼科娃已经在他的马车上了。用车的路人朝他招手，他都摇头，示意有人了。他赶着马车，沿着谢尼科娃礼拜天常走的路线，从埠头区驶向新城区。他先去了敖连特电影院，深情地抚摸了一下入口的门把手；然后到了秋林公司，依然是抚摸了一下门把手；这之后他去了与莫斯科商场相挨着的圣尼古拉教堂，当他抚摸门把手时，听见了庄严的祈祷声。最后，他驾着马车，来到霍尔瓦特大街犹太人高迪开的钟表修理店。他鼓足勇气，推开店门。店里异常安静，没有客人，也没见店主，但王春申看见了四壁上悬挂着的形形色色的钟表。那里面的时间，没一个是现在时间。王春申的眼睛湿了，因为他从这些坏掉的时间中，看见了谢尼科娃青春的脸。

2009年8月20日—2010年2月2日　初稿于哈尔滨

2010年2月22日—2010年3月4日　二稿于大兴安岭塔河

2010年4月2日—2010年5月2日　三稿于香港大学

珍　珠(后记)

有一头猪，一被放到牧场上就开始吃。它并不只是选择上好的草，而是碰到什么就吃什么，肚子撑得溜圆了，鼻子却还贴着地面，不肯离开。大团的阴云悄然移动到牧场上空，眼瞅着暴雨就要来了。喜鹊、火鸡和小马都到橡树下避难去了，猪却头不抬眼不睁地继续吃。只是在冰雹哗啦啦地砸到它身上的一刻，猪嘟囔了一句："纠缠不清的家伙，又把肮脏的珍珠打过来了！"

这是朱尔·勒纳尔《动物私密语》里的一则故事。读它的时候，我刚把《白雪乌鸦》定稿，轻松地与香港大学中文学院的老师和学生，去旺角的几家小书店淘书归来。我买了这本妙趣横生的书，黄昏时分，坐在可以望见一角海景的窗前，安闲地翻阅。读到《猪与珍珠》时，我实在忍不住，独自在寓所里放声大笑！也许是《白雪乌鸦》的写作太沉重了，心底因它而积郁的愁云，并没有随着最后一章《回春》的完结而彻底释放，我笑得一发不可收，把自己都吓着了。

细想起来，我在写作《白雪乌鸦》的时候，跟那头心无旁骛吃草的猪，又有什么分别呢！我只知道闷着头，不停地啃吃，是不管外面的风云变幻的。

有了写作《伪满洲国》和《额尔古纳河右岸》的经验，我在筹备《白雪乌鸦》时，尽可能大量地吞吃素材。这个时刻，我又像那头猪了，把能搜集到的一九一〇年哈尔滨大鼠疫的资料，悉数收归囊中，做了满满一本笔记，慢慢消化。黑龙江省图书馆所存的四维胶片的《远东报》，几乎被我逐页翻过。那个时期的商品广告、马车价格、米市行情、自然灾害、街市布局、民风民俗，就这么一点点地进入我的视野，悄然为我搭建起小说的舞台。

当时的哈尔滨人口刚过十万，其中大部分是俄国人。中东铁路开筑后，俄国的政府官员、工程技术人员以及以护路队名义出现的军队，纷纷来到哈尔滨。而中国人不过两万多，且大都聚集在傅家甸。这些来自关内的流民，处于社会生活的底层，出苦力和做小本生意的居多。

一九一〇至一九一一年秋冬之季的东北大鼠疫，最早出现在俄国境内，其后经满洲里，蔓延至哈尔滨。这场由流民捕猎旱獭引发的灾难，到了一九一〇年底，已经呈现失控的状态，哈尔滨的傅家甸尤甚。风雨飘摇中的朝廷，派来了北洋陆军军医学堂帮办伍连德。这位青年医学才俊，虽然在英国剑桥受的教育，但作为甲午海战英雄的后人，他骨子里流淌着浓浓的中国血。举荐他的，是外务部的右丞施肇基。施肇基是在考察槟榔屿时，认识的伍连德。

伍连德到达哈尔滨后，在最短的时间内，通过尸体解剖等一系列科学手段，判断此地流行的是新型鼠疫——肺鼠疫。也就是说，这种鼠疫可以通过飞沫传染。他采取了一系列行之有效的防控措施，如呼吁民众佩戴口罩，对患病者厉行隔离，调动陆军实行封城，及至焚烧疫毙者的尸体。虽然清王朝已是暗夜中一盏残灯，但摄政王载沣难得的一次开明，下旨焚尸，使东北鼠疫防控现出曙色。

然而我在小说中，并不想塑造一个英雄式的人物，虽然伍连德确实是个力挽狂澜的英雄。我想展现的，是鼠疫突袭时，人们的日常生活状态。也就是说，我要拨开那累累的白骨，探寻深处哪怕磷火般的微光，将那缕死亡阴影笼罩下的生机，勾勒出来。

动笔之前，我不止一次来到哈尔滨的道外区，也就是过去的傅家甸，想把自己还原为那个年代的一个人。在我眼里，虽然鼠疫已经过去一百年了，但一个地区的生活习俗，总如静水深流，会以某种微妙的方式沿袭下来。那一段道外区正在进行改造，到处是工地，尘土飞扬，垃圾纵横，一派喧嚣。我在街巷中遇见了崩苞米花的、弹棉花的；遇见了穿着破背心当街洗衣的老妇人、光着屁股戏耍的孩子、赤膊蹬三轮车的黑脸汉子以及坐在街头披着白单子剃头的人。当然，也在闯入像是难民集中营的黑漆漆的圈楼的一瞬，听见了杂乱的院子中传出的一个男人粗哑的呵斥声：不许拍照，出去！而这些情景，是在我所居住的南岗区极难见到的。在接近道外区的过程中，我感觉傅家甸就像一艘古老的沉船，在惊雷中，渐渐浮出水面。

然而真正让我踏上那艘锈迹斑斑的船的，还不是这些。

有一天，从游人寥落的道台府出来，我散步到松花江畔。江上正在建桥，停着好几条驳船，装载着各色建筑材料。水面的工地，与陆地唯一的不同，就是灰尘小，其他并无二致。一样的喧闹，一样的零乱。可是很奇怪的，江畔的垂钓者，并没有被水上工地的噪声所袭扰，他们如入无人之境，依然守着钓竿，有的轻哼小曲，有的喝着用大水杯沏的粗茶，有的慢条斯理地打着扇子，还有的用手摩挲着蜷伏在脚畔的爱犬。他们那样子，好像并不在意钓起鱼，而是在意能不能钓起浮在水面的那一层俗世的光影：风吹起的涟漪、藏在波痕里的阳光、鸟儿意外脱落的羽毛、岸边柳树的影子以及云影。我被他们身上那无与伦比的安闲之气深深打动了！我仿佛嗅到了老哈尔滨的气息——动荡中的平和之气，那正是我这部写灾难的小说，所需要的气息。

就在那个瞬间，我一脚踏上了浮起的沉船，开始了《白雪乌鸦》的航程。

我绘制了那个年代的哈尔滨地图，或者说是我长篇小说的地图。因为为了叙述方便，个别街名，读者们在百年前那个现实的哈尔滨，也许是找不到的。这个地图大致由三个区域构成：埠头区、新城区和傅家甸。我在这几个区，把小说中涉及的主要场景，譬如带花园的小洋楼、各色教堂、粮栈、客栈、饭馆、妓院、点心铺子、烧锅、理发店、当铺、药房、鞋铺、糖果店等一一绘制到图上，然后再把相应的街巷名字标注上。地图上有了房屋和街巷，如同一个人有了器官、骨骼和经络，生命最重要的构成已经有了。最后我要做的是，给它输入新鲜的血液。而小说血液的获得，靠的是形形色色人物的塑造。只要人物一出场，老哈尔滨就活了。我闻到了炊烟中草木灰的气味，看到了雪地上飞舞的月光，听见了马蹄声中车夫的叹息。

然而写到中途，我还是感觉到了艰难。这艰难不是行文上的，而是真正进入了鼠疫情境后，心理无法承受的那种重压。这在我的写作中，是从未有过的。写作《额尔古纳河右岸》时，尽管我的心也是苍凉的，可是那支笔能够游走在青山绿水之间，便有一股说不出的畅快；而写作《白雪乌鸦》，感觉每天都在送葬，耳畔似乎总萦绕着哭声。依照史料，傅家甸疫死者竟达五千余人！也就是说，十个人中大约有三个人死亡。我感觉自己走在没有月亮的冬夜，被无边无际的寒冷和黑暗裹挟了，有一种要落入深渊的感觉。我知道,只有把死亡中的活力写出来,我才能够获得解放。正当我打算停顿一段,稍事调整的时候,中秋节的凌晨,一个电话把我扰醒,外婆去世了。

虽然已是深秋了,但窗外的晨曦依然鲜润明媚。我不知道去了另一世的外婆,是否还有晨曦可看。她的辞世,让我觉得一个时代离我彻底远去了,我的童年世界永久地陷落了。

我乘当日午后的飞机回乡奔丧。时至深秋,哈尔滨的风已转凉了,但阳光依然灿烂;可当飞机飞越大兴安岭时,我看见山峦已有道道雪痕。那银白的雪痕如同条条挽幛,刺痛了我的心。我终于忍不住,把脸贴在舷窗上哭了。就是在这苍茫的山下,七八岁的我,跟外婆在黑龙江畔刷鞋时,看见了北极光;也是在这苍茫的山下,隆冬时分,我跟外婆去冰封的大江捕过鱼。外婆将活蹦乱跳的狗鱼扔给大黄狗吃的情景,我还清晰记得。捕鱼的夜晚,因为吃了鱼,外婆和我的嘴巴是腥的,大黄狗的嘴巴也是腥的,整座房子的气息都是腥的,可那是多么惹人喜爱的腥气呀。

外婆的遗容并不安详,甚至有点扭曲,可见她离世时,经历过痛苦的挣扎。这样的遗容,让人撕心裂肺。北极村已经很冷了,中秋的夜晚,我站在院子中给外婆守灵的时候,不时抬眼望着天上的月亮,总觉得外婆选择万家团圆的日子离去,有什么玄机在里面。那晚的月亮实在太明净了,明净得好像失了血色。我想大概是望月的人太多了,数以亿计的目光伤害了它。午夜时分,月亮周围竟然现出一团一团的彩云,我明白了,那晚的月亮是个新娘,飞来的彩云则是她的嫁衣。外婆可能在这个日子变成了一个花季少女,争着做月亮的伴娘去了。

中秋节的次日,北极村飘起雪来。起先我并没有留意到园田中的山丁子果，也没有留意到大公鸡。雪花一来，天地一水地白了，树上的红果子，就从雪幕中跳出来了。它们像微缩了的红灯笼，明媚地闪烁着；再看雪地，也有鲜艳的颜色在流动，那是几只羽翼斑斓的大公鸡在奔跑。想着外婆停灵于明月之下，飞雪之中，想着她一手抓着把好月光，一手抓着把鹅毛大雪上路，天宫的门，该不会叩不开的吧？这样一想，我的心便获得了安慰。

难言的哀痛和北极村突袭的寒流，使我大病一场。料理完外婆的丧事回到哈尔滨后，我开始发烧咳嗽。咳嗽在白天尚轻，到了夜晚，简直无法忍受，暴咳不止，难以安眠。镇咳药几乎吃遍了，却毫无起色。我感觉五脏六腑仿佛移了位，不知道心在哪里，肝和肺又去了哪里，脑袋一片混沌，《白雪乌鸦》的写作被迫中断。

病在我身上缠磨了大约半个月，见我对它一意驱赶，终觉无趣，抽身离去了。重回长篇的我，不再惧怕进入鼠疫的情境了。看来哀痛与疾病不是坏事，它静悄悄地给我注入了力量。

春节前夕，初稿如愿完成了。我带着它回到故乡，轻松地过完年后，正月里对着窗外的白雪，飞快地改了一稿，算是对它的一次草草"检阅"。而细致地修改它，则是三月到了香港大学以后。我与中文学院沟通，将我在校两个月的活动调整在前半个月，这样集中完成了系列讲座后，我有整块的时间可以利用，他们慨然应允。

进入四月，我又踏上了《白雪乌鸦》的航程。这次的修改，虽然没有大动干戈，但为了更切合人物命运的发展，我对其中的个别情节设置，还是做了调整和更改。因为时间充裕，在语言上也是字斟句酌，反复打磨。这种不急不躁的润色，让人身心愉悦。

从我在港大的寓所到维多利亚港，步行一刻钟便到了。工作一天，我常常在黄昏时分，去海边散步。海面上除了往来的巨型客轮和货船，还有清隽的私人游艇；而海湾上空，常常有小型私人飞机掠过。然而我最羡慕的，不是豪华游艇和私人飞机，在我眼里，那不过是表面和刹那的繁华；最吸引我目光的，是海上疾飞的鹰！鹰本来是山林和草原的动物，不知什么原因，它们精灵般地闪现在维多利亚港湾。它们好像携来了北方的气流，每每望见它们，我都仿佛听到了故乡苍凉而强劲的风声，无比惊喜！我羡慕它们钢铁般的翅膀，羡慕它们可以四海为家，羡慕它们在天地间的那股傲然而雄劲的姿态。在维多利亚港湾，这些鹰无疑就是滚动在天上的黑珍珠，熠熠生辉！人们啊，千万记住，要是遗弃了这样的珍珠，就是错过了这世上亘古的繁华！

《白雪乌鸦》完成了，我踏上的那艘百年前的旧船，又沉入浩淼的松花江了。我回到岸上，在长夜中独行着。四野茫茫，世界是那么的寒冷，但我并不觉得孤单。因为我的心底，深藏着一团由极北的雪光和月光幻化而成的亮儿，足以驱散我脚下的黑暗。我愿意把这部作品，献给始终伴我左右的精神家园——“龙兴之地”。只希望它在接纳的一瞬，别像那头贪吃的猪埋怨我：“纠缠不清的家伙，又把肮脏的珍珠打过来了！”

迟子建

2010年6月9日哈尔滨